撞见未来

刘广迎 著

新华出版社

图书在版编目（CIP）数据

撞见未来 / 刘广迎著 .-- 北京：新华出版社，
2017.2
ISBN 978-7-5166-3119-5

Ⅰ .①撞… Ⅱ .①刘… Ⅲ .①散文集 – 中国 – 当代
Ⅳ .① I267

中国版本图书馆 CIP 数据核字（2017）第 036833 号

撞见未来

作　　者：刘广迎

选题策划：米俊峰　　　　　　　责任编辑：张　程　雒　悦
装帧设计：弓晓平　娄伶俐　　　责任印制：廖成华

出版发行：新华出版社
地　　址：北京石景山区京原路 8 号　　邮　　编：100040
网　　址：http://www.xinhuapub.com
经　　销：新华书店、新华出版社天猫旗舰店、京东旗舰店及各大网店
购书热线：010-63077122　　　中国新闻书店购书热线：010-63072012

印　　刷：北京凯达印务有限公司
成品尺寸：170mmX240mm
印　　张：18.75　　　　　　　　字　　数：18 万字
版　　次：2017 年 3 月第一版　　印　　次：2017 年 5 月第四次
书　　号：ISBN 978-7-5166-3119-5
定　　价：50.00 元

卷首

低头抬头之间，未来迎面而来，以为会撞个满怀，它一闪身，又一个未来飞驰而来。

前言

一

人类正面临有史以来前所未有之大变局。我的个天呐！这是真的吗？当今世界，时时生乱、处处有变，特靠谱与太不靠谱的事都经常出现，真是，"吓死宝宝了！"唉，还是格局不够大啊！忘了高人的教诲：不在意，才是大格局。

还是看看宇宙世界是什么格局吧。自宇宙大爆炸以来，经过九路十八弯的漫长岁月，才有了人类史。人类史经过了比老牛拉破车还慢得多的变化阶段，逐渐加速，经过了跑步式、骑马式、登自行车式、开汽车式的不同发展阶段，今天，人类已经换乘了高铁与飞船，正飞速逼近一个新的"奇点"，那将是物联网（物联网主要由互联网、能源互联网和物流网构成）、人工智能与生命科学等领域的集束式爆炸性扩张，以及由此带来的人类社会既有常识与秩序的彻底颠覆。能量密度积累到一定程度会产生爆炸，科技密度积聚到一定程度同样会产生爆炸性的效果。对此，我们是惊恐还是欢欣？我们是坦腹东床、得过且过，还是未雨绸缪、搞点预判、有所防范？

还是先说一个喜讯吧：人将不用再为生存而去辛勤工作啦！"哥明天不上班"即将成为现实。想想看，如果有人能替自己工作，且任劳任怨、不知疲倦、不要分红、不争荣誉，是不是一件挺美很爽的事？！

再提一个问题：为什么有人辛辛苦苦工作了三四十年，终于熬到退休年龄了，可以实现不上班也衣食无忧的"白日梦"了，反而心不甘情不愿了？该上班的时候上班烦，要退休的时候退休恼，这样的情况是不是真不少？

雷锋是有的，要说人人都会碰上活雷锋，大概没有人相信。有人愿意替你"种田"，为你收获，估计有许多人觉得这是愚人节的游戏。难道天上会掉馅饼？没错，天上掉馅饼的事，是不会经常发生滴！但是，AlphaGO横扫李世石的事实，在五年前还是少数人的梦想；像汽车、飞机、高铁、电话、电脑、互联网等司空见惯的事实，都曾经是大多数人认为不可能实现的梦想。无数事实证明，梦想总是能够实现的，只是有个迟早的问题。而不用为生存去操心去劳作，就是人类最重要最古老的梦想。今天，这个梦想与现实只有一步之遥。

《圣经》上说，人类的老祖宗原本生活在环境优美食物充足的伊甸园里，并不需要劳动。因为偷吃了智慧果，违犯了法律，上帝依法从严治"园"，剥夺了亚当及其子孙们不劳而获的权利，从此只能靠辛苦工作来养活自己。如今，人类的服刑期将满，很快就要解除劳役，重获自由。

人是唯一被资源有限性、劳动必需性和生命有限性共同异化的动物。记不记得，有个电影名字叫《肖申克的救赎》，里面有一个老头一直渴望服刑期满，走出牢狱，重获自由，可是当自由变现以后，他却选择了结束生命。因为他不知道如何消费自由。面对自由心茫然。有些人不愿退休，不只是想多拿些钱，还因为他们不会对付不用工作的无聊。吃得苦中苦，方有甜上甜。人没有吃不了的苦，却有享不了的福。自己忙的时候累得慌，看别人忙的时候又急得慌。

人类曾经过的是"监狱"里的生活，那么，"出狱"以后的生活该怎么过呢？面对有人类史以来的最大变局，我们到了必须认真地思考现状与未来的关键时刻。当所有东西都可以随意获得时，一切都将失去价值。

二

上帝造人，不管人们信与不信，还是让人蛮自豪的。突然有一天，达尔文用进化论告诉人类：各位的祖宗不是上帝，而是类人猿。这在当时，着实令人吃惊不小。至今还是有人相信、有人不相信。无论信与不信，绝大多数人从心理与情感上都不愿意接受。那些丑陋、愚笨的家伙怎么会是人类的祖宗呢！？

未来的某一天，人们在得知今天的人类是他们祖先的结论后，也会感到大吃一惊，难以接受。因为在他们眼里，今天的人类不仅智力低下，毫无生活情趣，而且极端自私愚昧，难以理喻。尽管那时的科学、人类学、历史学等的爱好者，都有充足的证据来证明这个残酷的现实，但人们大多还是宁愿相信自己是上帝的孩子。

过去，是智能人创造科学技术为主，如今，科学技术也可以创造智能，一个循环产生了。这个循环的结果是难以预料的，可能带来的改变如同奇点时刻的大爆炸。之后，或许人类社会在一种新的形态上回归"原始社会"，人类重回"生物圈"，完成一个轮回； 或许人类终将被自己的创造物所替代，宇宙万物将不再由人来定义。

你相信这一天会到来吗？不管你信不信，反正我是信的。你若有兴趣知道我为什么信，就不妨随着这本书中的文字到过去与未来"穿越"一番，这或许可以让你的现实由骨感变得丰满一些，至少也会有一些"上穷碧落下黄泉"的愉悦。

这本书中的文字将带你认识当今与未来的七个重量级角色，它们都是信息技术、物联网、人工智能、生命工程等科学技术的子孙，所以都姓"可"，名字叫：可再生、可替代、可虚拟、可预测、可追溯、可分享、可穿越。这"七可"合力，将颠覆世界，塑造全新的人类，给万物以无穷的机会，自然也带来了无尽的风险。未来，并不遥远的未来，今天人类的所有奇思妙想将变得稀松平常，过去的伟大创造将变得愚蠢可笑，而今天人类五花八门的价值观将极有可能不再被视为智慧的产物。换句话说，那时候的人类看今天的人类，不过如其他动物一般，愚昧无知，没有什么思想智慧，只知道为生存你争我夺，并且身心饱受折磨，大谈生活却不会生活。

三

今天的现实是过去的神话，今天的神话将是未来的现实。未来的世界不仅是神话世界，也将是童话世界。没有神话的民族是没有未来的，没有童话的人生是不值得生活的。

人类即将完成一个轮回：上帝造人，人又将创造一个近乎全能的无处不在的"上帝"，进入又一个全新的时代。面对无边无际的未来，不仅需要放飞想象，还需要有创造力的行动。

人类的想象力远比我们想象的重要。遗憾的是，我的这些文字，够不上神话，算不上童话，甚至与未来的可能性相比，连想象力也十分瘦弱干瘪，倒是有许多触手可及的现实。科技发展带来的信息技术、能源革命与智能制造，以及生命科学，正在迅速地重构着人类世界。对许多人来说，他们只考虑目光所及的事物，所以，未来总是来得太突然，突然之间，他们又会发现，未来正在和有想象力的人相谈甚欢。

向往诗与远方，不知在何地方。以为浪漫还远，前方发现村庄。

目录

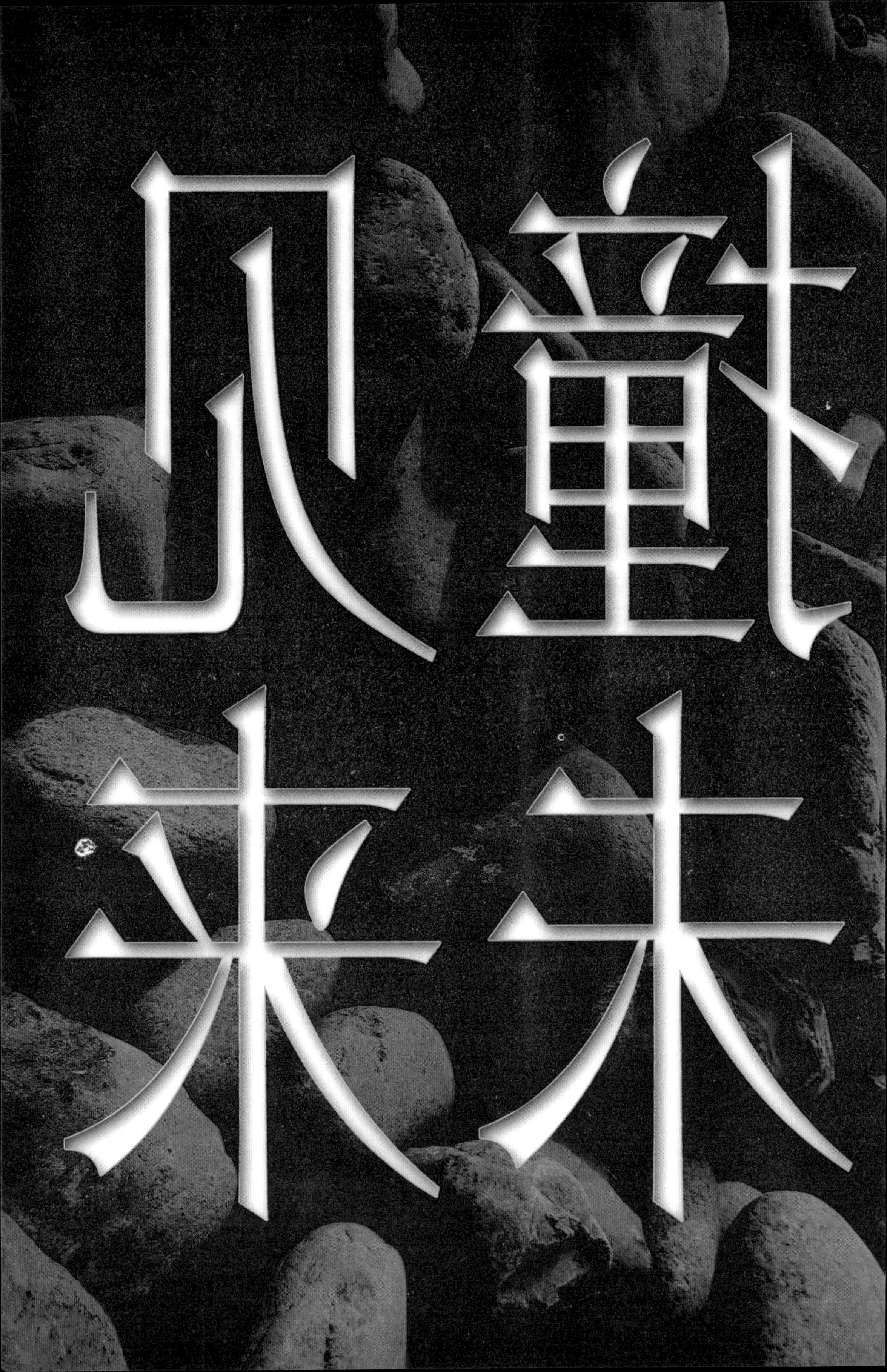

第一部分　人类的解放事业

第一章　可再生　人类解放事业的联勤保障部队

为啥愿抛头颅洒热血

音乐人何勇在他的作品《垃圾场》中这样控诉着现实世界："我们生活的世界，就像一个垃圾场。人们就像虫子一样，在这里你争我抢。吃的都是良心，拉的都是思想。"瞧瞧"真人秀"上各种 PK 的吸睛与吸金，看看奥运会上的激烈大比拼，想想职场上的明争与暗斗，会不会觉得人是一个特好斗的物种呐？

英国哲学家霍布斯认为，所有动物都生活在一种自然的战争状态中。动物们为什么要选择这样一种生活状态呢？它们是乐意如此还是不得不如此？

查•埃利奥特是这样回答的：战争满足了或曾经满足过人的好斗本能，但它同时还满足了人对掠夺、破坏以及残酷的纪律和专制力的欲望。伯恩哈迪则认为：战争是人类生活中一种具有头等重要意义的生物法则，它是人类社会中不可缺少的起调节作用的东西。

"牵衣顿足拦道哭，哭声直上干云霄……君不见，青海头，古来白骨无人收。新鬼烦冤旧鬼哭，天阴雨湿声啾啾。"这是诗人杜甫对战争暴行的血泪控诉。聪明的人为何甘冒死亡的风险去打仗？是本能、是欲望、还是宿命？为理想、为来生、还是为荣誉？这些都应该有可以有可能有，可当再追根溯源，就会发现其实战争的目的就是想活得比人强。如果不从想活得比人强这个角度去理解战争，就无法解释人们为什么经常挑起纷争又十分害怕丢了小命。事实上，所有动物如果没有生存的威胁，也都是热爱和平的。过度热情与极端残酷基本来自同一个原因，那就是短缺。老虎若不是饿了，它才懒得理你呐！

科学论证需要假设一个或几个前提条件，万物的生存法则亦是因为它们默认了或者说在实践中确认了一些生存的前提条件。其中最重要的一个前提就是生存资源是非常有限的。

要活着，就得有物质保障；要活得滋润，就得有充足的物质保障。大家都想活着而且都想过好日子，可好日子是没有"技术标准"的，它是攀比而生的一种感觉。大家都想过上比别人好的日子，可是资源何其少而自己创造财富的能力又是何等有限，于是，"抢"就成了一个最有诱惑力的选项。

在没有武器以及武器的杀伤力较低的时代，也就是人类创造财富的能力十分低下的时期，有力气或人数多的一方，抢夺的风险低而收益大，小规模的抢夺与较大规模的战争是经常发生的。古代社会，游牧民族大都有抢夺的嗜好，特别好斗，一是因为他们缺粮食，二是因为他们有实力。公元五世纪，颠覆了罗马帝国的日耳曼人，就是一个以战斗为最佳选项的民族。你要说服他们安心种田，等待田野里收获的喜悦，远比动员他们付出鲜血与生命去抢夺财富，要难上百倍。

在人类的战争史上，抢夺的重点是不同的。其中有土地、金钱、资源、女人、奴隶等等，女人与奴隶其实也是资源。现代战争则主要是为了能源。如果把这些东西再进一步向上一个层次归类，其实都是能量。万物生长靠太阳，换一句话说，就是万物生存靠能量。

当人类还没有技术能力进行能量转换的时候，人类战争抢夺的是食物与可以购买食物或生产食物的东西。在人类进入可以利用技术进行能量转换的时候，抢夺富含能源的资源就成了战争的主要目的。古今打仗，都是为了"吃穿"。有句老话叫"无利不起早五更"，无利可图，人们少睡觉都不情愿，何况是参与极有可能丢了性命的战争呢！所以，随着科学技术的发展，生产的成本不断下降，而战争的收益越来越低，战争就慢慢变得不再是最优的选项。

现代战争渐渐变为一个损人不利己的选项。但军备竞赛仍然在热火朝天地进行中。不过，这玩意一旦弄过度了，是会疲劳死的。

当战争不是最优的选项

战争已经不再是较优的获取财富的选项，今后会渐渐变得不再是一个选项，这其中的主要功劳属于由科学技术孵化出来的"可再生"。

最近几年，能源革命成了一个热闹话题。清洁能源成为这个话题中的"风流人物"，"小鲜肉"似的令人着迷。这是一个挺大的误会，是配角抢了主角的戏。事实上，人类到目前为止，还没有找到没有弊端的能源大规模开发利用的方式。世上的事，兴一利必有一弊，能源的生产与消费也是如此。

这一次能源革命的本质，并不是"出淤泥而不染"的清洁，而是可再生。"清洁"之所以抢了"可再生"的风头，是因为雾霾与气温双升，构成了人类的"心肺之患"，人人都深切地感受到了生存危机，解除"心肺之患"就自然地成为人们的共同心愿，于是，一说到清洁人们便心生爱恋。

能源是否清洁当然重要，但与"可再生"比起来，其重要程度则差了几个数量级。人类需要可持续的能源供应，这就特别需要"可再生"。能源、能源，能量之源，生命之源，不仅是物质文明的能量之源，亦是精神文明的能量之源。它不仅与"吃穿"密切相关，亦与心灵相连。能源生产与消费方式的每一次革命，都必然催生宗教、政治、经济、社会、文化等领域的革命性变革与人类生态环境的深刻变化。

"可再生"能源的出场，将改变人类的命运，也将改写人类的历史。这"可再生"是何方神圣？又有什么独门秘籍？

宇宙间可再生的东西很多，从"春风吹又生"的小草，到落下又升起的太阳，可以说是不胜枚举。对今天与未来的人类来说，有一种东西的可再生将是具有划时代意义的。想想看，它是什么呢？大家一定会想到不同的东西，给出不同的答案与理由。下面，就让我们穿越历史，去寻找证据与答案，看看我们能否达成一些共识。

让我们一起"穿越"到茹毛饮血的时代。在这里，你看到了什么？哦，有人在采摘，有人在狩猎，还有人在光天化日之下做爱。这样的景象是不是挺新鲜挺刺激挺有趣呢？再待上些时日，你会发现，他们会不停地迁移，向可能有更多食物的地方迁移。这种迁移凭借的不是嗅觉或听觉，更不是借助卫星探测，而是经验。那些有采集、狩猎经验的人，享有更高的地位。但是，真正的英雄却是有力气能打仗的人。因为，他们经常要为捍卫一块"富含食物"的区域而战斗，与人斗、与各种动物斗。斗不过就跑，跑是他们最主要的防御手段。他们并没有领地意识，只有"食物"意识。当某一区域的"食物"被采集殆尽，便无丝毫留恋地弃之而去，就像中国人在几十年前还没有海洋主权意识一样。你慢慢还会发现，他们的价值观就是食物至上、力量为王。

时间有限，我们只能走马观花，加紧返程式观察。我们会发现一个特别耀眼的事件，那就是火的出现。

火是从哪里来的？西方神话说，普罗米修斯趁宙斯不注意，偷取了天火，送给人类，从此人间的生活就焕然一新了。在中国神话中，有说是"炎帝作钻燧生火"的，也有奉祝融为火神的，反正是神化了的人给人间送来了火种，让人间变了模样。世界各地都有火神的各种传说。总之，是火，熔化了荒蛮风月；是火，斩断了茹毛饮血的原始；是火，引导人类走向光明与文明。如果没有火的发现与利用，人类不会成为"万物之灵"。自从有了火，人类才红火，人间才热乎。

由于火的发现与利用，过去很多不能食用的东西，变成了可口的营养丰富的食物，更重要的是它催生了制造技术，为农业的发展提供了前提与能源支撑。这是人类能源史上的第一次革命性变革，从此，人类由"食物能源"时代进入"动植物能源"时代。这个时期的燃料，主要是柴草，还有少量动物脂肪，所以也可称为薪柴能源时期。

由此，引发了有文字记载的人类历史上第一次天翻地覆的革命。

生产与生活方式变了。生产方式由采集狩猎为主转变为耕种与饲养为主，生活方式由游牧为主转变为定居为主。人类社会的"从业"人口开始大规模地向农牧业转移。这是人类社会从业人口的第一次大规模转移。

人创造了农业，农业也开始改造人与人类社会。人类社会的宗教、政治、经济、文化随之发生革命性变革。宗教由泛神多神逐渐向少神、一神演变，政权由神权逐渐向王权、皇权让渡，经济由天然形态向人工形态转变，文化由自然状态向人文形态转变，社会形态由松散平铺的单元向紧凑垂直的层级演进，人由自然的玩偶变成土地的奴仆。

人们争夺的焦点由食物转变为土地，领地的观念诞生了。掌握农业技术的人享有更高的地位，而英雄则是能打仗变成会打仗的人。打仗不再是单纯的力气活，而是一项技术活。技巧变得越来越重要。人们的价值观转变为土地至上、技巧为王。

光阴如梭，接下来，我们会看到两个具有里程碑意义的大事件：一件是煤炭的发现与利用，一件是石油的发现与利用。源于这两大事件的出现，催生了以蒸汽机与电力为代表的工业技术的诞生与发展。由此，人类能源生产与消费方式爆发第二次革命性变革，进入化石能源时代，人类的文明史再次掀开新的一页。

人类创造了新的产业——工业，工业也开始快速地改造着人与人类社会。从宗教到政治、经济、文化都发生了爆炸式的革命。宗教不仅由多神向一神演变，而且由关注过去与未来向过去、当下与未来兼顾演变；政权由王权、皇权向民权转移；经济由自给自足为主向商业经济、市场经济转变；社会组织由纵向的层级发展出横向的结构，形成经纬，人由土地的奴仆变为机器的奴隶。

人类的生产与生活方式再次发生革命性变革。从业人口发生第二次大规模转移，由农业人口转为工业人口，社会中心由村镇转身为城市。人们争夺的焦点由土地扩大为资源。国家主权的概念诞生了。能创造会经营的人享有更多的尊重。军人开始退出历史舞台的中心，人们的价值观转变为资源资本至上、技术谋略为王。

我们"穿越"回来，也许大家可以达成一项共识：能源生产与消费方式的革命是最具划时代意义的。当然，还有两个重要角色是不能不说的，一个是信息传播技术，一个交通设施。这哥仨是推动人类文明进步的"三剑客"。技术的进步，带动能源生产与消费方式的革命，能源革命又推动整个社会的系统变革，社会变革带动科技的发展，科技发展又催生新的能源革命。如此良性循环互动，并有加速循环的趋势。而且还会发现，在世间庞大的"可再生"家族中，真正拥有一呼百应的老大地位的是可再生能源这个家庭。

中山大学天文与空间科学研究院院长李淼认为，自农业革命以来，人类知识与技术的指数级增长，已经把科技革命之间的间隔时间缩短到了一二十年范围内，但未必每一次科技革命的重点都在能源领域。因此，估计到五十年或百年之后，人类才能将地球上现有的自然能源（不包括可控核聚变）完全地有效地利用起来，从而达到俄罗斯天体物理学家尼古拉·卡尔达肖夫所说"I类文明"的层次：控制行星规模的资源。在"I类文明"之上还有"II类文明"和"III类文明"，其所控制的资源量分别达到一颗恒星和若干邻近恒星的规模。当然，这是更长远的事情了。

好！现在再想一想，如果能源可再生，人类将会怎样？世界将会怎样？战争以及市场竞争还是必然的选项吗？福兮？祸兮？

热烈地拥抱红太阳

东方红、太阳升，能源有了可再生。可再生能源，意味着取之不竭用之不尽。如此一来，可就有大麻烦啦！

很久很久以前，亚当、夏娃偷吃了智慧果，变成一对"小傻瓜"，并且受到了上帝的严厉处分：驱出伊甸园，必须终生劳作才能有衣食，夏娃还必须承受生育的痛苦。从此，人类的生存便始终处于资源有限性的威胁、危险、危机之中。人类的所有思想、情感、道德、伦理、组织形式与游戏规则，无一不是"资源有限性"与人反复"摩擦碰撞"的结果。或者也可以这样说：资源、主要是能源的有限性与人类欲求的无限性之间的冲突与合作，创造了人类的宗教、政治、经济、社会与伦理道德、思想文化。

为了保护或占有资源，人们不得不联合起来，不断创造更有活力的社会组织与政治组织。

为了高效利用资源和发现新的资源，人们持续地发展科技，不断创造更有效率的经济组织、经济体制。

为了资源的更合理分配，人们创造并持续变革着社会伦理道德与思想价值观念。

为了缓解人们因资源有限性而起的焦虑、痛苦与冲突，基督教引入救赎与"末日"来平衡当下的矛盾冲突；佛教则试图调整人内在的欲求让有限变得有余；基督、真主与佛祖的一个共通之处，就是努力扩大人的时空观念，把人的欲求向未来转移，向不同的空间转移，以此舒缓现世的矛盾。中国的儒家则致力于通过伦理秩序，让人人"有限"，以实现与资源有限的平衡；而道家则企望以精神的无限来"对冲"资源的有限。

突然之间，可再生能源出山了，这个家伙有着周而复始、无穷无尽的能量。如此一来，人类现有的游戏规则绝大多数将失灵失效。因为，"有限"

换"无限"了，平台变了，这个新平台与旧软件无法兼容，游戏玩不下去了。你说说，这个麻烦大不大？人类可怎么办呐！

有人这时要问了：可再生能源到底是个啥？它们果真能够、什么时候能够取代化石能源？

可再生能源，其实是人类的老相识、老朋友、旧情人，像风能、水能、太阳能、潮汐、地热等这几位可再生家庭的主要成员，大家都认识。它们有着共同的特点，就是周而复始，没完没了；再就是不太听话、十分任性，并且身价奇高。所以，过去人们虽也希望与它们相亲相近，却因伺候不了、养活不了，只好敬而远之。近些年，由于化石能源大搞"精神污染"，而且年老色衰，眼看没几天活头了，弄得大家身心肺都很受伤很焦虑，才不得不再次与可再生能源谈恋爱。世界上怕就怕"用心"二字，人们用心多了，慢慢就掌握了可再生能源的脾气，也感动得它们不断地下调身价。正在由谈情说爱阶段向"结婚过日子"的阶段大踏步迈进。

如今，世界各地到处都有风电场、太阳能电站。由于它们的"生活费"较高，一般都需要有一定的政府政策支持才能"生活"下去。这有点像北京、上海等地刚刚结婚的一些年轻人，需要父母给点补贴，才能有房有车养孩子，才能过上都市生活。不过，这种情况正在发生着积极的变化。风电已经初步具备了在市场中自立自强的能力，太阳能发电成本下降的速度也是十分喜人。

2016年8月，山西阳泉采煤深陷区光伏发电示范基地项目招商，协鑫新能源控股报出了0.61元／千瓦时的价格。2016年初，美国就出现了3.87美分／千瓦时的太阳能电价。4月的墨西哥、6月的阿联酋和8月的智利，太阳能电价分别降至3.6美分／千瓦时、2.99美分／千瓦时、2.91美分／千瓦时。到了11月，特斯拉联合太阳城发布了一款太阳能屋顶的产品。这款被称为"特斯拉玻璃"的产品引起了业内人士的高度关注，有激动也有焦虑。焦虑的原因是它可能干死目前所有的太阳能产品。激动的原因是可再生能源替代化石能源的日子将会马上到来。它相较目前市场上的太阳能产品至少有三大优势：一是其能源转换效率增加了 30% 到 40%，二是它有很好的柔韧性，三是美观。

在美国第二大州德克萨斯首府奥斯汀以北约 40 公里处，就有一个被誉为"绿色能源城"的小镇乔治敦。步入其中，就会看到一排排 19 世纪的维多利亚建筑，茂盛的大树与成片的草坪，令人心醉神迷。在这里，90% 的用电来自风能发电。到 2017 年，将形成 60% 风电与 40% 太阳能发电的结构，100% 使用绿色可再生能源。

当然，可再生能源要替代化石能源，关键问题并不是价格，而是"脾气"。相较于化石能源，可再生能源（主要太阳能、风能）的"脾气"太差，用专业一点的话说，就是具有波动性、间歇性、随机性的特征。这对电网来说，是个严峻的挑战。一头是随意开停的用户，另一头是随意开停的电源，电网该如何安全？就像一个家庭，妈妈任性，媳妇也任性，这儿子就没好日子过了。

全球能源互联网

好在，可再生能源的"坏脾气"并非没有解药。目前，治疗这个毛病的处方药有两种。

一种处方药的名字叫"全球能源互联网"。可以说它是中药，因为它除了是中国创造、中国智慧、中国方案以外，还是系统的友好的互动的可持续的发展思路与解决方案。它用中国国家电网公司具有完全自主知识产权、目前世界上最先进的特高压交直流输电技术，将全球电网连接起来，构成超级大超级强的"身体"；再融合互联网技术、智能技术等使之具有

09

了 "最强大脑"与灵敏灵活的"神经网络"。也就是说，它力大无穷又绝顶聪明，胸怀宽广且灵活包容。那么，它到底有什么本事呢？

先说说它的力气有多大。一条1000千伏交流特高压线路，输送距离可以达到2000~3000公里，输送容量最高可达500万千瓦。一条±800千伏直流特高压线路，输送距离可达1100~2400公里，输送容量1000万千瓦。一条±1100千伏直流特高压线路，输送距离可达5000公里以上，输送容量可达1200万千瓦。一旦形成强交强直的互联电网，其能力自然就更加强大。

再说说它智商有多高。它除了运用最先进的信息技术，构建"最强大脑"以外，还利用系统保护、虚拟同步、传感设备等等组成了完备的神经网络与"肢体组织"，智慧、灵敏、温柔，还善于"沟通互动"。

互联网对媒体生态的重大改变，就是由单向传播变成了多向传播，让每个人都有了双重身份：信息发布者与信息接受者。全球能源互联网，既利用智能系统让风能、太阳能等与电网友好互动，又利用超级电网的超级调配能力增强整个系统的安全稳定性，同时还用抽水蓄能电站、储能电池等等进行削峰填谷，聪明地解决了能源生产与消费的时间差、季节差、地域差等问题，实现整体平衡效率最优。同时，也可以实现能源生产者与能源消费者之间的互动。人人都是能源消费者，人人也可以是能源供应商。形象地说，能源互联网相当于电力"高铁"加电力"水库"加智慧电力网。

世界那么大，不太好溜达，交通便利就好啦。全球能源互联网，让能源可以满世界随便溜达，还可以找个地方住下稍微休息一下。如此一来，任性的可再生能源就变得温柔可爱啦！

另一种处方药的名字叫"储能电池"，它是西医专项治理的思路。就是在风力大、艳阳照的时候，把电能储存到电池里，当风儿歇息或太阳打盹的时候，就由储能电池来顶替它们的工作，以此来保障电力的持续可靠供应。这项技术对微电网的发展起着至关重要的作用。

应该说，"全球能源互联网"将是体能（输送能力）、智商（调控能力）、情商（互动能力）与逆境商（抗风险能力）统统超级棒的超级系统。这个系统是"蜘蛛侠"、"钢铁侠"与"超人"的集合体。

这两种"解药"研制到什么程度了呢？

国家电网公司多年潜心研究能源互联网，12年前开始组织特高压电网理论研究与工程实践，目前正在落实中国国家主席习近平在联合国发展峰会上提出的推动构建全球能源互联网的倡议，不仅绘制出了美好蓝图，而且拿出了行动方案、路线图、时间表，创造了丰富的理论成果与实践成果。

在中国首都北京以北的张北地区，国家电网公司建设的风光储输示范工程引起了世界能源行业的广泛关注。在这里，通过风电与太阳能电力"性格"的互补，以及储能技术的居中"调解"，使可再生能源由"野蛮女友"变成"温柔保姆"。国家电网公司希望这项工程为构建中国能源互联网与全球能源提供工程实践的丰富经验。

2016年3月，全球能源、金融、科技界近600名精英齐聚北京，参加全球能源互联网国际大会，共同展望构建全球能源互联网的宏伟愿景，对可再生能源替代化石能源达成了广泛共识并提出了行动方案。

可再生能源的发展状况

国家电网公司发布的研究报告显示，以目前的技术水平，全球太阳能资源超过100万亿千瓦，风能资源超过1万亿千瓦。而目前预计到2050年，全球电力需求在73万亿千瓦时左右。也就是说，将来只利用全球清洁能源的万分之五，就可以满足全球能源需求。如果清洁能源每年增长12%，到2050年，清洁能源占能源消费比例可达到80%。

2015 年，英国最后一家深层煤矿正式关闭，无数英国媒体感叹，这标志着"一个时代的终结"。英国开启了煤炭能源时代的大门，又率先敲响了关闭这个时代的钟声。自 20 世纪 50 年代末，英国政府开始制定实施煤矿关闭计划。英国政府最新宣布的计划是，到 2025 年将关闭所有的燃煤电厂，彻底与煤炭时代告别。

彭博新能源财经发布的最新研究成果显示，未来汽车电池的价格将大幅下降。到 2020 年以后，与传统汽油、柴油车相比，新能源汽车在绝大多数国家都将成为一项更加经济的选择。2015 年的新能源汽车销量同比增长 60%，到 2040 年，可达到 4100 万辆，将占全球乘用车存量的四分之一，届时，全球将减少日均 1300 万桶的原油需求。

2016 年 9 月，由初创公司普罗特拉公司生产的"催化剂"E2 系列电动汽车在洛杉矶举行的美国公共交通协会年会上首次亮相。这款汽车的电池可储存 600 千瓦时的电量，充电一次可行驶 563 公里，可以毫不逊色地取代任何一款化石燃料的公交车。

在 2016 年 9 月，由马里兰大学科研团队研发的"阳光卡美拉"号大型直升机成功升空，成为世界"绿色航空"和旋翼航空史上的历史性时刻。在这一年的早些时候，"阳光动力"2 号太阳能飞机完成了长达 16 个月的无燃料环球飞行。

在美国，有一位现实版的"钢铁侠"，名字叫埃隆·马斯克。特斯拉电动车是他的代表作。2016 年 3 月，这位"钢铁侠"召开发布会，展示了最新成果：一块挂在墙上的太阳能电池，便可解决一个家庭的用电需求。

美国阿贡国家实验室主任彼得·利特伍德认为，储能技术的发展至关重要。电网就像银行，电就像资金，将资金有效存储并发挥好作用，是电网发展的方向。他还宣布，未来五年，阿贡实验室将在储能技术上取得重大突破。世界上许多国家，比如中国、德国、日本、法国等等都像百米大赛的运动员一样，铆足了劲，奋力抢占储能技术的领先位置。

储能领域有诸多研究方向，其中有一种"黑科技"前景最为光明，被认为将引发世界汽车工业的革命性转变，并给中东产油大国带来经济灾难。

为什么？原因是：

采用这种电池的手机，只需充电五秒钟，即可使用半个月。出行者基本不必再携带充电器，更不需要充电宝。采用这种电池的电动汽车，只需充电10分钟，就能行驶1000公里。

这种新材料的发现者是英国曼彻斯特大学诺·沃肖洛夫教授，他凭着这项成果收获了2010年诺贝尔物理学奖。这种新材料的名字叫作石墨烯。全球大约有200多个机构、1000多名研究人员从事石墨烯的研发工作。中国、美国、韩国、日本等国家走在前列。2016年7月，中国的一家上市公司在北京举办发布会，推出世界上首款石墨烯基锂离子电池产品——"烯王"。这种电池可在负30度至80度的环境下工作，循环寿命高达3500次，充电效率是普通电池的24倍。

石墨烯电池只是石墨烯的神奇应用之一。它还可以取代硅，能让计算机处理器的运行速度增长数百倍，并有望引发触摸屏和显示器的革命，制造出可用眼神操控、可折叠、自由伸缩的显示器件。

储能技术一旦具备了成本优势，还将为更广泛领域的能量转换创造条件。比如走路、跑步、健身、骑车等诸多动能都可以转化为电能。美国威斯康星大学的研究人员发明了一种依靠鞋子发电并存储能源的逆电润湿技术，可以把人们步行、跑步产生的能量转化为电能。

总之，全球能源互联网的构建、储能技术的重大突破，必然带来能源生产与消费方式的巨大革命。可再生能源由配角成长为主角的条件很快就会成熟，化石能源退出舞台中心位置的日子即将到来。快则20年，慢则50年。挪威德国船级社发布《2025技术展望》中称：到2025年，能源格局将由大规模可再生能源发电厂、远距离输电的超级电网、微电网以及可生产能源的建筑物共同组成。那时，太阳能发电将是最便宜的电源，预计投资成本会下降到约 300 欧元／千瓦。

在可再生能源的家庭中，将来前景最为广阔的是太阳能。以目前的技术水平，大约四十分钟照射在地球上的太阳能，足以满足全球人一年的能源需求。当太阳能成为主角的时候，人类将第一次彻底摆脱资源有限性的限制，冲破资源有限与欲求无限的矛盾。

事实上，人类一直以来利用的都是太阳能。"食物能源"来自太阳能，它是太阳与植物光合作用的成果。"薪柴能源"亦是如此，化石能源也不例外。这些能源，要么热值太低，要么形成时间太长，除了不能满足人类需求之外，还带来了气候、环境等等影响人类生存质量的一系列问题。今天，人类终于可以不再借助自然物的转化，具备了直接利用太阳的光辉的能力，而且，这种能力在日益提高。

如果说，以动植物燃料取代"食物能源"，是人类能源生产与消费的第一次革命；化石能源取代动植物能源，是第二次革命；那么，以太阳能为主的可再生能源取代化石能源，将是第三次革命。而第三次能源革命，才是最彻底最具颠覆性意义的革命。因为只有这次革命，才真正推翻了压在人类头上的能源有限性的大山。

如果说，火的发现开启了人类走向光明文明的新时代，铸就了辉煌灿烂的人类历史，那么，以太阳能为主的可再生能源的高效开发与广泛应用，会开创一个怎样的人类历史呢？你怎么想像都不为过！

可以肯定的是，能源已经如同空气，不再是稀缺的，并且将是越来越便宜的，并不排除有一天是免费的。

可以肯定的是，火电消失了，水电、风电也只是当个配角、一种风景，像地热发电、潮汐发电等等，也就是"路人甲"之类的角色。核能是万分重要的，太阳能也是核能，但是，民用核电将不再是人类的选项，核能开发将会有更高的形态，核能的应用也许会有新的领域新的方向。

可以肯定的是，不管那时天蓝不蓝、地绿不绿、水清不清、气顺不顺，你都赖不到能源系统身上了。我不敢肯定天蓝地绿水清气顺，是因为不知道人还会整出什么新的幺蛾子。

可以肯定的是，人的发展将有更多的可能性，人类生活的诸多领域都面临颠覆性的变革，人类需要新的游戏规则。

电像空气那样的存在

列宁曾经说，共产主义就是苏维埃政权加全国电气化。也就是我们常说的楼上楼下，电灯电话。如今电力与人类的生产生活已经密不可分，离开了电，也就意味着远离了现代生活。电已经像空气一样，有它人们感觉不到，没有它就活不下去！可是，有朝一日人们使用电力能够像享受空气一样不收费吗？或者说，能源互联网会不会成为下一个信息互联网？这是一个令人关注让人兴奋的话题。信息互联网已经接近免费使用的状态，能源互联网终将会步其后尘。

同建设信息互联网一样，能源互联网前期的研发费用与建设成本都是相当巨大的。但是，科学界相信，能源行业也和信息行业一样遵循"摩尔定律"，其生产设备的成本将呈指数级下降，而生产效率则将以指数级上升，太阳能与风能的单位边际成本将无限接近于零。目前，太阳能、风能与储能技术正在经历指数增长曲线，预计太阳能发电的价格，到 2020 年可以达到电力资源的平均价格，到 2030 年可降至化石能源发电价格的一半；在过去的 20 年中，太阳能发电一直保持着每 2 年翻一番的增长速度。在过去的 20 多年里，风力涡轮机的生产效率提高了 100 倍，而每台强风力涡轮机的平均产能增长率则超过了 1000%。

随着太阳能发电、风能发电与储能技术的发展，人类生产与使用电能的效率正快速提升，而成本则急速下降，这必然催生电力生产与消费的革命。分布式能源与集中式大规模发电将并驾齐驱，越来越多的电能消费者将变成电能产销者。能源领域也会与媒体行业一样，传媒行业有"新媒体"、"自媒体"，能源行业有"新能源"、"自能源"。传统能源行业与传统媒体一样面临重大机遇与巨大挑战，有些企业将在痛苦中新生，有些企业在麻木中死亡，新型的电能生产与营销方式将如雨后春笋。回顾传媒行业的过去，看看传媒行业的今天，能源行业的未来也就一清二楚了。

仅得到太阳赋予地球能量的 1% 中的十分之一，就能拥有 6 倍于目前全球所需要的能源；仅需获取世界上 20% 的风能，即可获得 7 倍于目前全球用电量的电力。电力成为空气一样的存在是可能的。随着能源互联网的建设与完善，人类共享可再生绿色电力的时代即将到来，而且太阳能将成为万能之源。之后，人类将开启探索利用海洋能源、太空能源的时代。另外，核能亦是人类利用能源的重要方向，但核能的利用主要不是服务于人们日常的生产生活，它是为人类更远的未来与更大的梦想准备的。核能必将是人类重要的储备能源。

所有的物质都是能量

可能有人会提出疑问：能源的可再生，解决的仅仅是能源问题，人类需要的物质资源多了去了，怎么能说有了能源的可再生，人类就突破了资源有限性的限制呢？下面就简单地探讨一下这个问题。

先从遥远的过去说起。人与万物是从哪里来的呢？佛说，从尘埃中来，到尘埃中去。现在绝大多数科学家都公认，宇宙是"大爆炸"的产物。大约 138 亿年前，宇宙刚刚出现时，比"小蝌蚪"样的精子还小得多，但内部蕴含的能量巨大，温度极高。之后，在巨大能量的作用下，宇宙急速膨胀，速度快到没有一个象声词可以形容。这个过程和今天人类的"造娃运动"极其相似，所以我们也会说，每个人都是一个小宇宙。从宇宙诞生的第一秒开始，不同的力量就出现了，包括引力与电磁力。引力是一种将万物拉拢聚合的力量。电磁力是一种使同性电荷相斥、异性电荷相吸的力量。组成物质的基本粒子夸克出现了。但由于初始的宇宙变化剧烈，大部分粒子一出现就消失了，转化成为宇宙中的纯能量。下一秒，宇宙膨胀的速度慢了下来，构成原子的基本成分：质子和电子出现了。

注意！在这个时期，温度是不同物质转化形成的重要因素。

宇宙的温度慢慢下降，使得带正电的质子能够捕捉带负电的电子，形成最早的原子。在这个阶段，物质的存在形式非常简单。大多数物质都由自由移动的氢原子和氦原子组成。氢原子由一个质子和一个电子组成，氦由两个氢原子和两个氦原子构成。早期宇宙就是由这种氢原子和氦原子构成的星云。

再往后，恒星出现了。我们都知道牛顿的"万有引力"定律：任意两个质点通过连心线方向上的力相互吸引。该引力的大小与它们的质量乘积成正比，与它们距离的平方成反比，与两物体的化学本质或物理状态以及中介物质无关。正是引力将逐渐将飘浮的"星云"拉拢聚合，形成数以亿计的"星云"，在重力的作用下继续收缩。收缩带来温升，温度的升高让星云内部的原子运动，相互碰撞越来越激烈。当星云中心的温度达到 10℃ 左右，氢原子开始聚合，原子的一部分转化为纯能量。结果，由这些"超级氢弹"爆炸释放的能量冲破引力，向寒冷空寂的空间倾泻而出。又经过了上亿年，第一批恒星诞生了。在引力的作用下，恒星开始聚合为"星系"，每个星系都由数亿计的恒星组成。

恒星产生新的物质。最大的恒星产生最大的压力，也产生最高的温度。在恒星中心，聚合反应迅速发生，直到数百万年后，逐渐耗尽自身的氢元素。此时，恒星的中心坍缩，产生更高的温度，直至氢原子开始聚合，产生更复杂的元素。经过一系列类似的坍缩，新的元素不断诞生。当一颗巨大的恒星坍缩时，它会在爆炸中消亡，化为一颗"超新星"。超新星使化学反应成为可能。

超新星一直将更复杂的元素抛撒到星际空间。这些元素可以通过各种方式合成化合物，进而形成更复杂的物质。

行星是第一批由这些更复杂物质组成的天体。太阳就是在50亿年前由这些物质组成的星云构成的。这片星云在重力的作用下坍缩，直至氢原子开始在中心发生聚合，形成了人们称之为"太阳"的行星。

大部分的太阳星云都合并"同类项"了，只有极微量的物质在年轻太阳的外部空间沿轨道运行。在每一条绕日轨道上，原子相互碰撞、挤压，慢慢形成大一点的物质。这些大一点的物质继续相互碰撞、挤压，逐渐形成较大的天体。地球就是其中之一。

太阳的热量将气态物质从星系中心驱散，所以，内圈行星：水星、金星、地球和火星呈固态，外圈行星：木星、土星、天王星、和海王星呈气态。

最初的地球是一个炎热危险的地方。陨石和小行星不断地"投靠"，让它的体积持续增大，巨大的压力使它的中心温度上升，直至熔化。较重的物质沉积到地球中心，形成地核。金属构成的地核能够产生磁场，保护地球上的物质免受太阳的一些有害辐射。稍轻的物质组成熔融态，进入中层，形成地幔。更轻地物质只好留在表层，形成地壳。最轻的物质是气体，构成早期的大气层。

随后，地球慢慢冷却，最终，水蒸气组成的巨大云团在地球上空循环，逐渐形成降雨，造就了早期的海洋。

有了这些早期的海洋，新的复合体开始出现：这就是生命。水，为化学反应提供了适宜的环境。在海洋深处，既有来自深海火山活动的能量，又有充足的化学物质，越来越多更加复杂的化合物开始形成。大约35亿年前，形成了地球上第一批生物，今天的生物学家称其为"原核生物"。它们能够通过"新陈代谢"的化学反应，从周围环境中汲取能量；也可以利用复杂的分子（DNA，中文叫脱氧核糖核酸，是遗传信息载体）的特性进行自我复制，或者叫自我繁殖。在繁殖的过程中，总会出现微小的差异。由于有了差别，一些个体在获取能量方面优于其他个体，而且更易存活，并能有效繁殖，并聪明地将积累的优点通过DNA遗传给自己的后代。通过这种方式，生物开始逐步进化，演化出千百万个不同的物种。

在进化过程中，它们中的一部分学会了进行光合作用，从太阳中吸取能量。光合作用产生了氧气这种副产品，越来越多的氧气被释放到大气层中。部分生物因享受不了"氧"福而灭亡，一些生物成功地适应了含氧量日益提高的环境。其中一部分还开始利用氧原子的高能量来驱动自身的新陈代谢。通过这种方式，在大约20亿年前，真核生物出现了。其中一些物种的后代具有父本、母本的双重特点。这种新型繁殖方式，我们称之为"有性繁殖"。有性繁殖带来更丰富的多样性。

大约6亿年前，出现了第一批多细胞生物。每一种多细胞生物都含有数十亿的真核细胞。这标志着生物的复杂性提高到一个崭新的水平。

起初，所有的多细胞生物都生活在海洋里。大约5亿年前，部分生物开始探索陆地生活。又经过了漫长复杂曲折的发展，大量哺乳动物出现在地球上，其中有一种为灵长类动物，可能是为了安全，它们大多生活在树上。为了适应树上的生活，它们进化出了有抓握能力的手，可以观察立体图像的眼睛和能够处理视觉信息的大脑。大约2000万年前，估计是为生活所迫，一部分灵长类动物开始尝试地面生活。到了约700万年前，一些猿类能够用双脚站立行走。这第一批"类人猿",就是人类的直接祖先。现代智人,大约出现在 25 万年前。

由能量变动到物质运动到化学反应,再到生物活动,然后有了遗传基因,直到演化出高等生命。宇宙演绎了由能量到智慧生命的神奇故事。

爱因斯坦早已论证了能量与质量是等价的。也就是说,任何能量都可能转化为物质,任何物质都可能转化为能量。从深层意义上说,不同物质或不同能量不过是同一事物的不同名称而已,人当然也不能例外。

从宇宙"大历史"中观察,人不仅与猴子是同宗,而且与所有生物同祖;不仅与生物同祖,而且和所有的物质同源。如此反推回去,如果能够在更原始的或者说是在更小"层面"进行物质形态的重组、转换与转移,那么人类与世界的样貌就会大为不同。这个思路与方法,被预言家、科学家们称为"逆向工程制造"。如何理解?打一个不太恰当的比喻:我们治疗疾病,特别是西医,现在主要是在人的肉体与肢体上做文章,当我们破解了基因密码之后,就可以在一个更高的层次上,实现对身体的更超前更有效的管理与运营。同理,当我们破解了物质的"基因密码",就可以自如地"制造"各种物质。如今,世界各地的大批"创客"正在试图从原子层面来重建物质,纳米技术就是在原子维度上寻求操纵物理世界的重大突破。2016 年诺贝尔化学奖授予了费加林、弗雷泽·斯托达特和让-皮埃尔·绍瓦热,获奖原因是他们开发了直径只有人类头发丝千分之一的分子机器。目前,日产汽车运用类似技术实现了汽车划痕的自我修复,能够如人类皮肤"愈合"一样看不出痕迹。

未来,在物联网全面成熟,智能制造、分子制造、3D 打印等技术普遍化、成熟化之后,我们获取物质财富,就可以如今天我们在互联网上获得信息一样,方便快捷,而且几乎不需要付出费用。任何人都可以在物联网上创造,也可以在物联网上"复制"、"下载"自己需要的东西。物质紧缺的时代将成为一段宝贵的历史记忆。

在更遥远的未来，人人都可以如孙悟空一般"七十二变"，万物都可以变换自如，还可以如孙悟空那样翻个"跟头"就是十万八千里。在科幻电影《黑客帝国》中，人是生活在电脑母体中的程序；而《星际迷航》中，人可以实现粒子形态的无线传输；这些科幻能不能变现？只要你相信万物不过是不同的元素以不同的方式组合而成，智慧不过是劳动与学习长期积累的成果，答案就是肯定的，只是实现形式可能是如此但并不仅限于此。

今天，我们利用能源，主要是进行物质形态的转换与空间转移，随着科学技术水平的飞速发展，这些"转换"与"转移"方式将越来越多样，越来越便捷，越来越有效率。

我们知道，能量是守恒的，物质是不灭的。未来，一切物质，自然包括信息，都是可复制、可循环的。那时候，资源的有限性就被彻底打破。人类会在一个更高形态上回归到"原始社会"，过上一段快乐的时光。

人的可再生、可永生

通常人们会认同这样的说法，人类社会唯一不变的东西只有两样：死亡和税收。对于宇宙学家来说，唯一确定的是：宇宙有朝一日会死亡。

人真的无法逃脱的死亡的命运吗？当宇宙以大坍塌的形式灭亡的时候，一切生命都将难逃此劫吗？

宇宙灭亡的那一刻，人类能否借助虫洞逃往另一个宇宙，科学家们正在努力工作，目前尚无定论。但人的可再生甚至是可永生则即将成为现实。这里说的"可再生"，不是指男女配合，愉快出新的生命，而是说你是可再造或称可复制的，又或者说是可以永生的。

英国《卫报》网站于2016年7月20日报道：一个多世纪前，德国神经科学家科比尼安·布罗德曼给出了第一张人类大脑的绘图。他将人类大脑划分为 50 个不同的区域。现在，研究人员做出了一项科学壮举，他们升级了这张有着百年历史的人类大脑绘图。新的绘图显示，人类大脑至少拥有 180 个不同的区域，分别掌管着语言、感知、意识、思维、注意力和知觉等等。这是人类向完成了解脑组织迈出的具有里程碑意义的重要一步。这项成果是由圣路易斯华盛顿大学的科学家们完成的，他们正在进行"人类连接项目"的研究，旨在搞清楚人脑神经元是如何连接和运作的。

许多生物学家、脑神经科学家整日沉浸在破解生命密码、大脑神经奥秘的研究中。他们当下的目标是能够修复被疾病困扰或被外力损伤的身体与大脑，中期目标是增强身体与大脑的功能，终极目标是实现人类不死之梦想。

人类终将破解大脑的全部奥秘，并成为自己大脑与整个身体的主宰。或许就在下一世纪，现在的人将被"超人"替代。二十二世纪末极有可能进入"超人"主导的时代。"超人"既不是现在的人，也不是外星人，更不是"智能机器人"，而是现代人与"智能机器人"的集成。"超人"是生物进化与技术进化叠加的成果，是人类由生物进化到技术进化的一次飞跃，是宇宙中的一个全新物种。

现在，科学家们正在不同的路径上披荆斩棘，艰难却极富成效地前进着。

一条路径是仿真之路。全脑仿真就是用非生物基质仿照某个大脑制造一个能运行的副本，一旦那个大脑出了问题，这个副本就可以替代它继续运行。大致上相当于信息系统的灾备中心。

这条路径是建立在神经科学等研究成果的基础之上的。人类已知，脊椎动物的大脑与它的身体上的其他器官一样，由无数的细胞组成。大脑细胞中包含着大量的神经元。神经元是一种精妙的电结构，每个神经元都能够传递复杂的信号。神经元又包含一个胞体、一个轴突和多个树突。在神经元中，树突接收信号、轴突输出信号、胞体进行信号处理。大量神经元广泛地相互连接，形成复杂的网络，可以处理复杂的问题。简单地说，大脑的活动是由电子活动构成的。人类行为是由大脑中的物理与化学过程决定的，是由接收到的感觉信号和发出去的运动信号决定的。既然它是一种物理过程，那么，全脑仿真就是可行的。

既然是仿真，就要搞清楚大脑的真实状况。所以全脑仿真的第一项工作是测绘，也就是工程建设中的勘察设计与绘图。现在，科学家们正在利用"冷冻大脑"对其进行一层层的扫描，以掌握大脑储存、运算、思维、意识与情感的运作模式，并探索电脑的实现方式。当然仅有对死亡大脑的认知是不够的，毕竟我们谁也不希望被植入的大脑属于"死亡模式"。好消息是，已经有志愿者捐献大脑供科学家们进行损伤式的扫描。随着轻微创伤与无创伤扫描技术的发展，科学家们破解大脑奥秘的进程将大大加快。还有一种方法是利用纳米技术。科学家们设想制造纳米机器人进入大脑血管，潜入到神经元的薄膜、突触附近，去"侦察"它们的秘密，把每一个脉冲信号实时传送出去，供科学家们用来绘制大脑的动态图画。如此，我们不仅可以掌握大脑的构造，也可以洞察它的运行状态。

全脑仿真的第二项工作是模拟。破解了大脑的秘密之后，接下来的问题就是有没有能力复制这个复杂的网络。就像搞建筑一样，图纸有了，还得看材料与工艺水平是否达到设计要求。我们已经知道，人类的大脑当中大约有1000亿个神经元，每个神经元与周围细胞之间约有1000个连接，总共约有100万亿个连接，所有连接都能进行同步计算。但人脑有一个致命弱点，那就是神经网络的运算速度非常缓慢，每秒只能完成200次计算。100万亿个连接，每个连接每秒计算200次，总计每秒可以计算$2×1016$次。科学家们预计到2020年，计算机的计算能力将与人脑相当。

人脑的储存量大约相当于 100 万亿个突触强度，大约有 10000 万亿比特。据人工智能领域的科学家预测，最迟到 2023 年，我们就可以用 1000 美元的成本得到容量相当于人脑的电脑内存。美国预言大师、科技大师库兹韦尔预计，到 2048 年，电脑的能力将相当于全美人口的脑力之和；到 2060 年，电脑的能力相当于一万亿人的脑力之和；到 2099 年，预计地球人口是 100 亿，那么一台价值 1 美分的计算机大约要比地球上所有人的计算能力之和强大 10 亿倍。

怎样让计算机具有上述能力呢？到 2020 年，集成电路的摩尔定律将会失效，但摩尔定律将在新的技术基础上发挥作用。一条技术路线是在芯片的二维空间开发耗尽之后，推出三维空间的芯片，这种芯片将具有几十层甚至上千层电路。未来的芯片将由今天的"薄饼式"变成"千层饼式"。存储 1 比特的数据仅需要 100 万个原子，因此每立方厘米可以拥有 1 万亿比特的存储量。另一条路线是"分子计算"。分子计算领域的科学家发现了一套酶反应，该反应符合解决各种计算问题所需的逻辑与算术操作规程，可以用来解决一系列难以解决的组合问题。这是一种用 DNA 分子自身作为实际的计算设备，也称为生命机制计算。还有一种更加强大的计算，那就是量子计算。

随着中国"墨子号"量子科学实验卫星的成功发射，量子成了人们关注的话题。量子是个什么鬼？量子是目前已知的能量的最小单位，分子、原子、光子、电子都是量子的表现形态。形象地说，所有的物质当然也包括人都是庞大量子的集合。人的每一次呼吸，都有上万亿量子进进出出。

电影《蚁人》里，主角斯科特为了拯救世界，把自己无限缩小，最后进入的就是"量子世界"；电影《心灵传输者》中的戴维能够使用"心灵传输术"，瞬间穿越时空；《封神演义》中的土行孙，一眨眼没了，一转眼又从别的地方冒了出来等等，这些想象在量子世界里都是稀松平常的事。

量子计算的意义有多大呢？这么说吧，如果数字计算是爆竹，那量子计算就是氢弹。什么是量子计算呢？数码计算的基础是信息的"比特"，或开或关，要么是 0，要么是 1，交替循环。量子计算是量子比特，量子比特的基础是量子力学中固有的模棱两可性，是退相干原理，它是 0 和 1 同时出现的。理论上，一台量子计算机可以同时尝试每一种因素潜在的组合形式并在不到 10 亿分之一秒的时间内解开密码。

从理论上讲，仿真全脑是可行的，我们能够绘制出大脑的全息影像，也能够用非生物基质达到大脑的运算能力。从实践来看，我们也已经进入了神经移植的时代。一些耳聋的患者，可以借助电子设备与大脑的听觉神经连接，重新听到美妙的声音。一些盲人，也可以借助眼镜式摄像机、视觉芯片与大脑神学神经的连接，看到多彩的世界。一些癫痫病人，也可以通过切除部分脑组织或利用电子设备的"管理"，过上正常人的生活。一些帕金森患者，可以通过植入电极来控制症状。现在，美国加州理工学院的教授们已经制造出了一种数字——类比集成电路，可以同成千上万个神经元组成的哺乳动物的神经电路相媲美。韩国浦项工科大学材料学家李大佑及研究团队表示，他们研制的人造突触可以令计算机模仿人脑，将在未来赶上甚至超过生物大脑的水平。这说明，我们对大脑的理解，可以并应该由"豆腐脑"式的化学运动向电子运动转变。更证明，用科学技术可以通过对人脑的升级改造，实现"软件化"。未来的"人脑"可以兼具人脑与电脑的双重优势，也可以说未来的"电脑"兼具人脑与电脑的双重优势。虽然目前还有一大堆的超级难题需要破解，但人类已经看到了东方破晓的曙光。

除了全脑仿真之外，还有一条路是抛开人脑另行创造。这条路是沿着怎样的思路前进的呢？下面我们来了解其中的一种方法。这种方法是利用规范性创造"类人"与"超人"的人工智能：第一，设计正确的回报函数，为人工智能确立目标；第二，使用有效的机器学习，在电脑中建立一个世界的模型；第三，根据这个模型，建立强大的最优算法，并使用这个最优算法取得最大的预期回报。没有目标，最优就无从谈起；没有学习，计算就失去了依据。一旦目标、学习、计算三者有机融合，就有了无限可能性。

这个规范实质上是对自然世界创造力的一种模仿。在自然界中，生物的目标是生存延续，完全开放的自然世界提供了多种多样的生存发展方式，生物经过简单却漫长的操作来寻找最优的生存繁衍方式，创造出了手、脚、翅膀、眼睛、耳朵、大脑等神奇的事物，许多生物还具有了储存太阳能和重于空气飞行的能力。可见，在自然进化中，只要时间足够长，简单、原始的"算法"也能产生先进的"技术"。因此，只要我们能正确地设计出这种简单的算法，并辅之以开放式的回报函数，放在有足够大潜力的环境中，就能产生创造力。

回报函数的设计是相当重要的。回报函数的条件越容易满足，其创造能力也就越低。一般动物的需求少，其创造力也很低。人要求的回报既多又高，其创造力也就遥遥领先。

在这里，与自然进化不同的是，人工智能具有超强的计算能力与学习能力，这就让我们有理由相信它的进步将是神速的。最初，可能有的人工智能在这个领域接近或超过人脑，有的人工智能在另一个领域具备了接近或超过人脑的能力，那么，不同领域的人工智能一旦联合协作，就将迅速全面地超越人类。我们知道，有的人在艺术领域有卓越才华，有的人在物理领域卓尔不群，但他们之间并不能相互复制才华。但是，人工智能是可以做到的。智能机器人，并不是个人的"人"，而是一个系统，是一种无处不在的存在。

计算机科学家艾兹格·迪科斯彻说："机器是否能思考，与潜水艇是否能游泳的问题很像。"目前，人工智能是否像人一样有意识、有情感仍然是个存疑的问题。但是，只要你相信人与万物都是物质的不同存在形式，相信情绪、情感也是基于物质运动与化学反应，这就不是一个根本性的问题。根本的问题是，他们会有怎样的意识与情感，我们是否希望或者有能力让他们有人类一样的意识与情感。总之，人类"复制"自己，并实现不死的梦想是可能的。

还有一条路径是提高生物基质的人体的寿命与能力。其中包括：延长大脑的寿命，提高其记忆与学习、运算、思考等方面的能力；延缓人体的衰老，提高人体的功能；对人类的肌体与器官进行再造与置换等等。这条路径的优势是可以避免人工智能超越并控制人类的风险，劣势是在能力上很难与人工智能相提并论。尽管这条路径的前途有些暗淡，但仍有一些科学家在努力探索之中。许多科学家相信，生物学从根本上来说也是可以计算的，人们所理解的一切，如情感、意志、思维、情操、理想等等，最终都会被还原到化学。甚至连爱与爱情之类，最终也是化学的。

库兹韦尔曾发明盲人阅读机、音乐合成器和语音识别系统，曾获 9 项名誉博士学位、2 次总统荣誉奖，被称为爱迪生的正统接班人。他最著名的成就之一是"库兹韦尔定律"：技术的力量正以指数级的速度迅速扩张。人类正处在加速变化的浪尖上，这超过了历史上任何时刻。更多的、更加超乎人们想象的极端事物都将会出现。

信息技术的能力每年都在成倍增长，与此同时，同等功能产品的价格每年都在减半。这就是"加速回报法则"。在未来几十年内，人类将与那些聪明的智能设备整合起来，让自己变得更加聪明更加强大。人类正在与非生物科技融合起来，并在这条路上越走越远。到 21 世纪 30 年代，纳米机器人将可以透过毛细血管无创伤地进入人的大脑，与新皮质连接起来，并通过它与云端实现连接。如此一来，人类就拥有了一层额外的"新皮质"，就像人类在 200 万年前进化出额外新皮质一样。人类将获得更强大的记忆、运算能力，获得更丰富的艺术创造能力，获得更快捷的交流沟通能力，因此也可以更自如完美地表达情感。

2016 年 11 月 20 日，英国《每日电讯报》报道：通过基因编辑打造更好细胞，"剪贴"人类的新时代来临。为抗击肺癌，一名中国男子被注射了改良型免疫细胞，这意味着通过重新编写 DNA 来治愈致命性疾病有了重大突破。这项被称为 CRISPR 的技术还可以治疗关节炎等免疫力方面的疾病。这只是生物科技领域革命性进步的一个写照，在未来的二十年内，这场革命的成果就将惠及大众。那时，人类将有能力对不能满足人类需求的"生命软件"进行重新"编程"。我们可以通过对这些基因程序重新调校，可以删除基因，更改干细胞，让它远离疾病、远离衰老，让它更强大更具活力。

生物科技也与其他领域的技术进步一样遵循加速进步与回报法则。很快，人类将能重塑体内一切组织和器官的活性，并能开发出药物，直接锁定某一种疾病的代谢流程。

乐观地说，未来每个人最重要的事，就是"保存"我们每个人每时每刻的生活，就像你在写文件，万一忘了保存，就得重新来写。如果你忘记"保存"你生活的某一时刻，你的生命就有可能因此少了一段。

因为那个时候，我们大脑的运行，将由目前化学方式的"神经电路"升级为量子计算、量子思维与量子意志、量子情感。所以，它可以储存、粘贴，随时复制到你的个人电脑里，或者是保存到"公共云"中，以备不时之需。也就是说，一旦你不幸"身亡"，你还可以换一个"硬件"，重新复活。

佛的生命流转说，或许并不是迷信或神话。终将有一天，万物的形态都可以方便地转换，死亡将不再成为人的恐惧。

不死是人类最大的梦想。历史上许多痴迷于这个梦想的人都受到了世人的冷嘲热讽。今天，科学将证明他们的努力是值得讴歌的，他们的梦想就要变成现实。

我们已经看到电脑、智能机器人对人类全面超越的曙光。但人类不会止步于此，必定谋求如智能机器人一样，追求合成一个非生物基质的完整身体。

28

卡赞察基斯感叹："人类这种机器太神奇了！喂他面包、酒、鱼、小萝卜，他居然能生出喜怒哀乐和理想抱负。"智能机器人能否具有人体的柔软灵活？能否具有触觉？即使它具备柔软、灵活与触觉，它能否具有人体的温度、温暖与亲切？能否具有人体接触中那种直达心灵的美妙与震撼？如果人脑可以被电脑替代，下一个要解决的问题就是电脑如何有人的身体。

科学家们正在扫描神经系统与肌肉骨骼系统，试图弄清大脑感觉、指令等与身体感官、执行等之间的关系，最终创造出超现代的全能的"超人"。

我们现在已经可以用人工材料代替人的身体与器官，义肢、牙齿、人工心脏、乳房与可以勃起的阴茎等等。但这些人工材料并非我们中意的选择。当前，世界上许多科学家都在可再生生物合成器官领域里奋勇争先。加拿大Ocumetics 科技公司的 CEO 加思·韦伯发明了一种仿生晶体，只要把它放到人的眼睛里，10 秒钟后就会扩散到整个眼球，8 分钟后，不仅可以治愈近视，还会拥有 3 倍于常人的视力。而且整个过程无须动刀，无须麻醉。更为神奇的是，眼睛里的晶体还可以直接通过蓝牙与手机相连，眼睛看到的一切都可以被手机记录下来。这项技术已经通过动物实验，有望转入临床应用。中国四川蓝光英诺生物科技有限公司公司已经成功将 3D 打印出来的 2 厘米长的血管植入 30 只猴子的胸部。打印机使用的"墨"是干细胞，而干细胞是可变成体内任何一种细胞的基础材料。俄罗斯的 3D 生物打印解决方案公司已经成功将 3D 打印的甲状腺植入老鼠体内。科学家们估计，再有 20 年，3D 打印的心脏、肾脏等器官就可以植入人体。

未来，人脑与人体会继续同步完成技术性进化，并一起进化为新的物质与形态。人类正在向基因工程发起总攻。下一步，人类将重造细胞，其中最重要的技术之一是纳米技术。1 纳米等于 10 亿分之一米。

纳米技术是建立在原子层面的技术，是一项用原子制造器物的技术，实质上也是一种"逆向制造"技术。今后，人类也可以用"逆向制造"的思路，抛弃基于蛋白质的 DNA 生存模式，重塑自己的细胞与"肉体"，人体可以"生长"出更结实更强大的肢体与器官。现在，最重要的是我们要改变对"人"的认知，或者说，我们需要重新定义"人"。

当然，如果你拒绝非生物基质的"超人"，也并非无路可走。诺贝尔奖获得者、美国科学院院士、细胞生物学家兰迪·谢克曼一直致力于探索这样的一个问题：作为生命的基本单元，细胞是如何运作的，遵循什么样的逻辑与规则？他相信人类的进化的产物，美妙的进化始于物理与化学原则。他说，就方法论而言，我是一个还原论者，我喜欢把事物拆开，一直到分子层面，研究分子如何运作。人们可以看到比光的波长还小得多的分子，监测单个生物分子在体外或活细胞内的瞬时行为。关于细胞生长与分裂，细胞的"物流"运送系统，我们已经了解得越来越准确了，但是还没有到可以把一个细胞的部分组装成一个整体。最终，我们会理解这一切，我们能知道怎样才能从无到有地组装出一个细胞。这些研究将被计算生物学所用，对整个复杂的过程进行建模。如果数学家可以根据细胞的运作机制开发出一个模型、一个算法或者一套逻辑，可以数学地解释和预测一个细胞的行为，人类就会有新的作为。

那时，食物、衣物、植物、动物、建筑物等等都可以按分子组装改造。人类可以随时随地地创造出任何东西。任何存在物都可以变成另外一种存在形式。爱尔兰诗人、剧作家叶慈认为肉体"不过是一件毫无价值的东西，一根木棍上的破烂外套罢了。"

到 21 世纪末，人类将不存在目前意义上的死亡，人的不朽将取决于是否经常小心地"备份"自己。当然，所有的物质都不存在我们今天所忧虑的灭亡，环境也不存在我们今天所担心的恶化，它们都将是可控在控能控的。

可以肯定地说，当太阳能发电坐稳了能源领域的头把交椅，当人类可以自如地转换物质形态，当人能够可再生，人类可真的是摊上事了，真正是摊上大事了！后事将会怎样？咱后面再说。

第二章 可替代 人类解放的主力部队

懒惰并不是绝对的坏品质

如果没有懒惰的想法，也许我们什么也没有。

一般来说，不可替代的东西，都蛮珍贵的。如今，一种"可替代"将登上世界历史的舞台，并将改变人类世界的模样。这个"可替代"究竟有怎样的本事？

这么说吧，这个"可替代"把人给替代了，这够得上一个狠角色吧！这个"可替代"不但能替代人的体力劳动，还可替代人的脑力劳动。谁替代人？机器超越了人体的功能，电脑与互联网超越了人脑的功能。然后，它们联合起来，就轻而易举地实现了对人的超越。如此一来，从一个角度来说，人由万物的主宰变成了一个可替代的物种；从另一个角度来说，人创造了"智能人"，成了"智能人"的上帝。

我们大都有这样的梦想，梦想有人替自己上学，梦想有人替自己干活。这个梦想即将照见现实——人类创造的人工智能终将把人类从必要劳动中解放出来。

人类的创造力源于懒惰的天性。人类为什么会有这样那样的梦想？其中有一个蛮重要的原因就是人总想偷懒。许多人从小就接受过这样的教育：勤奋是好品质，懒惰是坏习惯。但事实的真相是：人在很大程度上是因为懒惰才变得勤奋的。人一点也不想勤奋，但没办法，为了吃饱穿暖，为了更有安全感，为了比别人吃得更好穿得更阔气，只有勤奋只能勤奋只好勤奋。勤奋地思考与实践懒惰的窍门办法，于是就有了发明创造。这创造那创造，无非就是想着少付出多收获。为了更少付出，只好继续勤奋。由量变到质变，终于有一天，人被自己的创造物取而代之。由此引出这样一些问题：人类终于实现了自己的万代梦想，可以懒惰着又衣食无忧着，这将是怎样的一种生活呢？当人工智能超越了人类的能力，成为劳动的主体与创造的主体，这个时代还属于人类时代吗？

人工智能让人这种自认为是"万物尺度"的物种成为可替代可超越的。或者说，上帝创造了人，人创造了"智能人"成了"智能人"的上帝。上帝只有一个，我们并不知道它怎样生活。当60多亿人成为"上帝"，他们又会如何又能如何又当如何？

现在，"互联网+"成了一个非常时髦的玩意，好像无论什么东西，只要"互联网+"，就会化腐朽为神奇。那么，它的法力从何而来？

有人把互联网定义为基础设施，像公路一样，如果没有路，车子的使用价值就大打折扣，道路愈是四通八达，车子的使用价值就越高。这话有道理，但互联网又不是一般的基础设施，它是有学习、思考、分析、判断、决策能力的"生命体"。"互联网+"不仅重塑了时空关系，而且外挂了一个"超强大脑"。道路相当于肢体，而互联网既是"肢体"，又是"神经网络"，还是"最强大脑"，这是一次跃升，一次质变。于是，许多事物都需要重新认识、重新思考、重新定义、重新谋划。

懒惰的奋斗史

为了做减法，人们不得不做加法，但终归还是要回到减法。

从某种意义上说，人类的创造史，就是一部寻找替代者的历史。这部历史的主题是围绕着寻找或创造人类劳动的替代者并控制替代者来展开的。由谁替代谁的劳动、怎样劳动，它的每一次变革，都深刻地改变着人与人类社会。让我们再次"穿越"，看看人类是怎样创造自己的"替代"之物的。

起初，人类与万物一样，受着资源有限性的压迫。当人类有了思维能力有了自我意识以后，又要承受信息、知识有限性的压迫。于是，人们幻想着点石成金、顺风耳、千里眼、风火轮、筋斗云等等，并由幻想开启了变现的漫长历程。从拓展身体的功能起步，到信息的传输、储存，由量变到质变，终于创造出了自己的替代之物——"智能机器人"，并即将创造出超越自己的物类——"超人"。人类创造的"替代物"的每一次升级，都让人类自身从劳动中获得大解放，都推动了生产关系的大步向前，同时也给人类自身的生存带来新危机、制造了新课题。大体上看，"可替代"的发展经过了以下几个阶段：

"人+器械"的时期。从利用天然器物开始，到制造石器、铜器、铁器，再到制造简单的生产设备。这是一个极其漫长的历史过程。其成果主要是对人体四肢功能的增强延展，算是"人+器械、机械"的时期。

与这个时期相对应的是农业社会与农业文明。由于器械延展或替代了人肢体的部分功能，生产效率提高，就为大多数人代替极少数人的劳动创造了条件，也为农业社会的组织形态、伦理道德，以及生活与生活方式提供了基础。土地成为最重要的资源，领地的意识产生。社会分工出现，地主产生了，有地主自然就有了农民。社会组织规模在扩大而社会的基本单元在缩小，表现在族群地位的下降与逐渐瓦解。它的作用，一部分让渡给了政府，一部分则归于家族。在这个时期，人使用器械，是器械的主宰；多数人为少数人劳动，被少数人所主宰。

"机器+人"的时期。从蒸汽机特别是电力的生产利用开始，到自动化生产，再到电脑与互联网的诞生。工业化生活与生产流水线，加上市场经济，让人成为生产与市场的一个组成部分，人成为机器的附属物与市场的消费品。此时，人成为机器功能的补充，是生产流水线上的一颗"螺丝钉"，算是"机器+人"的时期。

与这个时期相对应的是工业社会与工业文明。由于生产自动化程度的大幅度提升，生产效率主要表现为机器的效率，机器的价值超过了人的价值，人成了机器的附属物。资本成为最重要的资源，资本掌握了话语权，产生了资本家与工人阶级。社会组织的规模进一步扩大，社会的基本单元进一步缩小，家族解体为家庭。国家主权意识产生，人权受到尊重，人获得了更多参与社会活动的自由，却成了机器的奴隶。人从他人那里获得了更多自由却被自己的创造物所左右。

"互联网+"的时期。从互联网的诞生至今，人类由此迈出了关键性的一步，由漫长的肢体功能增强延展的时期跨入大脑功能增强延展的新时期。互联网由信息储存、记忆、传输到深度学习与思考，再到自我创造，成长为无人匹敌的"全球脑"。"互联网+"的核心是给某一个机体安装上大脑与神经系统，让无生命的系统成为极具活力的"生命体"。这个时期的主要特点是：人从机器那里获得了更大自由，但人与社会都被互联网绑定。

与这个时期相对应的是信息社会（也可称为后工业社会）与后工业文明。由于信息技术的飞速发展，让信息流通由自上而下的单向导通变为多向互动，层级式的社会结构逐渐瓦解，价值观呈多元并存的发展趋势，虚拟世界成为人类世界的重要组成部分。在多数领域，人体的功能完全被机械超越，人脑的功能正逐渐被人工智能超越。个人与组织"+互联网"的程度，决定了他们的活力与生命力。信息成为财富、成为最重要的资源，人的想象力与创造力日益成为核心竞争力。家庭观念在淡化，地域观念、国家观念在分化：一方面是极端民族主义、民粹主义兴起；一方面是"地球人"的意识在增长。

以上这三个时期，前两个主要是对人肢体功能的替代，后一个时期则实现了对人类大脑功能的部分替代，下一个时期将要实现的则是智能机器、智能系统对人的全面替代，也就是"智能人+"的时期。这是一个人造物具有了智慧智能的时代。我们知道，从感觉到记忆再到思维这一过程称为

"智慧"，智慧的结果产生了行为和语言，而行为和语言的表达过程则称为"能力"，两者合起来称为"智能"。智能一般具有四个主要特点：一是具有感知能力，能够感知外部世界、获取外部信息，这是产生智能活动的前提；二是具有记忆和思维能力，能够存储感知到的外部信息及由思维产生的知识，同时能够利用已有的知识对信息进行分析、计算、比较、推理、判断、联想、决策；三是具有学习能力和自适应能力，通过与对象的相互作用，持续学习积累知识，随着外在环境的变化，不断调整自己的状态与行为；四是具有行为决策能力，对外界的刺激做出反应，形成决策并传达相应的信息。具有上述特点的系统则为智能系统或智能化系统。这些过去与当前还是人类区别于其他物种的主要特征。但是，由现代通信与信息技术、计算机网络技术、行业技术、智能控制技术等汇集而成的针对各个领域各个方面应用的智能集合，则让智慧与智能不再是人类的专利。

随着互联网、能源互联网、物联网，以及智慧工厂、智慧城市、智慧地球等等智能系统的建设，人类将面对一个自己创造的全新世界——人工智能世界。

与这一时期相对应的是共享社会。人工智能取代了一般人类劳动，人类基本摆脱了必要劳动的限制，进入自由劳动的天地，人类可以共享资源、共享智慧、共享成果。社会结构由层级改变为网状。人们的主要追求将由物质财富的占有改变为精神世界的丰富，这个时期正在以高铁一般的速度向我们飞驰而来。

我们知道，德国政府提出了"工业4.0"的发展战略。目标是由工业自动化升级到智能化、智慧化，建立具有适应性、资源效率及人因工程学的智慧工厂，实现供应、制造、销售信息数据化、智慧化，达到快速、有效、个性化的产品供应，并在商业流程及价值流程中整合客户及商业伙伴。其技术基础是网络实体系统及物联网。

蒸汽工业时代，即工业 1.0，电气工业时代为工业 2.0，工业机器人时代为工业 3.0，智能机器人时代为工业 4.0。

"工业 4.0"项目主要分为三大主题：

一是"智能工厂"，重点研究智能化生产系统及过程，以及网络化分布式生产设施的实现等。

二是"智能生产"，主要涉及整个企业的生产物流管理、人机互动以及 3D 技术在工业生产过程中的应用等。

三是"智能物流"，主要通过互联网、物联网、物流网，整合物流资源，充分发挥物流资源供应方的效率，快速实现需求方的服务匹配等。

智慧工厂、智能机器人和人类一样，将由个体连接成一个宏大的"社会系统"；也和电脑一样，连接为一个庞大的互联网络。人类创造了在"体能"与智能上全面超越自己的另一个物种，我们姑且称它为"超人"，把由"超人"组成的"社会体系"，称之为"超人类社会"。

千万不要以为上述目标还是一个遥远的未来！在中国国家电网公司，绝大多数变电站早已经实现了远程操作无人值守，正在实施智能电网建设，很快将建成一个超级智慧电网，也可称为中国能源互联网。在美国，特斯拉电动汽车厂生产车间里，除了机器人还是机器人。未来的工厂不仅是"无烟工厂"，还将是"无人工厂"。

"可替代"改变什么

生产智慧化以后，人将扮演怎样的角色呢？在起始阶段，人还担负着创意设计的重任；到了中级阶段，人的角色就是表达需求，只要告诉智能机器人你的需要，其余的事就不用你费心了；当到了成熟阶段后，多数情况下，你连需求都不用表达，因为由"超人"组成的无所不在的"智慧系统"

对你的需求了如指掌，你要做的只是选择"No"or"Yes"。

说到这里，如果你以为"超人"取代的主要是工农业生产领域的劳动者，那就大错特错了。朋友们！还记得 AlphaGo 战胜世界围棋顶级选手李世石这一标志性事件吗？这可不像马竞战胜巴萨，不过是人们茶余饭后的一个话题，热闹一会就过去了，不会改变任何什么东西。AlphaGo 横扫李世石，则标志着人工智能有了深度学习的能力，再加上它从不厌倦永不疲倦孜孜不倦，人们对它的每一次操作，都是它的学习活动。这等于全世界几十亿人在向它贡献智慧，而它又具有对这个巨大的智慧库进行深度加工的超强能力，那么，可以想象得到，在"超人"眼里，人的体力也许不如人眼中的蚂蚁，而人的智力也许不过是人眼中的小狗小猫。

"超人"不仅在"体能"与智力上完胜人类，而且也将在柔韧性、灵活性、协调性上完成对人的超越。我们不妨想象一下，人类现有的行当现有的工作岗位，还有哪些是"超人"不能替代的呢？

记者这个行当，已经有智能机器人上岗工作了。工厂、商场销售员这个职业将会消失。消失得更彻底的是汽车驾驶员，未来的汽车本身就是智能机器人。

看病难，是当下的一个社会难题。要说有一天，大多数人看病并不需要到医院去找医生，多数医院会倒闭医生会下岗，你会相信吗？当医院与医生不再是稀缺资源，看病贵的问题也将随风而去。

同样的，上学难的问题也将不复存在。教室与教师还有没有？也许还会存在较长时间，但都不会是现在的样子。未来的学习将会变得更有趣也更有效率，学生的学习不再一定要就读于哪一所学校或师从于哪一个老师。

图书馆会是什么模式？杭州图书馆推出了一个叫"悦读"的借书APP。杭州人在新华书店发现了自己喜欢的图书，扫码后，如果图书馆里没有或者存量不够，就可以直接将书带回家，由图书馆来付钱。书读完了，如果朋友想看，只要当面扫码，就可以在朋友圈里流转，最后还到图书馆就可以了。这家图书馆开馆仅一个月，杭州人就用 APP 从书店"借"走了 2.5 万本图书。在这里，借书人成了图书馆的采购员与管理员。

从前和现在，只有官做到一定级别，或者钱多到一定程度，才有资格或资本配备秘书。未来，几乎人人都会配备秘书，就像今天几乎人人都有电脑一样。而且，这些秘书的工作能力、服务态度、敬业精神都是无人能及的，而且还不会惹上"绯闻"的麻烦，因为他们是智能机器人，是"超人"。

我看到过这样一个段子：

某天，我突然发现空调遥控器没了，就打开百度，输入："控制器不见了，怎么办？"结果，我看到的第一个答案是："是不是放在空调上面了？"然后，我就看了看空调上面，果然。"度娘"果然厉害。

你不光可以有专职"秘书"，还有兼职"秘书"，你的"大秘"、"小蜜"们无处不在、无所不能。未来，除了亲自吃饭、亲自做爱、亲自健身等不能让"超人"组成的"秘书班子"替代以外，你必须"亲自"的事，实在是太少了。少到"亲自"将成为一种体验、一种享受。"亲自"由现在的劳累劳烦，变成一种奢华奢侈。

第三章 "三可" 人类解放的信息化部队

蓬勃发展的新兵种

哪里有了互联网，呼儿嗨哟，哪里人们得解放。比如，有情人再无"一春鱼雁无消息"的焦虑，没了"碧云望断空惆怅"的忧伤。

互联网从连接了电脑，到连接手机，不断地给人类制造惊喜与神奇，但是互联网的故事尚未进入高潮，它最终将把世上万物"一网打尽"。这个故事极有可能由电脑互联开始至人脑互连结束。

近三十年来，信息技术飞速发展，深刻而猛烈地改变了人类生活的方方面面，成为人类解放事业的一支新兴力量。我们姑且称这支部队为"可可兄弟"大军。他们为人类发展带来丰富的可能性，在这里我们重点认识其中的"三兄弟"：可虚拟、可预测、可追溯。

"可可兄弟"来自哪里？

它们与"可替代"来自同一个家族，有的是同父同母，有的是同父异母，有的是同母异父，也有的是表兄弟以及叔侄关系。它们的长辈们都是大名鼎鼎的风云人物，主要有：互联网、物联网、云计算、大数据、移动终端，以及基因工程、航天工程等等。总之，它们都是科学进步技术革命的子孙。在科技被人类赋予生命以后，它将脱离人的限制，进入"无计划生育"的时代。它的每一次繁殖都不会满足于简单复制，而是追求无穷无尽的升级换代。它的不断升级的加速繁殖，使得曾经创造它的人类越来越"菜鸟"。一直以来坚定不移地追求科技进步的人类，对此开始有了迷惑犹豫怀疑。但是，上帝在赋予人类以生命之后，人类就有了叛逆之举。同样，人在赋予科技以生命之后，科技也就不再完全听命于人类。科技的子孙也与亚当、夏娃的子孙一样，正在改变着自己也改变着人类的命运。

从模仿到虚拟

"忽闻海上有仙山，山在虚无缥缈间。楼阁玲珑五云起，其中绰约多仙子。中有一人字太真，雪肤花貌参差是。金阙西厢叩玉扃，转教小玉报双成。闻道汉家天子使，九华帐里梦魂惊。揽衣推枕起徘徊，珠箔银屏逦迤开。云鬓半偏新睡觉，花冠不整下堂来。风吹仙袂飘飘举，犹似霓裳羽衣舞。玉容寂寞泪阑干，梨花一枝春带雨。"

这是大家熟悉的《长恨歌》中的精彩段落，出自唐代诗人白居易之手。他在此使用的文学表现手法就是虚拟。如今，这种属于文学的表现手段因科学技术的发展而即将成为一种生活方式。这种技术被称作虚拟技术。有了这种技术，我们就可以把白居易的文字虚拟变为"虚拟现实"。

"可虚拟"的前辈是模拟与仿真。由模拟、仿真到"可虚拟"，技术一点点积累，之后就是革命性的跃升。前者还是类似，后者成了"真实"。

一切创造皆从模仿中来。模拟与仿真的前辈叫作模仿。模仿是人类最古老最有效的一种学习方法。人类最早就是通过模仿自然万物逐渐成长的。如果你仔细观察琢磨，就可以在人类所有的创造物中，找到模仿对象的影子。人类在模仿的过程中，模仿也在繁衍发展，生出分支。可以这么说，模仿生了两个儿子，一个叫模拟，一个叫仿真。

模拟与仿真，一母双生，很容易使人混淆。粗略看来，它们的功能非常相似，虽说是孪生兄弟，但性格能力并不相同。模拟与仿真的主要区别在于：模拟主要是主体对客体的模仿，仿真则主要是主体对客体的复制或再现。"可虚拟"则是两者合体，是三维时空的活生生的情景再现。说白了，"可虚拟"的主要本领，就是可以把假的弄得跟真的一样一样的。

比如：人们弄出树的动静，就是模拟；制造出一棵假树，则是仿真；在4D电影中，既有树的"身体"又有树的"风采"，就是虚拟了。再比如：

演员模仿赵丽蓉老师，属于模拟；制造出一个赵老师的实体，则是仿真；若是用 3D、4D 技术再现赵老师的表演，就是虚拟了。如果在一个伸手不见五指的夜晚，赵老师来到你的面前，你是魂飞魄散呢还是高兴得要求合影留念呢？虚拟技术让追求不朽的人有了一种新的实现方式，也让活着的人有了一种新的生活方式与生产方式。

虚拟现实的提出是在 20 世纪 80 年代，指采用计算机技术为核心的现代高科技手段生成虚拟环境，用户借助特殊的输入/输出设备，与虚拟世界中的物体进行自然的交互，从而通过视觉、听觉、味觉、触觉获得与真实世界相同的感受。现场感和互动效果是推动当前虚拟现实技术快速发展的两大亮点。

假可乱真

有一天，你正在和你的男朋友在海滩上"洗"日光浴，此时你的"闺蜜"来电话说，她看到你的男朋友正在和一位女郎林荫漫步，相谈甚欢。你微笑着挂了电话，你另一位"闺蜜"的电话又打进来，说是刚刚听完你男朋友的演讲，风度与发言内容一样棒棒哒，真是迷死人啦！

一个男朋友，怎么会在同一时间出现在不同地点呢？会的。因为在不久的将来，人类会应用虚拟技术"生产"出虚拟智能体。

当下流行"白日梦"，虚拟现实正走红。

戴上一副特定眼镜，轻轻地触动开关，即使你窝在家里躺在床上也能进入你希望到达的任何地方，做你想做的任何事情，可以到游乐园去体验"过山车"的刺激，可以欣赏世界各地的名胜古迹，可以到纽约第五大道的名牌店里狂购不停，可以在一场游戏大战中成为超级英雄。通过虚拟技术，医学院学生可以模拟手术；利用虚拟现实绘画工具，艺术家可以"凭空"

43

创作。这些看起来都是"白日梦"，但一不小心都实现了。目前，虚拟技术有三个主要的分支：虚拟现实（VR）、增强现实（AR）和混合现实（MR）。

虚拟现实就是把假的弄得跟真的似的。你看到的场景和人物全是假的，但你的意识已经被带入一个虚拟的世界。这是通过计算机技术等构建的三维场景，借助特定设备让用户感知，并支持交互操作的一种体验。在虚拟世界里，有关于视觉、听觉、触觉等感官的模拟，让使用者如同身历其境一般。它具有如下特点：一是多感知性。除一般计算机所具有的视觉感知外，还有听觉感知、触觉感知、运动感知，甚至还包括味觉、嗅觉感知等。理想的虚拟现实应该具有一切人所具有的感知功能。二是存在感。用户感到作为主角真实地存在于模拟环境中，并无虚幻意识。理想的模拟环境可以达到使用户难辨真假的程度。三是交互性。用户能够与模拟环境内物体的互动，得到反馈的自然流畅，一如现实世界。四是自主性。虚拟环境中的物体依据现实世界物理运动定律而展开动作。

虚拟现实是用户在完全虚拟环境里感知与互动。虚拟现实当然是假的，假到什么程度呢？跟真的没有分别，到了能够以假乱真的程度。

增强现实就是半真半假、亦真亦假，却给你的感觉又都是真的。你看到的场景和人物一部分是真一部分是假，它是合并现实和虚拟世界而产生的新环境，是把虚拟的信息带入到现实世界中的新产物。它通过电脑技术，将虚拟的信息应用到真实世界，真实的环境和虚拟的物体实时地叠加到了同一个画面或空间里同时存在，并实时互动。因为是在真实世界的基础上，添加了虚拟世界的规则和场景，所以被称为增强现实。

混合现实是前两者发展到后期的必然进阶，届时，我们在所有科幻电影见到的景象将一一实现，一切都真实地操纵在你我指掌之间。虚拟和真实，交相辉映，难分彼此。目前，这项技术尚处于研究阶段，还没有产品面世。

当下，世界上大约有 2000 多家公司致力于 VR 的研究开发。2016 年 1

月 14 日，高通发布报告展望 VR 产业前景，预测到 2025 年 VR 和 AR 的硬件营收将高达 1100 亿美元，VR 设备将会如同电视、个人电脑、个人手机一样普及。谷歌的一位专家称，到 2045 年，人们可以将思维传输到计算机上，一个人可以瞬间置身于某个虚拟环境，一如身临其境。届时，人们可以在各种世界里自由换景、自如穿越、随心所欲，而真假已经不那么重要了。佛祖说：色即是空，空即是色。但凡心外之物，皆为虚妄，又同为真实。现实的边界被彻底打开，现实的概念将被重新定义。

当假已成真

"可虚拟"的价值并非仅仅给人们提供一种体验，它可以在教育、医疗、科研、工程、设计、军事、娱乐等等各个领域里大显身手，还可以改变人们的时空意识，虚拟过去、现在和未来。总之，它可以让你进入任何你想要的真实场景之中。想想看，这会带来什么改变什么呢？

我们说，时间如流水，一去不复返。"可虚拟"令时间不再是转瞬即逝，而是具备了从头再来的神奇。只要你愿意，你随时可以找到你的童年你的初恋你的刻骨铭心与念念不忘。如果你向往大唐盛世，则无须到西安缅怀残存的古迹，你可以在虚拟世界里看李白豪饮瞧武皇风采睹玉环芳颜。

或许有一天，我们会这样看待时间：时间如挂在墙上的钟表，它从未走动，走动的只是那三根不甘寂寞的指针。飞逝而去的，不是时间，而是我们那颗不安分的心。

我们说，可遇不可求。"可虚拟"让"宝贝"与宝物都成为可分享的。若是你爱死了都教授，"可虚拟"就能让"都教授"与你谈情说爱；如果你迷上了范冰冰，"可虚拟"则能让"范爷"与你相亲相爱。假如你喜欢《清明上河图》，你也不必空自感叹自己没有马云的万贯家产，"可虚拟"

会把《清明上河图》送到你面前，让你尽情观瞻。

或许有一天，我们会突然觉得，世间万物皆自有价值，没有什么是特殊的宝物或宝贝，产生区别的不过是自己那颗躁动着贪欲的心。

虚拟技术在科学技术的广阔天地里，已经大有作为很久了。如今，它要走出科学的天地，走进人们的日常生活。

有人问了，你神嘘六道了半天，不还都是假的吗？可你别忘了曹雪芹老先生的名言：假作真时真亦假，无为有处有还无。曹先生的"太虚幻境"何尝不是生活的真实。那位又说了："靠！又瞎侃了不是？"哎！咱可别忘了，佛祖还说过：一切都是幻象。你又会说，那是神学。好，咱说说哲学。哲学上，有可知论与不可知论。可知论者与不可知论者，都承认当下认知的真实并非终极真实。你可能还会说，我只相信科学。那咱就说说科学。科学是什么？科学就是人类对宇宙世界的一种探寻活动，也不过是人的创造之物，在本质上与文史哲并无区别，同属于知识体系。科学的本领是不小，但目前的科技水平也只能够让人尽可能地接近客观存在的本质，并不能彻底揭开宇宙自然的奥秘。科学判定的真实真理，不是不断地被科学推翻吗！某种程度上说，科学是真实的谎言，虚拟是谎言的兑现。只相信科学并不科学。科学是个好东西，唯科学论却是个坏东西。唯科学论也叫科学主义，科学主义是要不得的。

生活的真相不在真假，而是你信与不信。你相信，就有了意义与价值。林黛玉与薛宝钗住在同一个"大观园"，一个看到的是幻灭，一个看到的是繁华，然后，一个见花落泪，一个花间戏蝶。可见，每个人看到感受到的现实并不相同。从本质上说，我们平时感受到的现实并不"真实"，只是对于我们的生活来说，这有限的真实已经够用。

虚拟世界与所谓的现实世界，带给你的情感体验都是真实的，区别只是你习惯了相信现实世界才是真实的。或许，你确信的现实世界，亦是上帝的虚拟世界；又或者是另一种智慧生命的虚拟世界。

模拟与仿真，让人看上去跟真的似滴，而虚拟则让人感觉就是真的。从此之后，人类就于未知世界（神仙世界）、自然世界、人类世界、内心世界之外，又开创了一个人工智能世界，人类的"疆域"被大大拓展！哲学上的许多概念都将重新定义。人们的宇宙观世界观人生观也将因之改观。

因为有了可虚拟，我们足不出户就可以去香港铜锣湾扫货，到纽约第五大道逛街，我们将真的实现超现实购物体验。人们还可以坐在家里向名师学习、找名医问诊、与偶像互动。

因为有了"可虚拟"，越来越多的实验试验不再需要实体物质，越来越多的工程建设免除了推倒重来，资源有限性对人类的制约将越来越小越来越弱。

因为有了"可虚拟"，越来越多的建设不需要建设，越来越多的制造不需要制造，越来越多的恢复不需要恢复，人类对资源的消耗将大大减少，对环境的破坏将越来越少。

因为有了"可虚拟"，越来越多的幻想可以变现，越来越多的美妙可以体验，没有得不到只有想不到，越来越多的东西将没有必要独占。

仔细想想，人类对物质的需求其实很小很少，让人欲壑难填的是信仰与观念。在生存的基本需求得到满足之后，真正能够给人带来愉悦与幸福的，则主要来自精神领域的东西。

"可虚拟"的本领将越来越炫越来越悬，对人类的改变将越来越大越来越多。

虚拟技术的开发应用，已经成为精明商人的投资热点。阿里已经生产了VR实验室，制定了一个名为"造物神"的计划。阿里已经全面启动"Buy＋"计划引领未来购物体验，并将协同旗下的影业、音乐、视频网站等，推动优质VR内容产出。目标是联合商家建立世界上最大的3D商品库，加速实现虚拟世界的购物体验。阿里的工程师目前已完成数百件高度精细的商品模型，下一步将为商家开发标准化工具，实现快速批量化 3D 建模，敢于尝新的商家很快就能为用户提供 VR 购物选择。

2014 年，Facebook 以 20 亿美元收购虚拟现实硬件公司奥克卢斯。苹果公司陆续收购了多家专攻面部识别、实时 3D 运动捕捉及增强现实领域的公司，笼络了众多虚拟现实方面的专家及相关人才，目前已经申请多项与虚拟现实有关的专利，涉及头戴显示器、移动测图解决方向等。2016 年 5 月，谷歌发布了一款基于 Android 操作系统的虚拟现实（VR）平台——Daydream。同时宣布，甜酸 Daydream 的手机、头盔等将在秋天正式上市。

再造现实

电影《饥饿游戏》讲述了这样一个故事：在北美洲这块废墟大陆上，有个新兴国家叫"施惠国"。国内有十二个行政区，以及一座被行政区围绕的富饶都城。至高无上且专制残酷的都城，每年强迫每个行政区从 12 岁至 18 岁的少男少女中各选出一人，参加一年一度的"饥饿游戏"，他们要在恶劣的环境中生存，并相互残杀，最终只能有一个人活着回来。整个过程都进行电视直播，统治者希望用这种恐怖的"真人秀"来维持威权统治和国家秩序。

在这部电影中，参加"饥饿游戏"的青少年所进入的"自然环境"是由游戏设计者"制造"，并且可以随时变化的。操控者可以随意地在"自然环境"中植入凶猛动物、参天树木、山水雷电等等。在电影中，自然万物都完全是可控制、可改变的。未来，这样的技术将由影视作品走进现实生活。当然，这一切的变现还有赖于量子技术、纳米技术、生物工程、智能制造等领域的重大突破。

要说自然环境可以任意改变，万物可以自由变换，暂时还如天方夜谭，令人难以置信，可能会被人认为是痴人说梦。我们可以这样想像一下：现代人是不是经由几十万年的进化而来的。如今当卵子在母体里受孕之后，十月怀胎，一朝分娩，这个生命在十个月内完成了人类亿万年的进化过程。这是人类自然形态的"科技进步"，也可称为DNA形态的"科技进步"。

科学研究表明，世上万物都是能量转化的产物。在宇宙大爆炸之后，经历了亿万年的进化，由物质运动，到化学反应，再到生物产生，直到有了智人，万物才被命名、才有了价值与意义。

既然人的生产可以在母体内把几十万年的进化过程"压缩"为十个月的"工期"，那么，同理可证，万物的"生产"都可以大大地缩短"工期"。其中也包括人自身的生产，也可以进一步缩短"工期"，直到可以在瞬间完成。

有一个思路是"逆向工程制造"，也可简称为"逆向制造"。现在的制造是在物料、材料基础上进行形态的加工转化。"逆向制造"就是往后推，在分子、粒子等层面进行重组，直接形成不同的物质与物质形态。现实中的一切都是可控在控能控的。不过，那时掌控地球控制权的，恐怕不是现代的人，而是现代人的升级版——超级智人。地球从此进入神话世界与童话世界。

2016年7月18日，美国《防务周刊》报道，英国航空公司正与一位英国科学家合作开发一款先进计算机，希望有一天能一个分子一个分子地造出飞机。这款被称为化学计算机的设备看起来很像一台3D打印机，但其制造过程却有很大的不同。3D打印是通过机器人技术逐层打印，形成物体结构。化学计算机则是在分子层面运作，把各种不同分子放在一起，利用化学反应合成物体。科学家已经能够用这台化学计算机制造一些小物件，比如小小的金字塔等等。科学家们相信，随着这项研究的深入，会有更多的东西被以全新的方式"制造"出来。

算法成就神奇

东方朔、诸葛亮、刘伯温等都是中国历史上神一样的存在，因为他们都具备神机妙算的本领。可预测，不仅是政治家们的梦想，也是商家的不懈追求。谁的预测水平高，谁就掌握了竞争的主动权。

如今，商业与政治领域的竞争已经演变为预测能力的竞争，争抢"预测资源"的暗战愈演愈烈。资讯客户端已经和几年前的新浪、网易、搜狐等传统门户客户端构成了"代沟"。有人会问了：新浪、网易、搜狐统统还是"青春少年"，怎么就与资讯客户端之间有了代际差别？因为后来者具备两种力量：一是机器算法，二是人人都是信息生产者、传播者，专业界限被打破。后来者的，现阶段主要表现为社交形态，所以有人把资讯类APP的未来逻辑和生命之魂概括为"社交＋算法"。

什么意思？互联网、大数据、云计算，不仅重构了时空观念与时空价值，也重塑了人类活动的价值；不仅如此，万物一旦联网，其价值都被重新定义。就在几年之前，人类的大部分活动还是没有再利用价值的。比如：走路、吃饭、睡觉、闲聊，看电视、瞧新闻、逛商店、玩游戏，查资料、订机票、住旅馆、进饭店，整个自拍、晒个表情、开个玩笑、发个牢骚等等，谁会觉得这些活动能留下什么珍贵的价值呢？但是，现在的情况已经大为不同了，互联网让人类随时随地的各种各样的活动变成可存储的数据，云计算则从这些数据中挖掘出新的价值。其中一个十分重要的价值，就是预测、决策。也就是说，人类活动产生的数据成为预测人类未来的强大依据，人类过去的活动就是人们当下决策的最可靠的根据。

几年前，准确一点说，就是 2012 至 2013 年，网易新闻、新浪新闻、腾讯新闻展开了"三国演义"。2014年，腾讯新闻一枝独秀，新兴的今日头条则进入第二阵营。2015年后，今日头条与腾讯新闻两强相争的局面渐次形成。腾讯新闻的最大举措，就是推出以算法推荐为支撑的天天快报来对抗今日头条。

变化如此之快、竞争如此残酷，根本原因还是技术进步。其中最关键的是算法推荐，算法推荐，也可以说是预测、决策。

凡事预则立，不预则废。人类一直梦想着神机妙算、未卜先知。预测是为了趋利避害，避免早知如此何必当初的遗憾。"可预测"的本领没有可再生、可替代、可虚拟那么大，无法引领革命性的变革，但可以改变人的行为，从而改变个人命运或历史进程。可再生、可替代这哥俩属于革命派，可预测则属于改良派。

预测是与决策相伴而生的。预测事关权力如何运行，以及行为如何运作。预测是决策的依据，预测技术、手段与方法左右了决策制度与程序。人们之所以犯错误，正是因为他们始终面对着一系列的不确定性。为了少犯直至不犯错误，人类一直在预测技术与决策制度上不懈探索。在预测能力不足的时候，人们便试图通过完善决策制度来弥补。在决策问题上，民主还是集中的斗争从未停息，根本原因还是预测能力不足。

勇士队的崛起之谜

利用数据进行决策已经是美国体育领域的流行做法。说一个勇士队的关于数据决策的故事。

2014-2015赛季，勇士夺得美国职业篮球联赛总冠军。2015-2016赛季，勇士创造了历史上胜率最高的纪录：82赛73胜。长期以来一直是"鱼腩球队"的勇士是如何取得如此傲人战绩的呢？

勇士队的成功并不是砸钱的结果，而是因为新的投资者引入了新的理念新的决策方式与新的操作方法。

6年前，勇士队跌入谷底，排名第二，当然是倒数。这个时候，有风险投资人决定将这支不值钱的烂队买下来，有朝一日让它脱胎换骨，成为赚钱的机器。

他们用4.5亿美元买下了勇士。许多人觉得这个行动有点疯狂，但投资人却胸有成竹，因为他们有自己的秘密武器，就是大数据工程师。

收购完成后，投资人为球队委派了新的管理人员，没有任何"美职篮"执教经验的科尔担任主教练。

大数据工程师们对历年来"美职篮"的比赛进行数据统计分析后发现，最有效的进攻不是突显个人能力的突破与扣篮，而是快速多变的传球与精准的投篮。正是基于这个结论，他们才聘请神投手科尔执掌教鞭。科尔上任后，搞了两个坚持：一是坚持用数据说话，而不是凭感觉与经验；二是坚持苦练投篮技巧，特别是3分远投。

他们卖掉了价值高、效率低、不愿接受改变的球员，重点培养愿意尝试新打法的球员。斯蒂芬·库里成为其中的佼佼者。2014-2015赛季，库里的神投帮助球队拿到了40多年来的第一个总冠军，自己还获得了当年最有价值球员。2015-2016赛季，库里投进了403个3分球，创造了"美职篮"历史上的新纪录。此前，阿伦创造的个人单赛季3分球纪录是269个。

除了用大数据制定战略，他们还用大数据改进训练、制定技术并实时调整战术安排。据勇士的首席执行官威尔茨介绍，大数据可以帮助到两个人之间配合的具体细节。

勇士队受到了奥巴马总统的接见，实现了名利双收。

权力运行既不是专制也不是民主而是靠大数据说话，这是决策领域的重大变革。利用大数据，去发现规律，决定行动，并预测未来，这是勇士队成功的奥秘，也是未来所有领域决策制度发展的趋势。

决策权演变的奥秘

"可预测"是专制的天敌，但千万别以为它一定是当前流行的代议制民主的朋友。

怎样预测、预测的准确性与谁掌握预测解释权是预测地位的三个重要的方面。从这三个维度来看，预测学经历了如下发展历程：

第一阶段是神灵性预测阶段。这是预测学孕育起步的阶段，依据的是简单经验与"第六感"。人们相信世间万物的命运都是由天、神掌握着的，要知道命运只能问天、问地、问神灵。使用的方法主要有：龟卜、蓍卜、祭祀、祈祷等等。由谁来问呢？主要是巫师、先知等。神灵性预测产生于采集狩猎时期，盛行于奴隶社会，至今也没有绝迹。神灵性预测与神学紧密联系在一起。

在这个阶段，既没有乾纲独断，也没有民主决策，但凡涉及重大决策，都要委托巫师或先知向天地或神灵请示，接下来就是按照天或神的重要指示办。人们对天、神有着深深的敬畏或者叫作愚忠。这个时期人们的欲求不多，民风也淳厚。

第二个阶段是经验性预测阶段。这是预测的童年时期，人们已经有了经验的大量积累与对一般规律的认识或觉察。大家仍然相信命运由天、神掌握着，同时也相信天、神在人间有代言人，或者人间有得道成仙者能够破解命运的密码。产生了周易八卦、奇门遁甲、星象学等预测术。这些"法术"实质上是"能人"们对人类生活经验的总结积淀。民间开始问道、问仙、问牧师，政府、军队则有了国师、军师等等。经验性预测贯穿于整个农业社会，至今在民间还有一定影响力。经验性预测带有很强的玄学色彩。

在这个漫长的阶段，个人的重大事项基本上是委托他人决策，也就是求仙问道找宗教；社会重大事项的决策则有所不同，它曾经有过"三权分立"的一段时期，也就是凡是涉及重大决策事项，均需要由天或神、领导者、预测者一致同意，方能生效，而其中的预测者也经历了由主导决策向辅助决策的演变；它也有过政教合一，走向专制独裁的经历，当领导们明白预测不过是经验，而并非神灵启示的时候，大权独揽就成了再自然不过的选择。当领导们紧握权力的时候，民众的苏醒也就开启了。民众由对神的敬畏或愚忠演变为对权力的敬畏或者叫愚忠。民众对某一"领导者"的敬畏或愚忠，从本质上说不过是对权力的敬畏或愚忠。

　　第三个阶段是哲理性、实证性预测阶段。这是预测学的青年时期，已经形成了丰富的理论与方法。欧洲文艺复兴宣告上帝死了，民众不再相信天命；更为重要的是，宗教为了自己不被淘汰，也加大了对"上帝"的理性思考；这两个方向都为科学技术腾出了广阔的发展空间。哲学与科学的蓬兴，带动了预测学的发展。更多的人不再求仙问道，而是问历史、问现实、问科学，逻辑推理、规律判断、数学模型、概率分析、模拟推演等新理论新技术新方法不断产生。预测学摆脱了神秘，被越来越多的人掌握和应用。哲理性预测、实证性预测贯穿于整个工业社会。预测学逐渐进入科学范畴。

　　在这个阶段，民众自我决策的意识开始觉醒，但由于社会形态日益复杂，造成信息的不完全不对称，所以只能让渡部分决策权给他人，其中有自己信赖的人也有社会组织与政府。政府的权力运行也由独裁向民主演进。但凡涉及"三重一大"决策，都要有专业部门进行分析判断，提出决策建议，再交由权力部门讨论决定，还要由监督部门审议通过，才能付诸实施。当预测不再是少数人专利的时候，权力的集中就变得异常困难。但由于预测还有众多的不准确，所以，在政治领域里，集中好还是民主好的争论依然不绝于耳；在经济领域里，也存在着计划与市场的不同探索；在社会领域，也有各类"大师"、"专家"等的升降沉浮，各领一时风骚。从此民众由对权力的敬畏或愚忠演化为对名利的敬畏或愚忠。

以上三个阶段的预测，尤其是后两个阶段的预测，所依据的理论基础主要有：儒家的天命观、道家的天道论、佛教的因果论、基督教的上帝决定论、伊斯兰教的前定说、古典物理学的机械决定论、量子力学等现代科学的非决定论及中性理论、马克思主义的历史观等等。但是，其主要的理论根据还是因果论。

"可预测"登上舞台中央

经典物理学给了我们因果判断的习惯模式；量子物理学给了我们另一种预测模式，那就是概率判断。量子世界的特点是不确定性，有意思的是，这种不确定性又存在着概率的确定性。

过去，人们大都相信，一切事物的产生，都是由一定的原因造成的。而造成一切事物的一切原因，或者说这些原因的原因，在该事物产生之前就必然存在着。否则该事物便绝不能产生。因此，在一事物产生之前，只要了解了产生该事物的全部或主要的原因，或者说这些原因的原因，就可以预知该事物的产生。因此，客观事物是可以预测的，都具有可预测性。

可是，问题来了！我们知道，在现实生活中，在一事物产生之前，要知道产生该事物的全部或主要的原因，是十分困难的。有时候甚至在该事物产生之后也搞不清楚弄不明白。这就为人类的预测出了一个大难题。而在一事物产生之前，无法完全知道产生该事物的全部或主要的原因，也构成了利用现代数学方法诸如模型建构、概率统计、样本分析等进行预测时的最大障碍。

活人不会被尿憋死，人类自然是不会在困难面前低头的。随着互联网、大数据、云计算等等科学技术的发展与广泛应用，预测学面向大海春光烂漫。在春天里，"可预测"终于站起来了！人类由追求可预测进入到了"可预测"的阶段。我把这个阶段称之为数字化智能化预测的阶段。

有这样一款游戏，名字叫"口袋妖怪"，风靡世界，数以百万计的玩家深陷其中。玩家为了玩上大热的游戏而将隐私问题抛到脑后。而商家利用这款游戏获得了大量个人化的精准的数据，然后进行趋势分析，从而确定宣传策略，甚至预测社会的发展。

在世界杯的赛场上，德国足球队是成绩最稳定的球队。它的这种稳定性，正是得益于大数据。"理工男"式的德国人，把大数据分析应用到了足球运动的各个方面、各个环节。从选材、训练、营养、康复，到比赛对手的分析与技战术安排，都要听从大数据的命令。德国足球界人士预言，二十年后，比赛场上被喊"下课"的将不再是主教练，而是大数据分析师。或许，这样的情景十年之后就会出现。

现代预测已经不再纠结于因果，而是关注相关性。早在2008年，《连线》杂志编辑克里斯·安德森撰文声称："大量的数据和应用数学在取代所有被运用的工具，赶走所有关于人类行为的理论，从语言学到社会学。忘掉分类学、形而上学和心理学吧！谁知道他们为什么要那么做？关键在于他们做了，并且我们可以跟踪和测算它。有了足够的数据，数字会自己说话。知道相关性就够了。"我们可以把数据扔进"云"里，让云计算去找我们找不到的模式，并给出科学回答不了的答案。预测的后台日益复杂，而应用则无比简单。简单到你只需要动一动手指或动一动嘴。互联网、大数据、云端、智能化等现代技术，突破了人类智力的局限，破解了信息不完全、不对称的难题，解决了加工分析能力不足、效率过低、时效性不够、成本过高等等的困局，让预测由以人为主的阶段转入以人工智能为主的崭新时期。

在这个阶段，个人与政府、企业等组织的大多数决策权将从人手里移交给智能化系统。该干什么、怎么干、什么时间干，干到什么程度，都将由人工智能系统提供方案。政府活动的范围已经变得很小，需要关进笼子里的权力主要是暴力机器。而个人的决策与行为选择，基本上都要听从人工智能系统的意见。比如，吃什么更适合你的口味并能够保持好你的健康水平，衣着怎样搭配才符合你的身体特点并与你将要出席的场合相得益彰，与什么样的人合作才能更有效率且心情愉快，和什么类型的异性约会更可能一见钟情，等等。

在这个阶段，民主与独裁消除了对立，又有民主又有集中的理想决策模式将得以完美实现，而且这里的民主不再是少数人的民主，集中也不是少数人的集中。因为，在"云端"里，已经集结了几乎所有人的意见，并且这些意见还包含了人们明确表达的意见和潜意识里存在着自己没有意识到而只是用行为表达出来的不是意见的"意见"。

专制与民主之外，真正有了"共和"。在多数与少数之外，有了第三方的参与。

在这个阶段，计划经济与市场经济将不再泾渭分明。计划是市场需求的计划，市场是计划"保健"的市场。"计划"因为有了"可预测"而魅力无穷，市场因为有了"可预测"而稳健优雅。生产者与消费者不再是单向的服务与被服务的关系，而是相互服务、共同生产、共同消费的关系。

算法带来的可预测与人类的关系，大概要经历三个阶段：之一，算法相当于智囊、军师，人有什么问题就去咨询"算法"，但决策权仍在人自己手里；之二，人告诉它原则与目的，剩下的由它去操作；之三，一切都听它的，由它运筹帷幄之中决胜千里之外。"可预测"不仅将改变个人的决策习惯、决策模式，进而改变人的思维方式及言行；不仅将改变政府、企业等组织的决策制度及运行模式，还将彻底改变这些组织的理念、结构与管理、文化。

世界成为"透明国际"

"你有权保持沉默。如果你开口说话，那么你所说的每一句都将作为呈堂证供。"这句话来自美国法律制度中著名的"米兰达规则"，也就是沉默的权利。

经过是这样的：

1966 年，美国最高法院对米兰达诉亚利桑那州一案做出了一项影响深远的裁决，这一裁决已成为美国法律史上极其重要的刑事裁决之一。

1963 年，23 岁的无业青年恩纳斯托·米兰达，因涉嫌强奸和绑架妇女在亚利桑那州被捕，警官随即对他进行了审问。在审讯前，警官没有告诉米兰达有权保持沉默，有权不自认其罪。米兰达文化程度不高，这辈子也从没听说过世界上还有美国宪法第五条修正案这么个玩意儿。经过连续两小时的审讯，米兰达承认了罪行，并在供词上签了字。在法庭上，检察官向陪审团出示了米兰达的供词，作为指控他犯罪的重要证据。米兰达的律师则坚持认为，根据宪法，米兰达供词是无效的。最后，陪审团判决米兰达有罪，法官判米兰达 20 年徒刑。此案上诉到美国最高法院。最高法院最终推翻了地方法院的判决。理由是警官在审讯前，没有预先告诉米兰达应享有的宪法权利。

最高法院在裁决中向警方重申了审讯嫌犯的规则：第一，预先告诉嫌犯有权保持沉默。第二，预先告诉嫌犯，他们的供词可能作为对其不利的证据。第三，嫌犯有权请律师在受审时到场。第四，如果嫌犯请不起律师，法庭将免费为他指定一位律师。这些规定后来被称为"米兰达规则"，也就是我们经常看到的港片或欧美影视作品中警察对犯罪嫌疑人的告知：你可以保持沉默，但你所说的都将作为呈堂证供。

央视有一个栏目，叫"挑战不可能"。2015 年，一位来自吉林省松原市公安局的女警察董艳珍的表现，让人叹为观止。

她的挑战项目是：30 位体貌相仿、衣着相同、年龄相当，受到专业训练的模特，其中一人留下足迹。她要在一定时限内找到足迹的主人。

华人神探李昌钰说："我一生从来没有过这么难的挑战，我一辈子都没有看到过这样的挑战。在业内，这是需要 6 位专家用一周的时间才有可能完成的工作。"

董艳珍挑战成功，并进入总决赛。在《挑战不可能》2015 年度总决赛中，挑战者董警官需要通过观察 15 个孩子的行走步态，将其中来自同一家庭的四胞胎全部选出，并将四个孩子分别与其留下的足迹一一对应，才算挑战成功。李锠珏说："我们不可能接受这样的任务，因为没有办法完成。"董艳珍又一次把不可能变为可能，并由此夺得年度挑战王。

董艳珍的绝技叫"足迹追踪术"，她能够在小小的足迹中，读出大量的信息。通过这些信息，可以判断人的年龄、性别、体重、身高、行走的姿态等等。她的绝技是传统经验与互联网＋的完美结晶。她的基本技术是家传，她对这门绝活的光大则是利用了现代信息技术。在辽宁警方，她是登录使用信息系统最多的警员。

获取信息与加工分析信息的能力，深刻地影响着一个社会的管理水平、社会成就与社会风气。通过信息获取与加工分析来追溯过往，自然是人类一贯的追求。

中国最早的追溯制度，可以上溯到春秋时期的"物勒工名"之制。勒就是镌刻。这种制度就是要求器物的制造者把自己的名字刻在上面，以便日后进行质量追查与责任追究。

公元前 620 年前后编成的重要典籍《礼记》，其中的《月令篇》有这样的记载："物勒工名，以考其诚，功有不当，必行其罪，以究其情。"

秦法就特别强调"物勒工名"之制。当时，所有官造器物必须铭刻制造者和管理者的名字，以备追溯究办。秦国的强盛，与这种可追溯的制度安排密不可分。

南京的明代古城墙，600年后的今天依然坚强坚固，是世界上迄今为止最坚固的城墙之一，成为南京的象征南京的骄傲南京的财富。它为何能够坚挺得如此之久？有了"可追溯"参与其中是一个十分重要的因素。

城墙的每一块砖石上，都刻着生产它的府、州、县、总甲、甲首、制砖人、窑匠等五到六级责任人的名字。官府对制作的每道工序都要求极其严格。城砖运到南京后，必须经过验收，质检官吏从每一批次中任意抽取一定数量的城砖，由两名精壮的军士抱砖相击，要确保不掉渣、不破碎、不脱皮，且要声如洪钟，方为合格。若该批次城砖不合格数量超过规定比例，则整批被定为不合格产品，责令重新烧制。如再度检验不合格，就要对各个环节的责任人进行惩处，甚至被斩首。即使偶有蒙混过关者，若干年后，经风雨侵蚀暴露出问题后，仍可按照砖上刻记的名字进行处罚。

美剧《疑犯追踪》中每一集的开场白都有同一句话："你正在被监视着。"在并不遥远的未来，无论你是否保持沉默，你的曾经的所有言行都将成为呈堂证供；任何产品，无须刻上名字，一旦需要，均能轻而易举地找到它的生产者。所有的事情都将在"阳光"下运行，暗夜之中亦毫无秘密。白天也知夜的黑，夏露可感秋的凉。因为人类创造的智慧系统几乎可以把所有的信息、所有的痕迹记录保存在案，并能够迅速地加工提取分析。也就是说，只要法律允许，任何人任何事已经无密可保，凡事都能够有据可查，所有的问题都"可追溯"。

2015年12月30日，中国国务院办公厅下发了《国务院办公厅关于加快推进重要产品追溯体系建设的意见》。我们预测，在不久的将来，人们的所有公共活动，都将被要求配备可穿戴设备，以完整地记录工作过程，允许人们从多个角度去检查与审视。也会有越来越多的人选择用视频完成自己的生活日志，大家都可以像政治家一样记录自己的音容笑貌，便捷地回顾过往的生活状态。每个人的过去都是可以查阅的、可回放的。

谷歌的云人工智能正在快速地提升可视化水平。什么是可视化？简单说来，它相当于文字的可检索。只要输入关键词，或者说出关键词，就可以找到某一段视频或者某一个画面、某一个人。每一个人都是独一无二的，系统会核查一个人的各种属性，包括脉搏、呼吸、心率、声音、面孔、表情、体型、举止，还有步态、眨眼睛的频率、使用最频繁的词汇等等，通过细微的差别把某一个人从茫茫人海中给"捞"出来。

在互联网发展初期，流行这么一句话：在互联网上，没有人知道你是一条狗。如今，这句话已经演变为：在互联网上，人人都知道你是一条狗。你的身体就是你自己的密码，你的数字身份证就是你自己。你的一言一行甚至不言不行都会变成数据，存储到"云端"，随时都可以对你查询与"计算"。

有了"可追溯"这个神探，"不敢为"、"不能为"与"不想为"都将根植于每个人的内心深处，贪污腐败与假冒伪劣都将随风飘去，成为历史的记忆。不仅如此，它还将深刻地影响和改变着政治生态与社会风气。因为信息垄断的时代结束了，任何人都不能掩盖自己的言行，所有的伪装篡改都将是掩耳盗铃。

历史是人民创造的。但是，在信息垄断的时代留存下来的历史，人民只是布景。而在今天与不远的将来，无数个"司马迁"无处不在无时不在。事实已经无法修改，历史不再是文人的记录，而是参与其中的每个人的作为。即使掌握权力的人可以运用公权进行一时的掩盖，也难以真正"毁尸灭迹"，终有一天会"真实再现"。高官与"蚁民"谁也不能无所顾忌。

政治上的"伪装者"将不得不脱下"迷彩服"，生活中的伪君子也将不能不以"素颜"出现。

美国前总统布什有一段广为流传颇为动人的演讲："人类千万年的历史，最为珍贵的不是令人炫目的科技，不是浩瀚的大师们的经典著作，不是政客们天花乱坠的演讲，而是实现了对统治者的驯服，实现了把他们关在笼子里的梦想。因为只有驯服了他们，把他们关起来，才不会害人。我现在就是站在笼子里向你们讲话。"事实上，布什的这个演讲，依然是政客"天花乱坠的演讲"，他在做了一系列排除之后，凸显出的还是他自己。当然，他讲得巧妙，正中人们的需要。但他不知是有意还是无意地，掩盖了另外的一些事实，那就是：权力能否被关进笼子里，起着关键作用的正是科学技术。

科学技术的进步提高了劳动生产率，缩短了必要劳动时间，人们才有了更多的时间去学习与思考。学习长知识，思考增智慧，才有了一个又一个的原来如此啊！不断地有人恍然大悟，越来越多的人不好糊弄了，权力的边界才越来越清楚。

科学技术的另一个贡献是孵化出了"可预测"与"可追溯"，世界因此成为"透明国际"。往事并不如烟，一切都记录在案。

第四章 可分享 人类解放的战略支援部队

但求使用不求拥有

是什么让人类与其他动物拉开了距离？它的名字叫"可共享"。自从人类创造出独特的语言符号系统，他们积累的经验、发现的知识、发明的技术便可以储存、记忆、传承，成为可共享之物。语言符号让并不相识的人之间有了互联，可以共享知识与技术。印刷术的发明，又让这种共享更加普遍与快捷。互联网的出现，则让这种共享跃升到一个新的高度。

以移动互联网企业为平台和主导的分享经济正在到来，渐渐瓦解着农业与工业时代物权私有化唯一的合理性。迅猛发展的网络，不只单纯是资讯传播的载体，亦成为知识与财富流动的血管，以及创造力的心脏与大脑。这张网因人类的共创共建共治而法力无边，又源于它的无穷法力，让人类共享资源成果的能力以指数级扩大。人类即将迎来可共享的崭新时代。

从"去库存"起步

有福共享、有难同当。这个口号，忽悠了一代又一代的人去共患难，却在富有的时候，因为不能共享而结下梁子，甚至刀枪相见。一部朝代更替史，也是战友成仇兄弟反目骨肉相残的血泪史。友谊的小船，说翻就翻了。

共享之所以能够号召人、凝聚人，是因为它也是人们的一个梦想。这个梦想不断地令人心碎，不只是因为人心贪婪、财富有限，还因为财富太懒、流动过慢。人类从没有为争夺空气而钩心斗角、骨肉相残、刀兵相见，并非只因为空气无限，而是源于它从不停歇时刻流动没有间断。

由于"互联网+"的家族越来越兴旺发达，或者说由于交通、信息、智能等技术的提高与广泛应用，"福"不再是你多我就少的零和游戏，而是可共享的资源。你的也是我的，我的也是你的。无数福利的小船与舰艇，紧紧相连，惊涛骇浪要把它们掀翻也难。福与利相连，不与祸相依。感情的小鸟，再也飞不了。

搞企业的都重视现金流，都懂得在减少库存上做足功课下足功夫。现在许多企业已经不再需要仓库，因为现在不光是资金流动起来方便，物资的流动也越来越容易，这样就可以大家互为仓库。物资所到之处，都是仓库，又都不是仓库。我的生产车间，就是你的"仓库"，反之亦然。这个就叫"可共享"。

企业能够"去库存"，依靠的不光是管理，还有交通运输与信息技术，以及由此带来的理念更新与观念改变。同理可证，世界、国家、社会、家庭、个人，都应该"去库存"，都能够"去库存"。"去库存"的结果，必然是资源、财富、成果的可共享。财富如空气一般流动，你又何必抓住不放！你又如何抓住不放？

马克思创建了共产主义理论，它之所以成为无数仁人志士的崇高理想，其中一个极其重要的原因，就是这个理论致力于解决生产资料私人占有与社会化大生产之间的矛盾，勾画出了高效利用资源与提高人类整体福祉的美好愿景。从某种意义上说，解决私人占有，就是"去库存"。

企业的"去库存"是有前提条件的，马克思的共产主义社会也是有前提条件的。这个前提条件就是生产力的高度发达，核心是科学技术的高度发达，而高度自由的流动性则是这个核心的内芯。互联网、互联云、物联网、智慧行业、智慧城市，以及未来的智慧地球，让这个前提条件一步一步地接近现实条件。

走向一网情深

人类智慧的一大闪光点，就是善于编织各种各样的网。无网不利，无网不钱，无网不前。未来，世间万物将被一网打尽。这张网就是由"互联网＋"等新技术进化出来的智慧地球。

网的神奇源于"流"。流动性越强，效率就越高，成本就越低。网带来的快速流动，改变了时间，改变了空间，改变了物质财富的形态与功效，进而改变了生产与生活方式，相应地改变了人们的价值观。

源于网的成长壮大，人类由"物时代"进入"流时代"，万物都将成为数据流。一切资源都不再沉淀，一切资源都在流动中指数级地增长其价值，流动性带来新的力量、新的价值、新的生态。资本家独占生产资料的历史即将被翻篇。

许多中国人都记得老子说过，柔弱胜刚强，无形胜有形。许多人就是不信，他们认为自己老祖宗弄的东西和西方人的知识体系比起来，既不哲学也不科学，现在，西方人正在用科学验证着老子的先见之明。看不见的"比特"将支配有形的"瓦特"，越来越多的东西正在被"液化"，逐渐变成可流动的信息流。世界因"柔"而变得温暖平和，我们将迎来一网情深的时代。

"流水不腐，户枢不蠹"，万事同理。"守财奴"成不了大富豪。人们喜欢积累热衷占有的次要原因是物质匮乏，主要原因则是流通不畅。正是流动性不足激发了人们占有的强烈欲望。越是追求占有，流动性就愈加不足，人类由此陷入生产力持续提高，财富不断增长，而欲壑却越来越深的悖论之中。"朱门酒肉臭，路有冻死骨"。随着流动性的增加，"冻死骨"在减少，贫穷却依然存在。社会与富人占有的大量"僵尸资源"与"睡觉财富"，随时可能让稳定与幸福突发"脑中风"或"心肌梗死"。

就是说，造成贫富悬殊的深层次原因并不是制度，而是技术条件。把科技层次放在制度层次之下，是人们认识的一大误区。政治、经济、文化、科技是相互影响相生相克的关系，不是谁决定谁的关系。在"物时代"的技术条件下，财富的流动形式主要是物流；在"流时代"，财富如空气一样，成为看不见的"比特流"。在"物时代"，人们追求拥有占有所有，是那个时代的必然选择，制度只能有限解决公平性问题，并有限舒缓情绪对立；在"流时代"，人们在乎的是作用有用使用。所有权将让位于使用权，大家都是"零库存"，人人都是"亿万富翁"。人类由此进入共享时代。

人类的马太福音

世界上有那么多贫民难民，不是因为财富太少，而是少数人拥有的太多；还因为，为了维持增加占有，又消耗掉了大量资源财富。比如：一个富人，他要有许多房子、仓库来存放他的"占有"。一个国家，它要有大批的警察、军队和武器装备，来确保它的拥有。

马太福音第十五章讲了这样一个故事：耶稣在山上坐下，有许多人带着病人从四方来请他治病。耶稣叫门徒来，说："我怜悯这众人，因为他们同我在这里已经三天，也没有吃的了。我不愿意叫他们饿着回去，恐怕在路上困乏。"门徒说："我们在这野地，哪里有这么多的饼叫这许多人吃饱呢？"耶稣说："你们有多少饼？"他们说："有七个，还有几条小鱼。"他就吩咐众人坐在地上，拿着这七个饼和几条鱼，祝谢了，擘开，递给门徒，门徒又递给众人。众人都吃，并且吃饱了，收拾剩下的零碎，装满了七个筐子。吃的人，除了妇女孩子，共有四千。

《论语》第十六章中有这样一段文字："丘也闻有国有家者，不患寡而患不均，不患贫而患不安。盖均无贫，和无寡，安无倾。夫如是，故远人不服，则修文德以来之。既来之，则安之。"

《圣经》故事与孔子的言论，都在说同一个道理：共享不但完全能解决贫穷与饥饿的问题，还会带来富裕安宁与高贵愉悦。这些寓言故事、理论理想，即将因由科学技术的进步而变为现实。坏制度会阻碍科技进步，但科技一旦进步，坏制度终将不得不向好制度迈出脚步。

黎明前的时光

我们转头回到现实，看看互联网给我们带来的变化，这会增强我们对未来的敏感与信心。

并不太远的过去，时事信息还是被官方或媒体占有的，是单向流通的。如今已经是"人人都有麦克风"的时代，人人都是信息发布者，人人都是信息接受者。人们不再需要购买报纸、杂志，"指点"屏幕便可尽知天下事，而且获取信息的时效性与成本正在向"零点"靠近。

过去，我们获取图书的方式，除了购买就是借阅，书籍是私人占有的财富。现在，纸质的书籍液化为流动的数据，绝大多数图书都可以方便地在手机、网络上阅读，成为共享之物，即使付费，也是极低的价格。

过去，我们要听音乐，要购买磁带、CD、VCD，或者收看收听"过时不候、没有选择"的电视与广播。如今，这一切都成为"过去式"，音乐液化为流动的数据，音乐由名词转变为动词。我们可以借助网络，随时随地地依据自己的喜好听取音乐与观看演唱，而且无须付出费用。成为"动词"的音乐让更多的人自由地呼吸音乐，激发了更多的人用音乐表达情感的热情，推动了音乐的又一次勃兴。

过去，知识与思想的分享共享是困难的，一方面是源于交流渠道的限制，另一方面是源于"产权"保护的意识。如今，越来越多的人快意地利用现代信息手段晒自己的思想、创意、创造、知识、发明、想法、点子，而且"复制"无处不在，共享无时不在。因为分享远比"独占"可以让自己收获更多。尽管核心技术的保护还有，产权法还在，但解禁的速度已经日益加快，产权法也已落后于时代。

过去，只有公共交通工具才可能被理所当然地共享。如今，越来越多的私家车加入到共享的队伍中来，由此带来交通资源的高效利用，以崭新的形式实现了互利互惠。将来会有更多的行业领域复制这种模式，更多的资源被共享被高效利用。

未来，一切人、事、物，只有被链接，才得以"存在"。一切人、事、物只有通过链接流动起来，才得以实现价值与增值，流动越快，价值增值越高。链接必然带来流动，流动必然带来共享，共享必然带来思想与生活的转变。对于日常生活的大部分事物，使用都将会胜过拥有。

第五章 可穿越　人类解放的火箭军

嫦娥不再寂寞

嫦娥奔月的神话，有被逼无奈版、拯救黎民版、感情背叛版等许多版本，无论是何版本，都有人们穿越的梦想在里面。穿越也有多种类型，既有对空间的穿越，也有对时间的穿越，也有平行空间的穿越等等。

唐代诗人李商隐的诗，普遍有"湿"意，比如《嫦娥》一诗曰："云母屏风烛影深，长河渐落晓星沉。嫦娥应悔偷灵药，碧海青天夜夜心。"商隐君觉得嫦娥一个人太过孤独寂寞，估计她在月宫中悔青了肠子，整夜整夜地流眼泪，所以，搞得月朦胧鸟朦胧。假如商隐君穿越到现在，可能他更担忧的不是嫦仙女的寂寞，而是会不会受到性骚扰的困惑；又或者商隐君会借飞船登上月球，与嫦仙女过上一段"隔座送钩春酒暖，分曹射覆蜡灯红"的美妙时光。人类对宇宙太空的持续探索，让人类"可穿越"的能力日益提升，或许，嫦娥会对商隐君说："相见不难、别太随便！"

孙悟空一个筋斗云十万八千里，上天宫，下龙宫，入到别人的身体里，都跟玩儿似的，搞得人们好生艳羡。这种穿越的本领，正在逐一变现。"可穿越"不再是神仙的特权。七仙女曾经下凡，"可穿越"也会来到寻常百姓之间。

许多事件令人惊奇

下面说几个事件，不一定真实，却值得琢磨。

南极上空的"时间之门"。1995年1月27日，美国物理学家发现，南极上空出现不断旋转的灰白色烟雾。最初，他们认为可能是普通的自然气象，但研究人员还是不甘心，便发射了一个气象气球去探测。当研究人员回收气球后，发现了一个奇怪的现象：气球上的计时器显示的时间是1965年1月27。之后，研究人员又多次发射气象气球，每次计时器的时间都会倒退30年。至今也没人能解释这是为什么。

美国飞行员的高空"穿越"。1986年，一位美国飞行员驾驶SR71型高空侦察机飞越佛罗里达州中心城区时，突然遭遇时空屏障，来到了欧洲中世纪的上空。这名飞行员后来报告说，飞机掠过树梢，可以感受到一阵阵巨大热浪，成堆的尸体令人触目惊心，原来是在烧尸体！专家们调查后认为：这位空军飞行员看到的，可能是欧洲历史上发生著名黑死病时的情景。

肯尼亚小岛的"时空之门"。在肯尼亚北部有一个叫作Envaitenet（当地土著人语，意为有去无回）的神秘小岛，小岛上曾经居住过人类。他们依靠捕鱼、打猎，以及与岛外居民交换特产为生。可是有一段时间，岛上的居民全部都消失了，再也没有出现过。那么岛上居民都去哪里了呢？有人认为，这个小岛是一个时空之门，人到这里就可能被卷入另一个时空。

英军遭遇"天兵天将"。1915年12月，一战期间，英军准备进攻土耳其的军事重地加拉波利亚半岛。那天，英军英勇突击，势如破竹，高举旗帜欢呼着登上山顶。突然间，空中降下了一片云雾覆盖了一百多米长的山顶，在阳光下呈现淡红色，并射出耀眼的光芒。在山下用望远镜观看的英军指挥官们很是惊奇。片刻过后，云雾慢慢向空中升起，随即向北飘逝。这时，指挥官们发现，山顶上的英军士兵全部消失了。

莫斯科地铁失踪案。1975年的一天，莫斯科的地铁里发生了一件不可思议的失踪案。一列地铁列车从白俄罗斯站驶向布莱斯诺站，只需要 14 分钟列车就可抵达下一站，谁知这列地铁车在 14 分钟内，载着满车乘客突然消失得无影无踪了。列车与乘客的突然失踪迫使全线地铁暂停，警察和地铁管理人员在内务部派来的专家指挥下，对全莫斯科的地铁线展开了一场地毯式的搜索。但始终没有找到地铁和满列车的几百名乘客。这些人就在地铁轨道线上神奇地失踪了。

诸如此类的事件还有好多，给人类带来了一个一个的谜团，等待着科学家们去破解。穿越空间已经是现实，而穿越时间在大多数人心中仍是不太科学的幻想。

宗教能够净化人的心灵，也会蒙蔽人的眼睛。科学可以增长人的知识，也能窒息人的灵性。宗教与科学的区别之一是，宗教一贯致力于言其真，科学以否定之否定确认自身的科学性。科学的基本精神之一，就是批判，对自身的批判。迷信现有科学即是背叛科学、自绝于科学。

穿越时空的隧道

根据爱因斯坦的广义相对论，科学家们计算出了宇宙中黑洞的存在。黑洞激发了大众的好奇心与想象力，但大部分人并不知道黑洞最独特的魅力：它可能是通向另一个宇宙的通道。科学界还有一外猜想：黑洞可能会打通一条时间隧道。

爱因斯坦说："对于我们这些有坚定物理信念的物理学家来说，过去、现在和未来的区分是一种错觉，尽管这是一种持久的错觉。"

科学家们从不相信任何科学的诊断是终结性的论断。一直以来，人们从没有停止对时空的探索。围绕时空的神话、狂想、猜想、科幻，以及理论与实践，令人脑洞大开，让人的思想纵横驰骋。从天下到宇宙，从无穷过去到无限未来，从有形世界到无形世界，人类努力地持续地开拓着时空的"疆域"。

"黑洞"能够被物理学家们确认，其实也经历了曲折复杂的历程。当恒星燃尽核能量后将会坍缩，坍缩成什么？是物理学家们特别感兴趣的。他们很快证明了，有些会坍缩为白矮星，有些坍缩成中子星，但大质量的恒星会坍缩成什么呢？随后，坍缩成"黑洞"的观点出现了，但包括爱因斯坦在内的一些物理学界权威开始并不认同，他们认为宇宙一定有一种"自然律"来阻止这种坍缩。

1916年，德国天文学家卡尔·史瓦西通过计算得到了爱因斯坦引力场方程的一个真空解，这个解表明，如果将大量物质集中于空间一点，其周围会产生奇异的现象，即在质点周围存在一个界面——"视界"，一旦进入这个界面，即使光也无法逃脱。这种"不可思议的天体"被美国物理学家约翰·阿奇巴德·惠勒命名为"黑洞"。黑洞是时空曲率大到光都无法从其视界逃脱的天体。

二战结束后，世界顶级物理学家们从制造杀人武器的激烈竞赛中走出来，重新开启了对宇宙世界的探索，物理学界因此进入到一个黄金时期。经过100多位物理学家用爱因斯坦广义相对论进行的一次又一次计算，人类对黑洞的认识越来越清晰。黑洞不再是一个静悄悄的洞穴而是一个旋转的活体。当恒星、行星、小黑洞落进大黑洞时，能量会使大黑洞波动，黑洞的视界内外也会波动，这样的脉动会产生引力波。

接下来，科学家们开启了寻找黑洞的漫漫征程。到20世纪90年代，科学家们已经百分之百地相信黑洞的存在。巨大的黑洞存在于星系的中心。原因是：随着越来越多的气体和恒星汇聚到中心，它们形成的集团引力也越来越强，最后，集团引力超过了它内部的张力，坍缩成一个巨大的黑洞。另一种路径是，集团内的大质量恒星坍缩成若干小黑洞，这些小黑洞相互碰撞，也与气体、恒星相互碰撞，形成一个大黑洞。

在 1970 年 11 月以前，大多数物理学家认为，黑洞视界是"试图逃逸黑洞的光子最后被引力拉下来的地方"。史蒂芬·霍金发展了这个认识，他提出视界是"时空中能否向遥远宇宙发出信号的事件之间的分界（视界外的事件能发送出去，而视界内的事件不能）"。2016 年 1 月 17 日，在斯德哥尔摩举行的学术会议上，霍金又提出这样一个观点："我认为信息并不像人们预想的一样储存在黑洞内部，而是在事件视界。"不幸被黑洞捕获的太空旅行者将无法返回他们自己的宇宙，但是能够逃离到另外的时空。黑洞事实上并非是人们所想象的那样摧毁一切，它可能是前往另一个平行宇宙的通道。

霍金说："这是有可能的，只要黑洞非常巨大，而且如果它在旋转，那么它或许就是前往另一个宇宙的通道。但是你将无法返回到自己的宇宙中。因此，尽管我热衷于太空飞行，但是我不会想要尝试通过黑洞。"

霍金提出，物体的信息将被储存在视界的边缘。那就意味着它从未进入黑洞，因此也就不存在返回的问题。那也意味着人类如果掉入一个黑洞，他们或许不会消失。他们或者成为黑洞边缘的一个全息图，或者摔入到某个宇宙。霍金的这一理论是为了试图回答一个困扰了物理学家许久的问题：当物体穿过光线都无法逃脱的视界时会发生什么事情。根据黑洞信息悖论，黑洞形成后开始向外辐射能量，但这种辐射并不包含黑洞内部物质的信息，最终黑洞将因为质量丧失殆尽而消失，而那些黑洞内部的信息也就不知去向。但量子物理学认为，类似黑洞这样质量巨大物体的信息是不可能完全丧失的。这成为科学家们数十年来潜心研究、希望破解的一个难题。

霍金在报告末尾告诉听众："如果你掉入到一个黑洞中，请不要放弃，你仍然有机会摆脱困境。"

霍金等科学家把人们的视域由有形宇宙引入无形宇宙，试图为人类打开又一扇门。

科学家们的持续探索

科学家们开始破解无形宇宙的密码，他们发现黑洞有许多奇怪的特性，比如连光都无法逃脱黑洞的引力控制。但是黑洞内部究竟是何种景象，这个奥秘吸引着众多的科学探险家。来自加州大学伯克利分校的科学家发现，在黑洞内部，热力学时间的箭头可能指向过去。这意味着黑洞内部似乎能够知道未来会发生什么。

在广义相对论中，黑洞的事件视界无法被有限时间线上的任何一个观察者观测。科学家提出了黑洞全息屏理论，虽然观察者无法在外部了解事件视界，但在黑洞内部却可能知道整个宇宙的命运。劳伦斯伯克利国家实验室的恩格尔·哈特教授认为，黑洞的全息屏从某种意义上看是强引力场的局部边界，如果这是未来的全息屏，那么对应的是黑洞，如果这是过去的全息屏，对应的是白洞。

在热力学的角度，时空也被认为是全息图。根据全息原理，其与给定区域内的表面积有关，也可进一步解释为热力学的时间方向。由于过去和将来的全息屏区域在不同的方向增加，因此时间的方向可以对应着两种不同类型的全息屏。在过去的全息屏中，时间的箭头指向前，比如我们现在所处的膨胀宇宙，包括了过去的全息屏，我们很自然地认为热力学的时间箭头是前进的。反之，在将来的全息屏中，时间是倒退的。

1915 年，爱因斯坦根据他的相对论推论：宇宙的形状取决于宇宙质量的多少。宇宙是有限封闭的。如果是这样，宇宙中物质的平均密度必须达到每立方厘米 5×10^{-30} 克。但是，迄今可观测到的宇宙的密度，却比这个值缩小 100 倍。也就是说，宇宙中的大多数物质"失踪"了，科学家将这种"失踪"的物质叫"暗物质"。

暗物质的发现，证明了我们身边还有一个"隐藏着的宇宙"。人类最初就是利用宇宙观测中的引力作用发现了暗物质的存在。现在，天文学家依然要通过引力效应原理，利用"引力透镜"效应，也就是暗物质的引力经过时对于光线的扭曲作用来间接探知暗物质在宇宙中，尤其是各个星系内部的分布状态。

爱因斯坦认为有一种跟电磁波一样的波动，称为引力波。引力波是时空曲率的扰动以行进波的形式向外传递。引力辐射是另外一种称呼，指的是这些波从星体或星系中辐射出来的现象。电荷被加速时会发出电磁辐射，同样有质量的物体被加速时就会发出引力辐射，这是广义相对论的一项重要预言。

2016 年 2 月 11 日，美国科研人员宣布，他们于去年 9 月首次探测到引力波。这一发现印证了物理学大师爱因斯坦 100 年前的预言。

这些研究与发现将证明，宇宙不只是我们这个大爆炸的宇宙，而是存在着非常多的不同原因的宇宙，它们是共存的。

人类正在面临着新一轮时间与空间观念上的革命。科学家们的研究表明，时光交错、时空"穿越"是存在的，人类实现"可穿越"的梦想是可能的。随着人类对黑洞、暗物质等研究的深入，"黑幕"定会拉开，各种类型的"可穿越"也许有朝一日会从科幻小说落实到现实生活。

倒转了古今颠倒了天地

纸上谈兵怎么能够过瘾？人类从不满足于理论探索，总是会迫不及待地行动。美国天文学家弗兰克·德雷克和沙利文分析了美国航天局及其他科学仪器的观测数据，认为大约20%的恒星的"宜居带"内分布着适合生命成长的行星。地球很可能不是进化出高级文明的唯一时空。这可是个喜讯啊！万一哪一天，地球被我们折磨得不"宜居"了，我们还有转移到其他星球上的可能。又或者，将来星际旅行便利了，我们可以到若干星球去访问访问，旅游旅游，去感受宇宙的奇妙与美丽。

2016年4月12日，世界著名物理学家霍金在纽约宣布，他将同俄罗斯商人尤里·米尔纳、美国社交网站脸书创始人扎克伯格合作建立一个新的太空探索项目，建造大批微型星际飞船，并以五分之一光速的速度将它们发射前往半人马座阿尔法星。

半人马座是离我们最近的恒星系，离地球约有40万亿千米（4.3光年）。以人类目前的技术，大约3万年后才能到达。

科学家们已经在半人马座的2颗恒星周围发现了类地行星，并对其中有的行星适宜生命繁衍抱有希望。霍金先生对外星人的存在不持怀疑态度。"半人马座"任务，就是寻找外星文明的证据并探讨与外星人沟通的方式。他们计划开发一种可以使航天器在20年内到达半人马座恒星系的技术。

米尔纳说："突破射星计划的初步投资将为1亿美元，用来开发制造使用激光推进的微型星际飞船，并在当前一代人的时间内实现飞到半人马座阿尔法星的目标。" 据介绍，计划建造的微型星际飞船名为"纳米飞行器"，它以一块名为"星片"的电脑芯片作为船体。米尔纳在发布会上展示了"星片"的成品原件。该芯片仅有两三厘米见方，几克重，但集成了摄像机、光子推进器、导航和传输部件，是具有完整太空探测功能的飞行器，而制造成本仅相当于一部 iPhone 手机。

这个计划蛮有趣的。大批的"孙悟空"要闯天空，说不定哪一天就会弄出个天翻地覆，日月倒转，古今颠倒。

"可上九天揽月，可下五洋捉鳖"当时是毛泽东的浪漫主义豪迈理想，如今变得稀松平常。人类在太空漫步，在海底遨游，一如闲庭信步、自由自如。人类对空间穿越屡屡续写新的"拍案惊奇"。将来，可回历史游览，可到未来散步，或许不再是异想天开。不知道哪一天，新的时空就扑面而来。当年，庄子可以无视现实的存在，遨游在自己的精神世界里。今后，人类极有可能重新发现重新定义"存在"，并在不同的时空中穿越遨游。

如果把黑洞想象为宇宙中的巨大漩涡，所有靠近漩涡的物体都被吸入其中的话，从理论上讲，在另外一个空间中可能会存在一个和黑洞相反的白洞。黑洞的物体吸进去，而白洞在另外一个空间把物体"吐"出来。黑洞与白洞之间的通过虫洞相连接。1930 年，爱因斯坦及罗森在研究引力场议程时假设了虫洞的存在，认为这是连接两个遥远时空的多维空间隧道，透过虫洞可以做瞬时的空间转移或时间旅行。从理论说，一个高度发达的文明可能有两个办法来创造虫洞：量子的办法和经典物理的办法。量子的办法就是从量子泡沫中将它取出来，经典物理的办法就是扭曲时空。

虫洞可以把宇宙们连接起来，可能提供一条星际旅行的途径。虫洞也可能把两个不同的时代连接起来，提供一条时间旅行的途径。虫洞还可能连接一系列无穷多个平面宇宙。

超时空理论将能够确定虫洞空间是物理上的可能，抑或只是数学上的奇想，科学家们一刻也没有停止探索的脚步。

有没有穿越的感觉

与那个"同桌的你"一别30年，再次相逢，看到一如从前的她。这未曾被岁月催老的容颜，会不会让你有了穿越的感觉？

朱自清曾经感叹："燕子去了，有再来的时候；杨柳枯了，有再青的时候；桃花谢了，有再开的时候。但是，聪明的，你告诉我，我们的日子为什么一去不复返呢？——是有人偷了他们罢：那是谁？又藏在何处呢？是他们自己逃走了罢：现在又到了哪里呢？"自清君的感叹，正逐渐成为历史的记忆，将难以在未来引发人们的共鸣。

美容塑形技术日益成熟与普及，再加上生物科学的飞速发展，让人们"得道成仙"的梦想照进现实。岁月不再催人老，青春不再如烟，告别青春的历程已经愈来愈漫长。长生不老，这又是一个人类古老的梦想，如今人们正在向着这个梦想一步步靠近。

早在1987年，美国科学家就提出了"人类基因组计划"，目标是确定人类的全部遗传信息，确定人的基因在23对染色体上的具体位置，查清每个基因核苷酸的顺序，建立人类基因库。1999年，人的第22对染色体的基因密码被破译，"人类基因组计划"迈出了成功的一步。可以预见，在今后的四分之一世纪里，科学家们就可能揭示人类大约5000种基因遗传病的致病基因，从而为癌症、糖尿病、心脏病、血友病等致命疾病找到基因疗法。

信息技术的发展改变了人类的生活方式，而基因工程的突破将帮助人类延年益寿。目前，一些国家人口的平均寿命已突破80岁，中国也突破了70岁。有科学家预言，随着癌症、心脑血管疾病等顽症的有效攻克，在 2020 至 2030 年间，可能出现人口平均寿命突破 100 岁的国家。到 2050 年，人类的平均寿命将达到 90 至 95 岁。

完全可以说，青春的长驻与生命的延长，是人对时空"穿越"的另一种能力体现。

另外一种可穿越

1981 年，IBM 公司与麻省理工学院共同召开了第一届量子计算会议。会上，著名物理学家查德·费曼号召人类重视研究量子计算机。他说："自然界并不是经典力学的，如果你希望能够更好地模仿自然界，你最好利用量子计算，而且这像是一个很棒的问题，因为它看起来可不容易。"

1993 年，美国科学家提出了量子通讯概念；1997 年，留学中的中国科学家潘建伟与荷兰学者波密斯特等人合作，首次实现了未知量子态的远程传输；2008 年，意大利和奥地利科学家首次识别出太空 1500 公里处人造恒星反射回地球的光子。

在我们生活的宏观世界中，人类的行为由经典力学所决定，因此我们处理自己的方法也是"经典力学式"的。但是，在原子量级，自然界的规律是由量子力学决定的。

量子世界是个奇妙的世界，与我们熟知的世界完全不同。经典物理学所描绘的宏观宇宙是规则的几何图案，遵循因果规律存在与发展变化着，彼此重视相互关系。量子世界则是跳跃舞蹈的浪花，是一个纠缠不清的不确定的世界，这里重视相关性却找不到因果律。人类从认识量子现象到建立起量子理论，距今只有 100 多年的时间。如今，人们正试图利用这种量子物理特性建造量子计算机与量子传输技术，以及解释与探索宇宙世界的新理论新技术新方法。

2016 年 5 月，IBM 推出了量子计算平台 -IBM 量子体验。"这一刻代表了量子云计算的诞生。"IBM 的研究主管阿文德·克里希纳如是说。量子计算是基于量子原理的全新计算方法。传统计算机利用不同的电压代表"0"和"1"两个数字进行存储和计算。量子计算的基本单元是"量子比特"，利用量子力学的"叠加态原理"可以同时代表"0"和"1"两个数值，并利用概率来计算。这使得它的计算能力与传统计算机之间将出现指数级的差异。

量子信息技术是量子力学与信息科学相结合的产物，主要是利用量子的独特性质，开发新的、更为高效的信息处理功能的一门科学，主要包括量子计算和量子通信两大领域。

量子通信是利用量子力学原理实现信息传递的通信方式，主要分为量子信息传送和量子密码通信两个领域。量子信息传送理论上可以不受时间、空间和传输介质限制，实现远距离、大容量、零时延信息传输。量子密码通信是利用量子态作为信息加密和解密钥的安全保密通讯，信息传输依然可以通过光纤、卫星等传统方式进行，依靠量子密钥无法测量和复制特性，保证密钥不被破译，解决传统通讯易被监听和破解两大难题，使得攻击者即使具有无限计算资源也无法窃取信息。目前通常所指的量子通讯就是量子密码通讯。

2016 年 9 月 19 日，西班牙《阿贝赛报》网站报道：我们在电影《星际迷航》中看到的把人以量子态进行隐形传输似乎是遥不可及，但这项大家都认为脱胎于科幻电影的技术如今已经取得里程碑式的成果。最新的两项试验成果本周刊登在英国《自然·光子学》月刊上。两个独立的科学家团队在中国合肥和加拿大卡尔加里分别完成了通过数千米光纤网络的光线量子态隐形传输试验。这为未来量子技术成为更安全的互联网传输技术铺平道路。法国国家科学研究中心艾梅·克顿实验室的弗雷德里克·格罗尚指出，未来许多有意思的量子信息试验都将建立在这两项试验的基础之上。

经典物理学家们正在探讨着通过虫洞进行星际旅行与时空穿越的可能性，而量子物理学家们则在利用量子物理学说探索另一个时空穿越的可能性。因为依据我们的生活常识，人或者其他物体穿越一面墙又不毁坏它是不可能的，而在量子世界里，这却是每时每刻都在发生的事情，每时每刻都有数不清的粒子从我们身体里穿过。可穿越是量子世界的常识，科学家们正在努力把量子世界的常识转化为人类生活的常识。

声音、图像可以变成数字信息经过远距离传输，在另一端准确无误地还原出来。能量可以转化为电力经过远距离输送，在另一端转化为动力。那么，其他物质当然包括人，能否利用量子物理的突破，实现远距离、超远距离的输送与转移呢？科幻电影《黑客帝国》与《星际迷航》向人们想象了某种可能性。只要人类有幻想，科学就有方向，科学有方向，现实就有地方。

凡献
来未

第二部分　人类的建设事业

第六章　人类解放的力量

人类的解放事业即将完成

人类过去与现在的历史，是人类"闹革命"求解放的历史。今天，压在人类头上的"三座大山"即将被推翻。

资源有限性的压迫，劳动必须性的压迫，还有生命有限性的压迫，一直以来如同"三座大山"压在人类头上，压弯了人们正直正义的脊梁，堵塞了人们自由快乐的咽喉，压缩了真善美跃升的空间。

老树有这样一首词："周一烦，勉强去上班，见的都是老面孔，一堆破事干不完，一刻不得闲；周一烦，看谁都混蛋，周围同事忙争宠，几次提拔都没咱，三年没涨钱；周一烦，加班到很晚，领导带人去 K 歌，咱在单位吃盒饭，回家坐错站。"因为资源有限，人们在利己与利他的矛盾中挣扎，写下了善的正大光明，也留下恶的罄竹难书。翻一翻人类历史，王朝更替的血腥惨烈，宫廷斗争的阴险恶毒，国家交战的惨绝人寰，整个就是禽兽不如。看一看现实世界，毒奶粉、苏丹红、地沟油，简直就是狼心狗肺。这么说，禽兽们一定是很不以为然的。也许，在它们眼里，那些坏鸟恶兽比人类要好上若干倍。说人类禽兽不如简直就是对禽兽的莫大污辱！

有人说，千万不要考验人性，给一个恶劣的环境，人性是没有底线的。其实，这个问题已经被人类历史反复验证过，只是人们不太愿意也不能够正视这个残酷的现实。一旦把人类文明的外衣脱掉，恐怕狗与猫都会以与人为伍为耻了！又会让一直甘愿为人类当牛做马的牛马们情何以堪？若是人类正视这个现实，这未免太伤人类自尊了！

由于劳动是生存之必需，人们在解放自己与压榨自己的矛盾中沉浮：热爱劳动又逃避劳动，千方百计找工作绞尽脑汁少干活；为了更好地生活而放弃了当下的生活，生活永远在看不见的未来，自觉不自觉地放弃了生活的自由。

由于生命有限，人们在当下与未来的矛盾中纠结：一边谋划未来，一边急功近利，难有视野的高远与心胸的辽阔，难以体验生命本真的快乐；我们无比珍惜生命，却又不由自主地对生命加速折旧，前半生用命赚钱，下半生花钱买命，赚钱那叫一个苦，花钱亦是一个冤。

在"三座大山"的压迫下，人类陷入了左右都不对、横竖都有理的困境，纠结出了无数互相矛盾的思想观念。比如："人不为己，天诛地灭"与"毫不利己，专门利人"；"宁做鸡头，不做凤尾"与"出头的椽子先烂"；"善有善报，恶有恶报"与"好人不长寿，祸害活千年"；"知足常乐"与"生于忧患，死于安乐"等等。只要你有兴趣有耐心去寻找，就会发现：任何一位著名思想家的观点都至少会有一位大名鼎鼎的思想家的观点与之对立；所有的民间谚语及心灵鸡汤无一不是矛盾地存在，如同一枚硬币的两面。

人是自然世界中最大的奇葩，其中最奇葩的表现就是矛盾。这一点在马东鼓捣的《奇葩说》中有最集中的展现：一个辩题，正反双方辩论，底下一百名听众会随着辩手的诡辩或是雄辩反复调整自己的观点。在这里，事实无法胜过雄辩。事实是：事实淹没在诡辩、雄辩、情辩里，是非难辨。同一件事，我以为是，他认为非；此时我以为是，彼时我又以为非；听你分析之后我以为是，听他分析之后我又以为非。不是因为听众的智商太低，而是原本就是各有的道理。高明的辩手有本领让听众觉得矛盾可以在他的道理中把酒言欢。

屠格涅夫说：你想要安宁吗？去跟人们交往，但要独自生活，什么也别去参与，什么也别去怜惜。你想要幸福吗？先得学会受苦。听听并想想大师们的话，至少可以明白一个道理，把矛盾说得跟没有矛盾似的，就是大师。事实上，所有的心灵鸡汤都是给人灌迷魂汤。当心灵导师把你教导明白的时候，恰恰是你最糊涂的时候。真正的理性状态都处于怀疑、迷惘、批判与痛苦的时段，一旦自认为明白的时候，就是进入迷糊的阶段。郑板桥感叹："难得糊涂！"在"三座大山"的压迫下，只有糊涂才能萌并快乐着。"萌"的动人之处就在于它"不明不白、又明又白"。

人类要从矛盾中走出来，进入明白并快乐的状态，就得突破"三座大山"的围困。好在，这一天终于要来了。宇宙无限、时间无限、资源无限，真正有限的是人类的认识水平、智慧与能力，而科学技术的"井喷"为人类突破"三座大山"的局限提供了充分的条件。正如马克思指出的，自然科学"通过工业日益在实践上进入人的生活，改造人的生活，并为人的解放作准备。"宇宙足够大，足以让人类尽情玩耍。人类过去与当下的历史，也可以说是一部在"三座大山"压迫下"服刑改造"的历史。今天，人类即将被"刑满释放"，走出"牢房"与"高墙"。

遥想当年，亚当、夏娃犯了罪，上帝震怒！下令将其收进监狱、劳动改造。千万年来，亚当与夏娃的子孙们渴望自由、争取自由，用尽了阳谋与阴谋，流下了无数汗水与泪水，子子孙孙，前赴后继，愚公移山，奋斗不止，如今即将走到通往自由的"大门口"，马上就要看到"解放区"的天。解放区的天，是蓝蓝的天，解放区的人民好喜欢。

韦伯说："资本主义的基石是机械。"如果说，农业技术是封建社会的基石，工业技术是资本主义社会的基石，那么也就可以说，科学技术是人类文明进步的基石。科学技术的每一次革命都是人类解放道路上的一次重大突破，它终将把人类从"三座大山"下解放出来。

科技是人类的"大救星"

科学史学家乔治·萨顿说，科学技术的历史虽然只是人类历史的一小部分，但却是最本质的部分，是唯一能够解释人类进步的那一部分。人类进步的逻辑几乎等同于科技进步的逻辑，科技构建了人类文明的基础。牛顿之后，地球不再是宇宙的中心；达尔文之后，上帝不再是人类的中心；乔布斯之后，世界已经不再有中心。科技已经深刻地改变了并正在加速地改变着人与人类的生活与命运。

大家都知道马丁·路德是新教领袖，也知道在中世纪欧洲，异教徒是会被教会处死的，那么，这位马丁·路德是如何逃过这个劫数的呢？答案也许不在你的预料之内。令路德免于火刑的第一功臣，不是哪个组织或是个人，而是科技。具体地说，就是被马克思称为"新教的工具"的印刷术。缘于印刷术，路德的思想观点得以迅速传播，教皇打击路德的计划还没形成，他的大名已是尽人皆知，有了大批的铁杆粉丝。这时候，烧死路德反倒会有损教皇的声望了，让他活着反倒凸显教皇的仁慈。这就是信息技术的力量，是印刷术救了路德的命。所以，培根曾这样说过："我们知道，印刷术是一件粗浅的发明，火药枪炮是一件并不复杂的兵器，指南针是我们所熟知的器具。但正是这三件发明，在我们的时代给世界带来了非同寻常的变化。一个在学术上，另一个在军事上，第三个在贸易、商业和航海上，由此又引起了无数变革。这种变革如此之大，以至于没有一个帝国，没有一个宗教派别，没有一个赫赫有名的人物，能比这三种发明对人类的事业产生更持久的力量和影响。而这些发明与其说来自人类的智慧，不如说是得自偶然的机会。但它们证明了，人类统治万物的权力是深藏在知识和技术之中的。"

还是《国际歌》唱得好、说得对：世上从来就没有救世主，也不靠神仙皇帝，要创造人类的幸福，全靠我们自己。

人类创生了科学技术，殚精竭虑地抚养它成长，科学技术也知恩图报，毕生致力于人类的"解放事业"，可以说是功勋卓著，功不可没。比如：以风电、太阳能发电为代表的可再生能源，不仅没有化石能源破坏生态、污染环境的坏毛病，而且取之不尽用之不竭；智能制造不但大大降低了物资消耗，而且不需要人再为生产费心操劳；天体物理、航天技术的突破，持续拓展着人们的视野，不断提升着人类"穿越"时空的能力；生物工程不断破解生命的奥秘，大大延长了人们的青春与生命；互联网改写了时间、空间的意义，改变了人们的生产与生活方式，更深刻地改变了人们的思维方式。人类创造了科技，科技解放了人类，终归还是人类自己解放了自己。

世界上唯一不变的就是变。变也在变，变得越来越多变，变得越来越快。变之所以越来越爱变，不是因为它到了更年期，而是因为科学技术进入青春期。科学技术已经发展到如此强大的程度：由尽心竭力地为人类争取有限自由，到彻底完成了人类的解放事业。科技用青春的能量把人间燃烧成"五月的花海"。正如法国社会学家马塞尔·莫斯指出的：技术产生了人类的平等和神的焦虑，技术将人类从精神和物质的危机中解救出来；人类由此成为自己的主人，主宰了自己的命运。

与其他人类活动相比，科学活动一直在进步，即使在其他各类活动倒退的时候，科技进步也会艰难却坚定地前行。可以说，科学技术是人类进步的"第一推动力"。

在此之前，我们简略地探讨了"可再生、可替代、可虚拟、可预测、可追溯、可共享、可穿越"的来历、本领，明白了它们都是科技的"子孙"，是解放人类"立体化部队"。接下来，我们就展望一下它们合力之后，给人类带来的无限可能性。我们将从基本的衣食住行开始，再走进政治、经济、社会、文化与生态，看看它们在完成人类解放事业之后，又会为人类的建设事业开创出怎样的局面。

人类解放的第一功臣

我们自认为人类是高级动物。人是比其他动物"牛"，可究竟"牛"在哪里？

人会说话、有思想，能制造与使用工具等等，这些都是人"牛"于一般动物的地方。实际上，一般动物也会说话，不少动物也能制造和使用工具，个别动物亦可能有"思想"，只是人在这些方面的能力似乎比它们更"牛"一些。这些更"牛"是如何产生的呢？因为人类独具保存与传递知识的能力。语言符号系统的形成又让人类的这种能力产生了质的飞跃。

雨果说："印刷术的发明是最伟大的事件，它孕育了一切革命，是崭新的表达人类思想的手段，思想摒弃了旧的形式，形成新的思维。"有了语言符号系统，有了知识、信息的储存与传播技术，人类的经验、技能、知识才得以积累、传播、传承与创新发展。交流越多、传播越快，人类的发展进步也就越迅速。人类发展进步的速度与信息传播的速度成正比。这正是互联网深刻地改变今日之人类世界的原因。信息的记忆与传播技术是人类解放的正印先锋官。

我们知道，人类经历了采集狩猎时代、农耕时代与工业时代。采集狩猎时代大约持续了20多万年。农耕时代大约保持了1万年。工业时代刚刚250年左右，似乎就将被一个新的时代取代。时代更替之所以越来越快，固然与知识积累程度有关，但起着决定性作用的是信息传播能力。信息的交互能力越强大，时代变化变革的速率就越快速。

中国人之所以创造了世界上最繁荣昌盛的农耕文明，其中发挥核心作用的是信息交互的能力与水平。广阔的平原、众多的河流，为人口流动提供了便利；部族、诸侯之间的竞争、战争，促进了人才流动与人口的迁移；这些都客观上加速了信息的交流与传播。在古代信息传播领域，有几个"牛人"是需要记住的。第一个是仓颉，传说是他创造了汉字，奠定了中国信息传播的第一块基石。第二位是秦始皇，他初步建立了完整的"驿站信息传输网络"，算是中国最早的"互联网"吧，再加上他对文字的规范与推广，大大提升了信息传输能力。第三位是东汉的蔡伦，他发明了造纸技术，这是中国古代最重大的技术创新。第四位是名声不太好的杨广，他开通了大运河，大幅度地提升了南方与北方的信息交互能力。交通带来的，不只是物资流，更是信息流。

第五位是宋代毕昇，他发明了活字印刷术，比西方人早了 400 多年。

中国曾经是世界上最开放的地区之一。开放带来了人才的汇集与信息的交互。中华文明的伟大，得益于多民族的竞争与合作。到了清朝，尤其是"康乾盛世"的出现，这个疆域辽阔、经济繁荣的帝国开始傲视天下，并走上了自大封闭的道路，信息成了"一潭死水"，中华民族进入了休眠状态，成为一头冬眠的睡狮。艾兹赫德在《世界历史中的中国》中写道："在大多数文艺复兴时期的欧洲人看来，中国就是一个自足的世界，是一个没有窗户的单一体。但是，即便说中国人，除了精英阶层，对外部世界不感兴趣，外部世界却对中国有着浓厚的兴趣。哥伦布航行的目的就是中国。"

而此刻的西方世界恰如中国的春秋战国，竞争、战争、贸易如火如荼。领土与贸易扩张，大大促进了人才流动与信息交互，由此带动了技术的创新与应用。武器装备发展的副产品出现了，那就是工业生产。航海、电力、电话、电报、无线通信，直到互联网的出现，西方人在信息技术领域一路高歌猛进，把世界其他地区甩出了几条街之外。由此，他们由世界的边缘迅速转变为世界的中心。

新中国为何有近 30 年的巨大进步，用四个字说是改革开放，用两个字说就是开放。对内改革、对外开放。对内改革本质上就是对内开放。开放带来资源流动，核心是信息资源的交流互动。

路德说："世界是靠语言来征服的，也还是要靠语言来复兴的。"人类世界是"信息智胜"的世界。没有文字，就没有历史，也就没有文明。信息造就差异。谁的信息技术与应用能力领先，谁将占据主导地位。

还有一个疑问，人类怎么就独有了语言符号系统的？这个问题不好回答。有人说是从结绳记事发展来的，有人说可能与基因突变有关，也有人说是神的恩赐。不管是从哪里来的，反正是已经有了，我们还是愉快地接受这个现实吧！

第七章 自我的重生

一定认清"我"的方向

喜欢徐志摩的一首诗：《雪花的快乐》。采摘几句插在下面：

假如我是一朵雪花，

翩翩地在半空里潇洒，

我一定认清我的方向——

飞扬，飞扬，飞扬——

这地面上有我的方向。

那时我凭借我的身轻，

盈盈的，沾住了她的衣襟，

贴近她柔波似的心胸——

消溶，消溶，消溶——

溶入她柔波似的心胸！

雪花是快乐的，纯洁晶莹，潇洒欢悦。诗人反复咏唱自己的"方向"，暗示着自己追求自由的理想，最后一段则表达了自己对理想的皈依。纯洁的人生感动人，潇洒的人生羡煞人，纯洁又潇洒，怎能不把心融化！

"不自由，毋宁死。"人对自由的追求是如此任性如此坚定。恋爱自由、婚姻自由、劳动自由、说话自由等等，每一种自由都让理性的人如扑火的飞蛾般奋不顾身地去追求。人们为何如此地渴望自由，因为人内心藏着一个"自我"，这个"自我"受到了资源有限性与劳动必须性带来的种种限制，所以不能够自由释放与浪漫绽放。人类之所以要承受自己创造的政治、经济、社会、文化等诸多方面的压迫，根本的成因就是资源的有限性。在资源有限的情况下，只有牺牲一部分自由，才能获得另一部分自由。那些牺

95

牲并不是无私的奉献，而是在有限条件下出于自利的艰难而痛苦的选择。

未来的情况就大为不同了。

能源"可再生"，资源"可复制"、"可循环"，资源有限性的限制被突破了。

智能制造代替了一般人类劳动，物质生产领域的劳动不再是人类生存之必须，人类从必要劳动中第一次完全解放出来。

人世忒不清静，名利让人劳烦。偶尔收拾行李，独自入了空山。幽兰正自寂寞，说你真是扯淡。若无名利纠缠，空山可有清闲？当限制被打破之后，"我"突破的方向在哪里呢？那时，既有的政治、经济、社会、文化等等，一切的游戏规则都成了"病牛与破车"，完全跟不上科技飞跃、时代进步的节奏，一切的一切都只能改变必须巨变。我们有必要提前做好迎接变革的思想准备。

今天，人类正处于一场从未有过的巨大变革的前夜，迷茫、忧思、焦虑、冲突、阵痛、挣扎几乎无处不在、无人不有。宗教矛盾、地缘冲突、领土争端、贸易壁垒，极端民族主义、民粹主义等等，似乎时代在倒退、自由在收紧。这乱象丛生的源头在哪里？许多人归因于经济的衰退，于是便有许多人在苦苦寻觅经济振兴的灵丹妙药，种种的努力皆未见多大成效。多数人并没有认识到，今天人类面对的问题是全局性、系统性的，"五脏六腑"都失调失序，只对"胃"下药，可能有点疗效，却是除不了病根的。今日之人类世界，从宗教、哲学、伦理、道德、生活观念到政治、经济、法律制度等诸多方面诸多领域，都需要一场革命性变革。人类创造的一切现行的游戏规则都需要"升级换代"。人类社会发展到今天，就像一个孕妇怀胎十月，即将临产，这个"新生命"是胎死腹中还是呱呱坠地？人类正面临着一场新的考验。

未来，每个人都可以是独立的经济体，也是独特的自由人。每个人都可以不依赖组织来完成某项任务，也可以方便地找到协作者共同完成某项系统性工程。因为"组织"在互联网里、在云端，它不拒绝任何人、不偏爱任何人，当然它要看你的信用与能力。或者说，每个人都可以找到与自己匹配的人或组织，并发生相应的关系，而且，个人将不再受"木桶原理"的局限，只要你的长处有吸引力，就会有人与你合作。"木桶原理"将让位于"长板原理"，没有"长板"，就不容易找到玩伴。

美国小说家席莉•胡思微的小说《颤栗的女子》中有这样一段话：我自身远比以我自居的叙述者更为广阔。围绕在叙述者清晰的自我意识所形成的孤岛四周，是一片缥缈广阔的，由我们不知道的或已经忘却的无意识构成的海洋。我们需要探寻那藏在我们身后的我们自己。法国先锋派诗人波德莱尔说：自由的人，你将永远把大海爱恋！海是你的镜子，你在波涛无尽，奔涌无限之中静观你的灵魂……人啊！无人探测过你的深渊之底；海啊！无人知道你深藏的财富。

我们曾经迷失在一线光亮之中，看不见那野花百里香。我们身上有着同样的道路，但我们每个人身上，每一次拐弯都不尽相同，无一重复。如今，我们正处在历史的拐弯处，跟上大时代需要大胸怀大视野，应对大变局需要大气度大格局，解决大问题需要大智慧大思路。尽管变革的真正到来还需要一些时日，但我们现在必须进行"热身"，做好准备动作，进入"预备"的状态。圣卢西亚诗人德里克•沃尔科特写道：总有那么一天，你会满心欢喜地，欢迎你自己的到来，就在你自己的门前，彼此微笑致意，并说：坐这儿吧。请吃。你会再次爱上这个曾经是你自己的陌生人。

过去，我们把金钱等"自己"之外的种种当成了自己供奉着，把真正的自己当成了陌生人，未来，我们的方向与任务将是认识自己与发展自己，而不再是自己之外的任何东西。

做一辈子都不用工作的人

明天不上班

爽翻巴适的板

明天不上班

想咋懒我就咋懒

明天不上班

不用见客户

明天不上班

可以活出一点真实

明天不上班

闹钟响也不用管

川话版的《明天不上班》，火爆了上班族的微博、微信朋友圈，点爆了各大视频网站。不少网友纷纷表示，此曲吐露了广大上班族的心声，是新一代白领、蓝领的减压神曲。

明天不上班、后天不上班、一辈子不上班，即将变为现实。那时谁来上班呢？我们知道，过去地主是不用下地干活的，他可以雇佣长工、短工为他劳动。未来，大家都可以不用干活，成为智能化时代的"现代地主"。那时，真正在田野上、工厂里干活的是人类创造出来的"智慧动物"，名字叫智能机器人。

举一个现实的例子：Starships 机器人送餐系统已经让英国伦敦的外卖岗位成为机器人的天下。这些酷似甲壳虫的六轮机器人，外形蠢萌可爱。它们依靠其自身携带的自动行驶系统、摄像头和传感装置，可以自动规避障碍物，自由穿梭在街头巷尾。当食物送达后，客户输入密码就可以取出物品,安全放心,新颖便捷。这只是智能机器人取代人类劳动的一个小场景。在物质生产领域,人将很快被智能制造全面替代。那么,人干什么呢?咱喜欢干什么就干什么,违法犯罪的事除外。有人说了,这不还是得上班吗?我要说,喜欢干和必须干是不同的,干自己喜欢干的事,与必须干某一件事情有着本质的不同。一个人找到了自己喜欢干的工作,就等于一辈子都不用工作。今后,劳动的商品属性将渐渐失去,它将回归到生存状态之中,没有人再出卖或出租自己的劳动。

马克思认为,人是类存在物,自由自觉的活动即劳动是人类的本质。当劳动不再是谋生的手段,那么劳动与休闲就都成了生活展开的某种方式。工作与休闲的区别,并不在于你干什么,而在于你在干什么时的心情。无论你干啥事,都在消费你的生命时光,都在消耗你的身体能量,但如果你做事的时候心情愉悦,那就是休闲了。休闲是一段心情愉悦的时光旅行。

比如:一位工程师打球、游泳或登山,属于我们通常理解的休闲,而篮球运动员打球、游泳运动员游泳、登山运动员登山就是工作了。

不得不工作的时候,人们渴望不用工作;当真的不用工作的时候,人们的想法就会反转。或许那个时候,会有一首《明天要上班》火爆网络与朋友圈。"感觉身体被掏空,我累得像只狗。"这样的歌词或许被改写为"感觉灵魂被掏空,我闲得像头猪。"因为那时候,工作才是最快乐的事情。人是一种很犯贱的动物。这一点很是需要记住。

笑看那些蔷薇,还有那些玫瑰,开得让人心醉,何须问它为谁?当智能机器人替代了人类一般劳动之后,人们的价值观与生活方式都将随之发生嬗变。嬗变为海子的诗篇:

从明天起
做一个幸福的人

喂马，劈柴，周游世界

从明天起

关心粮食和蔬菜

我有一所房子

面朝大海，春暖花开

振兴"吃喝玩乐"的伟大事业

2016年，中国政府这样说：中国正迈向新兴服务大国。"服务"什么？服务于人的生活。生活怎样才有趣？答案是会玩。会玩，在未来是最重要的软实力。不会玩，将既没有经济，也没有生活。今后，一切行业都将演变为"娱乐业"。

智能机器人替代了一般人类劳动，人将来干什么呢？前面说过，到那时，人可以干自己喜欢的事情。其实，人的主要任务就是"吃喝玩乐"。或者说，主要从事精神创造与精神享受。那时，增加费用支出的事情就是人类体验。这是人类生活的"转型升级"。从此之后，"吃喝玩乐"将成为人类的伟大事业。

我们已知，人类经历了两次从业人口的大规模转移。第一次，是由采集狩猎转移到农牧业；第二次，是由农牧业转移到了工业。伴随着智能生产时代的到来，人类的从业人口将进行第三次大规模转移，由工业转移到服务业。

目前，世界经济萎靡不振，五大洲都哭着喊着"转型升级"，结果弄成了"转圈生息"。"尿频、尿急、尿不尽"的产能过剩，折磨得各类各级政府坐立不安、抓耳挠腮。制造业，也包括农业，的确都需要转型升级。但是，我们似乎忽略了一个重大的问题，那就是它需要有人们生活的转型升级与之配套。因为，这次实体经济转型升级的实质是人工智能对人的替代，转型升级越快越成功，失业人口就越多。如果没有生活的转型升级，则难以产生新的行业新的产业新的就业岗位，也就无法消化失业人口。就业问题解决不好，"转型升级"就得让位于社会稳定，经济发展将无可奈何地重回老路。或者，走上制造事端、发动战争、转移矛盾、重新洗牌的坏蛋路。可以说，没有"吃喝玩乐"的振兴，则难有经济发展的转型；同样，没有经济发展的升级，也难有"吃喝玩乐"的高级；二者相辅相成、相得益彰。有新经济，必有新生活。玩出个性、玩出花样、玩得让人艳羡，才是有才，才能有财。

所谓人类生活的"转型升级"，就是将人的"主营业务"由物质生产转型为精神生产，将人的生活品质由温饱型、健康型升级到享受美的生活，进入科学化韵味化艺术化。直白地说，就是"吃喝玩乐"都要上台阶上档次上水平。

"吃喝玩乐"要真正上档次，一个重要前提是回归"慢生活"。米兰·昆德拉在《慢》中写道："慢的乐趣怎么失传了呢？啊，古时候闲荡的人到哪里去了？民间小调中游手好闲的英雄，这些漫游各地磨坊，在露天过夜的流浪汉，都到哪里去了？他们随着乡间小道、草原、林间空地和大自然一起消失了吗？捷克有句谚语用来说他们悠闲的幸福——他们凝望着上帝的窗户。凝望着上帝窗户的人是不会厌倦的。"在"凝望上帝窗户"的状态下，时间不再由时钟来定义，而是由我们的心情来定义，因而也就没有了时间的快与慢，有的只是我们自己内心的和谐愉悦或者是安宁与平静，时间与空间一同转化为我们生活的情趣与品味。

网络化、数字化、智能化，改变了人类活动，也改写了人类活动的价值与意义。过去毫无意义与价值的许多活动都会变得富含意义饱含价值富有诗意。今后，我们需要在"吃喝玩乐"上大胆地进行理论创新与实践创新。

"我玩的是梁园月，饮的是东京酒，赏的是洛阳花，攀的是章台柳。我也会围棋，会蹴鞠，会打围，会插科，会歌舞，会吹弹，会咽作，会吟诗，会双陆。"这是"生而倜傥，博学能文，滑稽多智，蕴藉风流，为一时之冠"的元代大剧作家关汉卿先生的生活乐趣。人生如此汪洋恣意，十分美好。

人人追求"高大上"

昆德拉说："我们身后遗忘的时间越是久远，召唤我们回归的声音便越是难以抗拒。"在生存的压力下，人们一路狂奔，似乎得到了许多，却独独把自己给丢了。我们急需生活观念的大解放。因为科学技术已经为人类创造了新的环境、新的条件。

未来，人的一天将这样度过：上午打猎，下午钓鱼，晚上讨论哲学。这是马克思的预言。用传统的观念看，这都是些不务正业的事，是"富二代"、"官二代"们的生活。你要想于现实生活中寻找未来生活的样貌，那就只管到新潮、时髦小青年身上去观瞧。许多你看不惯的行为，都将成为未来的惯常生活。

在这里，打猎与钓鱼，与吃穿无关，它是一种休闲娱乐，也是一种生活体验；而讨论哲学，则是一种批判、一种修行、一种灵魂的安顿。所有人将更多地解读自己、解读世界，解读是为了理解，为了开始懂得。懂得时间应该去哪儿，生命应该如何在时空中优雅地存在。那时候，人的每一天都将过着"高大上"的生活，人性中最高贵的部分都将得到充分呈现。养生、健美、体育与文化艺术活动，构成了人们生活的主要内容。

2012年伦敦奥运会后，菲尔普斯受邀与超模芭儿·莱法利拍摄写真，两人身体组成的画面，美得令人心驰神摇。2016年，里约奥运会，许多女粉丝笑言，最爱看不穿衣服的孙扬。在众多年轻人那里，奥运会不只是竞技场，更是身体美的博览会。

对竞技运动员来说，身体是"革命"的本钱。对大众来说，身体是生活的本钱。身体的地位将随着生活水平的提高而不断"升级"。过去，人们牺牲身体去获取明天的生活资料；现在，人们越来越关注身体的健康以及容颜的"嫩美"；未来，人们将追求身体的"全面协调可持续发展"。就是说，身体的健康只是基础，再上一级是健壮，更高一层是健美；身高、体重、体型、容貌、姿态、言谈与气质要和谐统一。一个人要有人味，还要有韵味。这样的人，才招人疼令人爱。这意味着，我们的许多时间都将交由身体去"消费"。过去与现在，这些时间基本上都被工作"消费"掉了。

军备竞赛，消耗掉了太多的财富，挺可惜的，但也有好处，就是为技术创新提供了强大动力，许多军事领域的创新成果转为民用后，大大提高了人民生活水平。竞技体育也是一样，这个领域里创造的大量技术、方法与装备，将会越来越多、越来越快地转为"民用"，以开发人们身体的巨大潜能，提高人们体验生活、享受生活的能力。开发人的身体将会成为一门科学与一个潜力无限的产业。

接下来，就是精神生活的"升级"。人们的需求将由生理满足为主转向以满足心理需求、情感需求、审美需求为主的更高层次。在实现方式上，将由向外求为主转身为向内求为主；"外求"主要是通过寻求关系、资源、机会获取权力、财富与名誉，"内求"则是通过自我完善获得包容、气质与高贵。在内在动力上，将由物质利益驱动为主，改变为责任、爱好与价值观为主。总的来说，人类将由充满生存危机的动物人、为名利奋斗的社群人，跃升为为生活而创造的全球自由人。再下一个阶段，人类将由全球自由人跃升为探索宇宙的超能人，在更高更深更远的层次上追求自身价值的实现。

肉身来到世间，欲望总来添乱。与其跟人纠结，不如与花缠绵。在物质极度匮乏的时候，物质生活与精神生活是高度重合的。有东西吃，有衣服穿，精神就开心愉悦。衣食无忧的时候，再多的物质也难以让精神精神起来。未来，人们的精神生活不仅要乐还要美。人们需要娱乐，需要创造欣赏美。比如健美的身体、机敏的头脑、丰富的思想、雅致的生活、精致的情感等等。因此，"琴棋书画"等将以新的形式进入人们的生活，体育、音乐、戏剧、影视也不再仅仅是明星们的专利，转而成为一种大众体验。总之，在所有艺术领域，人们都既是观赏者，也是创造者。那时，隐藏在人们身体与头脑中的潜能将被充分地激发出来。人们孜孜追求的不是物质生活，而是精神享受。决定一个人社会地位高低、人生品味高下的，不是财富多少、权力多大，而是其创造能力、生活情趣与审美取向。每个人的人生，都是性情人生，都是艺术人生。社会生活将变得多姿多彩。

北京卡路里信息技术有限公司开发的"Keep"是国内最流行的健身类手机应用软件之一，截至 2016 年 6 月，已经被下载 4000 万次，拥有 1000 万活跃用户。其中约 63% 的用户年龄不满 30 岁，25% 的用户年龄在 30 岁到 40 岁之间。男性用户对锻炼胸部和臂部更感兴趣，女性用户则更专注于锻炼腿部和臂部。该公司的研究人员说，一方面，人们保持好身材和身体健康的意识越来越强；另一方面，时代在变化，审美标准也变了，现在人们认为平坦的腹部是酷酷的新潮流。一个人通过努力锻炼拥有完美的身体得到的赞扬，是任何限量版名牌手袋都不能比拟的。

身材越来越有型，正在成为年轻人炫耀的资本。社交媒体上充斥着他们展示健身成果的自拍照，还有一些人把健身数据发到网上。这些仅仅是一个开端，再发展一步，社会将会形成一种超越了物质财富的"高大上"的追求。未来，人们追求的十大"奢侈品"如下：

1、生命的觉醒与开悟；

2、一颗自由喜悦充满爱的心；

3、走遍天下的追求与行动；

4、回归自然的生活；

5、吃得美睡得香；

6、享受属于自己的时间与空间；

7、拥有心有灵犀的人生伴侣；

8、身体的健康与内心的空灵；

9、对宇宙万物的尊重；

10、创造与欣赏美的才能才华才气。

诗人余光中说："没有歌的时代是寂寞的。只有噪音的时代，更寂寞。要压倒噪音，安慰寂寞，唯有歌。"未来，是人们的身心共同放歌的时代。

寻找新的不可替代

创新不仅仅是经济可持续发展的唯一源泉，也是未来人存在价值的主要体现。

当人类的一般劳动被智能机器人替代之后，人的价值体现在哪里？我们需要寻找人与智能机器的比较优势，发现新的"不可替代"，把工作的领域转移到人比智能机器做得更好的方面去。

在信息化初期，人们追求快，"快餐式"、"碎片化"成为主流。下一个阶段，也就是进入智能化时代之后，情况将会反转，"慢"的价值与味道将会成为大众偏好。

手艺是慢的，也是不可替代的。在发达国家，手工制作的东西，其价格远高于机器制造的产品。在落后国家，情况正相反。我前几年到印度，就发现在那里人工洗衣就比洗衣机洗衣要便宜许多。反转，并不仅仅是小说家的专利，而是事物发展的一般规律。未来，能工巧匠式的手艺人将有更高的地位与更好的收益。

艺术创造与艺术实践是不可替代的。文学、书画、音乐、戏剧、舞蹈等众多的艺术创造与艺术活动，永远也不会完全交由智能机器人来完成。而且，人们未来对这些方面的需求会越来越普遍、越来越多、越来越高。一个人如果没有艺术修养，将很难融入主流社会，如同今天没有钱或没有权一样。艺术修养让一个人与"权贵"或"土豪"区别开来。

创意与创造力也具有较高的不可替代性。智能机器人将逐渐提高创意与创造能力，但人类不会甘拜下风，仍将在这个曾经是人类的专属领域里一展风骚。不过，要想在这个领域里有所作为，将是非常困难的事情。在这里混出来的都是杰出人才。

开拓性基础性事业是不可替代的。像基础理论、基础科学，还有宇宙探索、生物工程等等，这些领域在很长的时期内都将高度依赖人的智慧与人的开拓。

还有对人类社会生活、内心世界与情感生活的研究与实践，也是智能机器人在较长时期内不能完全替代的。

总之，未来常规技能、组织资源、关系资源等等今天特别重要的东西将变得没有多大意义，而信誉、情商、创造力与独特性的价值将会日益凸显，人不怕有短板，就怕特点不突出。

春眠不觉晓，闹钟又叫了。已知无事做，蒙头睡不着。决心做"睡尸"，浑身不快活。从本质上讲，智能机器淘汰掉的不是人的工作岗位，而是人的技能及其中包含的人的价值。所以，如果人们不谋划转型，则走投无路；不优雅转身，则遍体伤痕。

挑战不可能

伏尔泰说："工作可以使我们免除三大不幸：烦恼、纵欲和饥寒。"人们勤奋地工作，"工作"出了信息化与智能化，这"两化"即将让人无工作化，那么人又该如何远离"三大不幸"呢？

活着不须总是忙，观云听雨又何妨？听罢风吟与风狂，再学大风扶摇上。与天斗、与地斗、与人斗，这是撒野；斗累了，斗到一定阶段，就要撒娇。如此才有趣，观云听雨就属于撒娇。

将来，人的主要工作就是听风看云吃茶，最重要的存在价值就是挑战不可能。当然，那不只是在现有时空概念中挑战不可能，还会在广袤的宇宙时间与精微的量子世界里挑战不可能。央视有一档栏目叫《挑战不可能》，由撒贝宁主持，董卿、李昌钰、李连杰等担任评委。评委们喜欢这样问挑战者："你来挑战的目的是什么？"挑战者的回答一般都是比较励志的或者是充满道德情怀的。未来的人们会抱着什么样的目的去挑战不可能呢？或许就是为了打发无聊，或者说挑战本身就是目的，并不需要另外的目的在背后激励或指使。

奥运会给我们带来期待、美好、传奇、戏剧、激动与快乐。在奥运会上，朝气蓬勃的年轻人神奇地把一个个"不可能"变成现实，变成喜悦的泪水与豪迈的激情。他们在毫秒毫厘中丈量希望，拓展着人类潜能的疆域。他们奔腾跳跃，让人类目睹自己的无所不能。在未来，这一切都是"小儿科"，因为人类今天在奥运赛场上不过是挑战身体的极限，未来人类将改造自己的身体，但是，人类挑战不可能的精神是永存的。

奥运会是什么？是我们浓缩的生活。奥运会的赛场上，运动员们看上去天赋异禀，事实上，生活中的每个人都有尚待开发的神奇能力，只是我们被习惯、常识束缚在叹为观止里，被名利围困在"山重水复"里，没有意识到生活本身就是没有开幕式与闭幕式的奥运会。而那些在不同领域里从不停歇地挑战不可能的人，则成为人类的先知、先锋、领袖、精英及英雄豪杰。

王小波说，人是追求有趣的动物。在物联网、智能化时代，探索人类自身的未知、探索宇宙世界的未知，将成为人类最重要的生活方式与经济活动、政治活动、社会活动、文化活动。人来到这个世界的最重要的使命就是不断挑战，这样，只有这样，人类才不会无聊，宇宙才不会寂寞。

让月球上的嫦娥不再寂寞只是人类伟大长征迈出的一小步。宇宙中有数不清的银河系外星系，仅地球所在的银河系就至少有2000多亿颗恒星。人类的使命不只是创造地球文明，还要让浩瀚的宇宙开出文明之花，结出文明之果。这才是人类最荣耀最伟大的奥运会，谁能够一马当先呢？

前途光明隐约见，道路曲折走不完。前方无路谁敢行，几多英雄正航天。

第八章　经济的革新

"五行"新说

"五行"说的是"木、火、土、金、水"相生相克的基本变化规律。"木、火、土、金、水"并非指五种具体的物质，而是构成事物、事件的诸要素以及它们之间的相互关系，是认识事物与分析事物的一种方法。

套用"五行"理论，人类社会的构成也有五种基本要素：科技、政治、经济、文化与生活。这五种要素之间相生相克，规定着人类社会的样貌。在上古时期，科技尚未诞生之前，自然环境是规定人类生存状况的主要因素，那时的人类只有生存尚谈不上生活。随着科技力量的日益强大，自然环境的作用日益降低。可以说，没有技术，生活就无从谈起；没有科学技术，文明或者说真善美的生活就无从谈起。因此完全可以说，科技是人类文明进步的第一推动力。科学技术是第一生产力，这个论断固然没错，却大大低估了科学技术的作用。除此之外，科技还是宗教、政治、经济、文化与生活进步提高的第一推动力。那么，如果你要问"科技进步的推动力来自哪里？"答案可能有点令人不快。因为最原始的动力是人懒惰的天性。人类的原动力就是好吃懒做，只是后来才有了政治、经济、文化等参与进来。当然，政治、经济、文化与生活方式生活习惯对科技既可能有推动作用，也可能有制约作用。

我一再强调，在漫长的人类历史中，人一直生活在悖论之中。比如，人们并不想努力工作勤奋劳动，但是不如此这般就得不到想要的生活，若是如此这般亦失去了想要的生活。再比如，由于人深受资源有限性的压迫，以及个人能力有限性及需求多样性的制约，人类始终无法摆脱利己与利他的矛盾，不利己往往会失去自己想要的，不利他亦会失去自己想要的。所以，人类世界不是谁决定谁那么简单，也不是这样对那样错那么简单，它是相生相克、利害相伴。那么怎么认识所谓主要矛盾呢？所谓主要矛盾不过是平衡被打破之后，某一要素某个方面占据了它不应有的位置，获得了"超越"的力量，或者说是"僭位"，这时候就要解决它，让它回到应有的位置上。它一旦回到它应有的位置，也就不再是矛盾的主要方面。也可以说，另外的其他方面或者某一方向失去了它应有的位置不能发挥它应有的作用，那么它就成了主要矛盾，一旦它取得了应有的地位发挥了它应有的作用，也就不再是矛盾的主要方面。像中国改革开放之前，科技进步或者说经济发展是矛盾的主要方面，今天它已经不再是矛盾的主要方面，所以就有了协调发展的理念。像西方国家，科技发展迅猛，其他方面的变革却落后于这种进步，所以也是乱象频生。今日之世界各国，不管是什么制度，都出现了失衡失序，主因是科技的脚步越来越快。

社会的协调发展，最基本最主要的就是要保持科技、政治、经济、文化与生活之间的平衡。

今日之人类世界，科技进步神速，而在政治、经济、文化等诸多方面，无论是理论上还是实践上都没有取得突破性开创性的发展进步，而文化与生活的悄然变化又遭到了保守政治与"传统卫道士"的合力打压。还有一个次要的原因是，源于发达国家的资本输出，全球经济一体化成为大趋势，科技跟随资本向政治、经济相对落后的国家输出，而这些国家的政治、经济、文化与社会生活皆难以与之匹配。因此，"五行"失调，百病丛生。这是一下子"补"过了。另外，西方国家强行向一些国家地区输出政治体制，也制造了动荡混乱，甚至是战争与毁灭，亦是"五行"失调所致。这是"泻"过了。正如《共产党宣言》中所论述的："社会所拥有的生产力已经不能再促进资产阶级文明和资产阶级所有制关系的发展；相反，生产力已经强大到这种关系所不能适应的地步，它已经受到这种关系的阻碍；而它一旦着手克服这种障碍，就使得整个资产阶级社会陷入混乱，就使资产阶级所有制的存在受到威胁。资产阶级的生产关系已经太狭窄了，再也容纳不了它本身创造的财富了。资产阶级用什么办法克服这种危机呢？一方面不得不消灭大量生产力，另一方面夺取新的市场，更加彻底地利用旧的市场。这究竟是怎样一种办法呢？这不过是资产阶级准备更全面更猛烈的危机的办法，不过是使防止危机的手段越来越少的办法。"仔细体会这一段话，越琢磨越有味道。

中国晚清以后，先是引进西方科技，没有取得预想的结果；以后学西方政体，进行政治体制改革，屡改屡败；再有新文化运动，依然是理想破灭，青春热血成狗血；后来国民党又搞过新生活运动，依旧是事倍功半；这一切背后的必然逻辑就是"五行"的调适。可惜，我们对此并没有清醒的认识，而是如无头苍蝇四处碰壁，头破血流却一无所获；亦如黑瞎子掰棒子，掰一个，扔一个，忙乎了半天，却两手空空，回首四顾心茫然。

人类为何要追求科技发展？用中性的词说，是为了得到更多选择的自由；用向上的话说，是为了身心的全面自由发展；直白地说，是为了突破自然、政治、经济、现有文化（道德、伦理、价值观等等）的限制，过上与过去及当下不一样的生活。这个生活包含物质生活、政治生活、道德生活、精神生活等诸多方面。人民的福祉并不仅仅是物质的富足，还有政治生态的日益澄明与文化生活的丰富多彩。寄希望于依靠科技进步、生产发展来实现社会的和谐稳定，从而实现政治体制、价值观念与道德伦理等的一成不变都是一厢情愿的，任何政体任何国家任何社会皆是如此。反过来，也是同样，任何冒进的政治体制改革也必然失败。历史上，失败的改革家，大多是看清了方向，没有找准节奏。后人的成功，则是因为后人具备了前人没有的环境条件。后人的成功并不能证明前人改革的合理性。

重新认识"五行"理论，对当今世界非常重要。从 20 世纪末到 21 世纪初，许多西方学者认为，21 世纪是属于东方人的世纪、是属于中国的世纪。没错，21 世纪将是东方尤其是中国与印度哲学思想得到发扬光大创新的世纪，但并不必然是东方人领先的世纪。当然，由于这种思想发展于东方，所以东方人有着天然的优势。

喜新厌旧的时代

新经济需要"陈世美"，新生活亦需要"陈世美"。数字时代的经济生活是属于"陈世美"们的，没有"陈世美"们喜新厌旧的"博大胸怀"，你就会成为"土著"。

从农业时代到工业时代，喜新厌旧的人一直处于道德洼地，备受世人的唾弃与践踏。这是必要与必需的。因为看得见的可利用的资源是那么有限，还因为创新的成本很高，创新的速度也很慢。而在数字时代，经验、知识、技能等等都成为"洪流"，从图书馆、档案馆、博物馆、头脑、电脑里奔涌而出，波浪滚滚，奔腾雀跃，一浪高过一浪，前浪与后浪打着滚儿地向上，分不清前浪与后浪。过去，创新是站在前人肩膀上的；今天，创新不仅站在前人肩膀上，也站在今人的肩膀上，甚至分不清谁站在谁的肩膀上。总之，知识翻新与各类创新的速度再用"滚滚长江东逝水"这样的比喻已经太拙劣了！用什么来比喻更好呢？箭一般！火箭似的！也许都还不够准确与生动。

公元前221年，秦始皇创造了中央集权制，这个政体从产生、发展、昌盛，到衰落、灭亡经历了千年历程。如今，工业化时代诞生的西方民主政体，刚刚经历了二三百年的历程，就已经出现了衰败的迹象。

1903年，亨利·福特创办了福特汽车公司，这哥们弄出了流水作业和高工资，大大提高了生产效率，大大降低了生产成本，因此可以低价格销售，让他的T型车成为大众的抢手货。功成名就的福特从一而终，死抱着T型车不放手，屡屡失去创新发展的机遇，把自己唯一的儿子给气死了，依然痴心不改，直到公司濒临破产，孙子不得已"起兵造反"，推动管理与技术创新，才让福特公司死而复生。之后，福特公司不断推陈出新，活到今天已属奇迹，如今也是被新能源汽车压得气息奄奄。

今日之企业，昨天才入"洞房"，今天便成"旧人"，别说等到"七年之痒"，连"蜜月期"都没有了。如果你不是怀里抱着"旧人"，眼睛盯住"新人"，心里想着"新新人"，你的"爱情"就破灭了。新经济是喜新厌旧的经济，你必须随时转移目标，盯紧最前沿的创新。这是一个没有最前沿，只有更前沿的时代。新思维、新理念、新技术、新产业、新业态、新模式层出不穷，新之又新。喜新厌旧是新经济时代的生存法则，是保持活力的内在要求。

不要再幻想千年等待的回眸，转眼之间，你就成了当下的"滚滚红尘"。不要再感叹今不如昔，叹息之间，你就成了千里之外的万古遗恨。

基础设施的升级换代

互联网是什么？有业内人士说，互联网是一种基础设施。是的，互联网已经并且还在像公路、铁路与电报电话一样改变着经济社会的样貌。人类经济社会的每一次变革都与基础设施的升级换代密不可分。正是通讯／交通／能源组成的基础设施矩阵的换代升级，才让生产力的跃升与经济社会的巨变不断成为现实。

建设基础设施，讲究百年大计，现在看，这种观念也有些不合时宜。基础设施的更新换代也在加快，你搞得固若金汤，建的成本高，拆的成本也高。什么东西都要有个度，合适、合算才好。

什么是基础设施？核心的公用基础设施是那些建立在一视同仁基础上的能够被所有人使用的基础设施资源。如今，全世界都面临着基础设施的升级换代，升级换代的主要方向是建设"物联网"，包括信息互联网、能源互联网和物流互联网。这次升级换代是一次集成式系统性颠覆性革命，对全球经济发展与生活方式的改变有着难以估量的影响。中国的工业化进程尚未结束，马上就要转入智能化的新战场。中国尚不完善的基础设施将面临新一轮的升级换代，实现基础设施的智能化。智能化的基础设施将为所有用户持续地存储数据与提供数据，并提供分析加工数据的实时"计算"，创建预测与自动化系统，从而降低成本和提高效率，最终将整个价值链的成本降低到接近于零。

中国改革开放，用三十年走过了西方发达国家二三百年的发展历程，这是一个了不起的成就，很是值得自豪。但是，中国人民来不及自豪！物质化的时代即将成为过去，数字化智能化的时代紧接着迎面而来。中国刚刚赢下了"百米跨栏"，马上就要迎接更紧张激烈更激动人心的"百米大战"。

近些年来，中国一直致力于基础设施建设，道路是新的，房屋是新的，城市是新的，通信设备是新的，家用电器是新的，私家车是新的，可惜，这一切马上要成为过气、过时的。这既是遗憾又是新的机遇。真正令人痛心让人遗憾的是，我们过分关注资本的向外扩张与产能的转移，而在事关长远发展与核心竞争力上投入的热情与资金还不够多。这不是因为缺钱，也不是因为没有远见卓识，而是缺乏政策与制度提供的充足空间。基础设施的"基础设施"是体制机制的改革成果。

基础设施的升级换代，既是新的经济增长点，更是为新经济创造新的生态环境。物联网、全球能源互联网、智能制造、智能服务、虚拟现实等等，已经为基础设施的升级换代指明了方向，谁在这些领域里取得领先，谁就代表了先进生产力的发展方向，谁就代表了先进文化的前进方向，谁就代表和维护了人民群众的根本利益。与上一轮基础设施建设不同的是，这一轮的基础设施升级换代，并没有成熟的经验、技术、模式可以购买、拿来或是借鉴，而必须广泛学习与系统创新。更为要命的是，它有很高的风险。如何保护与调动方方面面的创新热情，已经成为一个刻不容缓的命题。我们不能沾沾自喜于海外收购，因为我们面对的世界正处在技术突破升级的前夜，一旦"天亮"，我们收购的一些资产，很多都会成为"垃圾"，那个时候就只有哭的份了。我们现在除了有钱，其他能拿得出手的东西并不多。我们目前尚需要把金钱与热情放在自家"设施"的升级换代上。等到自己家的东西让人艳羡的时候，自然有的是人把大门打开，请你去建设的。就像咱们三十多年前吸引外资一样。钱不是竞争力，创新能力才是。没有创新的本领，钱就是个败家的玩意。走出去，是必需的。走得对，才是关键的。否则，就可能"站着出去躺着回来"。

要想富先修路。要想比人富，就得有别人没有的更好的路。有什么样的交通、通信、能源等基础设施，就有什么样的经济与社会生活。千百年来，这种正相关的规律从没改变。基础设施的升级换代是新经济的基础，而思想的大解放与体制机制的再创新是基础设施升级换代的重要保障。

实体经济的"新员工"

新的有生命力的实体经济是"下岗"经济。单就实体经济而言，新经济的关键词，一个是"智能"，另一个是"下岗"。实体经济的下一代员工是智能机器人，特斯拉电动汽车生产车间已经是现实的案例之一。

实体经济不转型升级必定会成为"僵尸"。实体经济向哪里转型？第一个方向是"智能"，再下一个方向是"智慧"。所谓"智能"就是智能机器制造智能产品。也就是企业由提高人的能力与效率的阶段升级转型到不需要人的阶段。转型升级完成后，企业只需要极少量的创造型员工，其余的工作岗位都属于智能机器人的。伴随着实体经济转型升级而高涨起来的必然是下岗再就业的新浪潮。

员工下岗，对企业来说就是人工成本的降低，以及劳动效率的提升，理所当然地带来市场竞争力的提升。曾经，工厂摧毁了手工作坊，很快，智能化将摧毁传统工厂。在智能化工厂里，没有吃喝拉撒睡的负担，没有思想矛盾负面情绪，不用工资奖金激励，这是让老板们多么开心的局面啊！

智能化之后是智慧化。它是智慧系统制造智慧产品。那时候的机器人不仅有技术，还会学习、思维、创造，并且能与人交流思想与情感。在这个阶段，实体经济领域基本上就没有人的工作岗位了。也就是说，物质生产领域的活儿，是基本上不用人再操心费力的事。

世界经济论坛报告预测：新的工业革命会创造 210 万个新工作岗位，但在未来 5 年内，会有 710 万个工作岗位消失，其中受冲击最大的是白领。若一项工作 66% 以上可由机器人完成，就可以被机器人取代。日本智库和牛津大学对设定的这个标准进行了研究，发现日本 49% 的工作岗位可由电脑代替，美国为 47%，英国为 35%。这个预测还是偏保守的。

未来，没有智能化的机器设备，如同过去的铁匠铺；没有智能化的汽车、自行车如同昔日的老牛与破车。汽车的出路不只是新能源，更在于智能化；没有智能化的家具、家电，如同等待清扫的家庭垃圾；没有智能化的衣服，根本就如同衣不遮体。今后，无论是生产或生活用品，从工业产品、服务产品到农业产品，没有智能化，都将置身"市"外。因为没有智能化，将不能与万物互联的世界交互与交易。

检验实体经济是不是在转型升级，其实很简单，就是看有多少人从实体经济领域里下岗，并且完成了再就业。

看一家实体经济领域里的企业是不是有前途与钱图，也很简单，就是看它的生产设备与制造的产品含有多高的"智能"。

施拉普纳曾说对中国球员说，如果你不知道把球往哪里踢，你就往球门里踢。如果你不知道企业往哪里转型升级，你就朝着智能化转型升级，朝着让人"下岗"的方向去转型升级，否则等待你的就是"死机"。

大众消费的新"三大件"

20 世纪七十年代，自行车、缝纫机、手表被称为"三大件"。到了八十年代，取而代之的是彩电、冰箱、洗衣机。进入九十年代，又变成空调、电脑、录像机。21 世纪，房子、车子和手机，成为新的"三大件"。别看手机小，功能可不少，一刻也离不了。每一次"三大件"的升级，都带来经济的新一轮发展。

下一个时期的三大件是什么？大概可能也许是：智能机器人、虚拟现实与可穿戴设备、3D 打印机。

智能机器人将同计算机一样，从工厂、科研机构走进人们生活，变得如今天人人拥有手机一样普通。虚拟现实与可穿戴设备亦如今天家家有电视、人人有手表一样，成为必备之物。而 3D 打印机也像洗衣机一样，成为随处可见的寻常物件。

与此相适应，以下技术领域都将成为突破点及市场热点，不久就将与消费者面对面。

可植入技术：人们越来越依赖智能产品，而这玩意与人体的联系也越来越亲密。以后这类设备不仅是可穿戴的，还是可以被植入身体的。起搏器、人工耳蜗的植入只是小试牛刀，越来越高端的智能设备将植入人的身体，成为身体的一部分，将人"智能化"为超人、超超人。据报道，首款植入式手机将实现商业化。

数字化身份，或是虚拟身体：网络的虚拟生活将与现实生活密不可分，这将极大地丰富人们的精神生活。人们将越来越多地在网络中以虚拟形象与他人合作、交往、工作与发展各种关系。每个人都将成为"多面人"，有现实世界的特征与形象，亦有虚拟世界的数字化身份与虚拟形象。虚拟现实在娱乐行业突破之后，将进入人们生活的各个领域。银行卡、身份证等各类"证与卡"将统统被数字化身份"统一"。

视觉成为新的交互界面："手指式"互动模式会被"眼神式"互动取而代之，"神交"将成为普遍的交流方式。眼镜式、头戴式及其他眼球追踪设备将取代手指，成为连接互联网与数字设备的新媒介。新智能设备可以与视觉界面交互信息，从而改变人的反馈方式，增强人的感官功能。

可穿戴设备联网：一些人可能对植入式智能设备心存恐惧，可穿戴智能设备会是一个较好的选项。拿在手上、装进包里或揣在兜里的手机会让人觉得是个累赘，手表、扣子、饰品、衣服等等，都可能取代手机将成为智能化交互设备。听音乐、打电话、看视频、网上交流、监测身体状况与掌握运动数据等等，都将由可穿戴设备来实现。

3D打印机：目前这项技术还处在"婴幼儿"阶段，不过它将迎风而长，很快就会"参加工作"与"普遍就业"，在各种"工作岗位"上显示它独特的才华。

总的来说，人们的消费品都将被智能化产品取代。从家具、家电到服装服饰，无智能则将无市场。像美的空调旗下的空调、空气净化器、加湿器、除湿机等共19个系列、126个型号的变频产品目前已经全部完成了智能化升级。其中，"IQ"智能王挂机具有人体冷热检测、离线语音控制等功能；YB200智能王柜机则可以实现手势控制、智能安防与智能送风。像太阳镜Zungleparnther，则可以通过传导技术，实现听音乐及语音通话的功能。通过内置的蓝牙，这款智能眼镜可以与手机相连，随时轻触太阳镜上的控制键就可以切换音乐和接听电话。

新经济催生新生活，新生活壮大新经济。就目前来看，新经济的外延

119

大致有以下六个方面：一是新科技的研究与突破，包括智能制造、无人驾驶电动汽车、纳米技术、生物工程、量子计算等；二是新产业的形成，包括新能源、新材料、航空航天等；三是新产品开发，这是运用新技术对传统产品的升级换代，包括智能家电、智能终端、智能服装等；四是新生产方式，这是对传统生产模式的升级换代，主要是"互联网＋"模式的创新，是信息化智能化带来的传统生产方式的变革；五是新商业模式，这是对企业价值实现形式的创新，涉及营销策略、渠道、物流、客户关系、管理等模式的升级，如电子商务、众创、众包、众筹等；六是新服务领域的拓展，这是围绕大众生活品质提升的创新，如新的理财方式、新的教育方式、新的娱乐方式、新的健康健美活动、新的养老方式与新的文化生活方式等。

最具活力的新经济是"软经济"

制造业与农业一样，具有基础性根本性的地位，不过这两个领域将属于智能机器人的天下。制造业需要转型升级，但最需要转型升级的是人的需求。这既是新经济的动力，也是新经济的目的。继温饱型经济、小康型经济、消费型经济之后，将出现一个什么经济类型呢？

阴阳、虚实、软硬是相伴而生、相互成就的。没有阴，则无阳之益；没有虚，则无实之用；没有软，则无硬之效。实体经济的转型升级与生活经济的转型升级如孪生兄弟，是在同一个母体里共同孕育生长的。新经济为新生活提供条件，新生活为新经济创造需求，二者合力才会有市场繁荣、民众安乐。

新的经济增长点在哪里？目前，人们大都在新能源、新发明、新技术、新材料等"实在"领域里苦苦寻觅，日思夜盼着经济复苏的春的消息。互联网、智能制造、新能源、电动汽车、纳米技术、生物工程等成为人们心中的经济光明之神。据有关资料显示：2016年上半年，中国新能源汽车产量同比增长88.7%，工业机器人增长28.2%，光纤增长28.2%，太阳能电池增长28%，智能电视增长20.5%，城市轨道车辆增长19.1%，环境污染防治专用设备增长17.9%，光电子器件增长17.1%。这些都属于硬的"生产经济"，的确值得也应该去追求，但人们对于软的"生活经济"的重视与投入都远远不够，更缺少对新的生活方式的引导，甚至还在拼命维护积极倡导与新生活的发展方向相悖的旧观念，这就难免事与愿违。未来，经济的增长离不开"硬经济"与"软经济"的比翼齐飞。"生产经济"转型升级相伴而来的是崭新的"生活经济"。从根本上说，经济的活力与后劲来自于人类更高品质与更加多样性的生活需求。

《中国体育产业发展报告（2013）》中预计：未来十年，中国体育产业的年均增长将超过20%。现在已经可以看到，体育消费正在由观赏向参与体验转变。懒熊体育《2016中国体育创业白皮书》披露，从2015年初到2016年3月底，中国体育创业公司与投资方共完成约257次投融资，总金额超过174亿元人民币，其中健身项目获得39次投资，成为最热领域。健身俨然已经成为一种生活潮流，随之而来的A4腰、马甲线、八块腹肌成为完美身材的代名词。私人健身教练已经成为紧缺资源。这也为专业运动员转业转型提供了更多的选择，也对专业运动员的知识结构提出了更高的要求。

"私教"顾名思义就是能够根据个人的生理特点、运动要求、科学地制定运动时间和运动强度的教练。要成为一个合格的"私教"，需要对人体肌肉、骨骼结构、运动力学原理、营养学等有系统的了解。私教的紧缺已经表明，人们对身体的追求，正在由健康向健美的层次迈进。

肌肉是身体最酷最俏的衣裳，衣裳是肌肉的湖光山色、春花秋月。身材将会替代财富与权力成为异性竞争的决胜利器。

体育产业正在与信息产业融合，未来，它将与医疗保健、心理保健、塑身美容、娱乐产业等结合在一起，产生新的业态与新的商业模式。

《极限挑战》与《最佳搭档》等"真人秀"会不会成为一种产业？现在，"真人秀"火爆电视与网络。明星们在反转可能与挑战不可能，体验不曾经受或不曾思考的人生，观众们感受与加工着明星们的体验，大家好不欢乐。一些高品质的"真人秀"，集娱乐、体育、旅游、生活、学习教育等诸多方面于一体，参与其中可以受益多多，完全可以走出屏幕，进入大众生活，发展成为一个崭新的行业。与其跟着"黑导游""睡觉、吃饭、撒尿、购物、拍照"，真的不如像明星们这样"玩乐"，更能增加人生的效益。

在美国，高档娱乐方式正在以每年 6.5% 的速度增长。音乐会门票的平均价格在 1981 年到 2012 年增长了近 400%，远远超出同期物价增长的150%。

高速发展的信息技术正在深刻地改造着人们的生活。汹涌澎湃的大数据浪潮，正携带巨大的商机，撞击传统经济的概念和思维。大数据孕育和驱动下的新产品、新服务、新产业层出不穷，并且加速催生着新的生活方式。《大数据时代》的作者维克托认为，大数据使人类第一次有条件和机会，在非常多的领域和非常深入的层次，获得和使用全面数据、完整数据和系统数据，深入探索现实世界的规律，获取过去不可能获取的知识，得到过去无法企及的商机。大数据正在成为巨大的经济资产，是新时代的"石油"与"钻石"，并将带来全新的创业方向、商业模式和投资机会。

经济转型，观念先行。新经济需要全新的生活观念与生活方式。未来的人应该是好玩会玩的，人人都将成为"欢乐喜剧人"，人生的意义就是唱出"最美和声"。因此，提高生活品质与丰富人生体验，凡是与此相关的行当都有着光明的前景。也只有这些行业红火起来，经济才能成功转型，并获得可持续发展。新经济的核心不是生产经济，而是生活经济。最具潜力的经济增长领域将是精神生产领域，而不是物质生产领域。

凯恩斯曾预见：机器把人类从市场经济体制繁重的劳动中解放出来，人们在协同共享模式下投身于文化活动，追求超然于世的崇高目标。未来的经济大概可以称为"体验型"经济。温饱型经济是直奔衣食而去的，小康型经济是围绕富裕转的，消费型经济是追着享乐跑的，体验型经济是服务于人之为人的各种可能性的深刻体验与自由呈现的。

"虚拟战争"产业

体育由娱乐活动发展为一个产业，并日益成为一个支柱性产业。这种局面是如何形成的呢？未来，"虚拟战争"会发展成为一项重要的体育活动与经济活动，取代足球成为最受大众喜爱最有影响力的新型体育运动吗？

马克思说，人的本质是一切社会关系的总和。亚里士多德说，人是政治性动物。作为长期在极其恶劣的自然环境中进化而来的人，其遗传基因中有着丰富的战斗种子。作为长期生活在资源有限性社会环境中的人，其思想观念里有着强烈的斗争精神。所以，人们在政治领域里搞斗争，在经济领域里搞竞争，在军事领域里搞战争，在文化领域里搞论争。甚至参与娱乐活动也要有名次的争夺才能更好地调动人们的热情与潜能。人是热衷于争高下比输赢的动物，体育竞赛是常伴人们左右的残酷的战争游戏的最理想的替代物，这是体育竞赛强大生命力与市场潜力的根源所在。生产力水平的持续提高不断减少人们的必要劳动时间，而体育是这些"剩余时间"的最佳"接盘侠"。人们闲暇时间越多，生活条件越好，参与体育运动的需求就越大，这必然带来体育产业的繁荣。

足球能成为世界第一运动，源于它是目前为止最接近战争形态的体育

123

运动项目。足球是人类野蛮本性的文明表达。体育运动的发展与人们的生产生活方式紧密相连。足球的兴盛离不开工业化的生产与生活方式。到了信息化时代，电子游戏类的电竞进入了青年人的生活。随着虚拟技术的成熟，电竞这类竞技性娱乐活动必将获得更大的发展空间。在未来的信息化智能化时代，人们必定还会创造出新的游戏新的玩法，其中"虚拟战争"极有可能取代足球成为世界第一运动。

"虚拟战争"大致可以分以两种形式：一种是网络空间的"虚拟战争"，另一种是自然空间的"虚拟战争"。

网络空间的"虚拟战争"将在目前网络游戏的基础上，利用虚拟技术进行升级换代，一方面增强真实感，另一方面增加复杂性，由目前简单的少人对抗游戏升级为大规模群体性对抗的网络游戏。网络玩家可以从注册为普通士兵的角色玩起，通过在"战争"中建立军功晋升"军衔"和"军职"。

自然空间的"虚拟战争"是在自然环境的基础上叠加虚拟环境，形成复杂多变的时空环境。比赛双方在给定的区域和给定的时间内依据规则进行"战斗"。大概与美国电影《饥饿游戏》的玩法类似，但《饥饿游戏》是个体为生存而战的"真人秀"，而"虚拟战争"是有组织的大规模的"战争秀"。

"虚拟战争"游戏可以如举重比赛一样设计不同的级别。比如班排、连营、师团等等，可以根据场地、人数等进行灵活选择。"虚拟战争"作为一种体育类游戏，参赛人数多，对选手的综合素质要求高，场面宏大，环境复杂，既有智力对抗又有火力交锋，其吸引力一定会超过目前所有的竞技体育项目。如果进行即时直播，相信其收视率一定会远远超过时下流行的"真人秀"以及吸引着全球目光的足球世界杯。

"虚拟战争"产业或许还有一个额外的好处，就是可以释放武器制造企业的产能，降低他们怂恿战争的冲动。

市场经济的新"替身"

市场经济高度依赖人的贪欲，计划经济则极度纵容了人的懒惰，在智能时代，是需要"第三方"介入的时候了。

市场经济是一个悖论。市场经济必须变换花样地诱导刺激人们的欲求，鼓励更新与享乐，与生产为了满足人们需求的目的背道而驰。资源的有限性则警告我们要勤俭节约，而一旦我们不尽情挥霍，市场经济就"歇菜"了。市场经济并不经济，亦不能促进幸福感的提升。

市场经济还有一个死穴。在市场竞争压力下，生产者与销售者都需要持续创新，以降低成本，抢占市场，终有一天人类将迎来"零边际成本"与物质过剩的时代。物质不再是稀缺的，许多东西都是免费的，市场成了"福利场"。这个时候也许就是资本主义市场经济的终结。资本主义终结了资本，市场经济终结了市场。

经济将回归它的本质，尽它的本分，那就是满足那些真正有利于提升人们生活品质的需求，而不是被忽悠出来的欲求。就是说，经济要服务于生活，而不再是生活服务于市场。市场经济发展到极致，就会出现反转。可再生能源成为主导能源，智能机器人完全取代一般劳动的那一天，就是市场经济光荣退休的那一天。

市场经济的另一面是计划经济，这是令许多人无限向往的经济理论与经济体制。然而，它诞生不久便告夭折，市场经济在 20 世纪末获得压倒性胜利。由于信息不对称、不全面、不准确，再加上人能力的局限性、判断的主观性、情感的倾向性，让计划经济几乎等同于窒息经济、短缺经济、贫穷经济。实践一再证明，计划到哪里，僵化就到哪里；计划什么，什么就"不像话"。

有句老话叫作"窥一斑而知全豹"。回顾人类发展的历史长河，囿于技术限制上的"抽样数据"，和建立在"有限数据"基础上的假设、推理、论证、计划，恰如"窥斑知豹"一样，是人类在无法获得"全体数据"的条件限制之下，探索未知领域时无法选择的唯一途径。

在互联网基础上发展起来的社交网络、电子商务、移动通信、可穿戴设备等"云计算"技术，让"抽样数据"迅速让位于"全体数据"。"全体数据"即"大数据"时代的来临，使"知全豹"成为可能，而且越来越容易。以云计算为基础的信息存储、分享和挖掘手段，可以便宜、有效、快捷地将这些大量、高速、多变化的终端数据存储下来，并随时进行分析和计算。"全豹"当然比一般更能反映事物的本质。这个时候，"计划经济"对比市场经济就有了更多的优势。

市场经济的一个大毛病，就是反应迟钝。只有生产过剩，或者供给严重不足，它才会发出信号，采取行动。就像一个头脑不清醒的司机，不迎面相撞，搞得头破血流，不知道刹车。计划经济也有个挺要命的缺陷，就是不能激发人的创造热情。就像奶奶看孙子，时间久了，就把孩子给娇惯成了一个不成器的东西，然后哀叹：这是哪辈子造的孽啊，怎么养了这么个不肖子孙！

未来的经济，既不是市场经济，也不是计划经济，而是协同共享经济。它把市场经济与计划经济的优势合为一体，补齐了各自的短板，供给与消费高度协同步调一致，在你意识到之前，生产企业就能够知道你想要什么。那时，生产者与消费者将建立起直接的联系，而不再是通过间接的市场来表达需求，更不是哪个权力部门弄出来的指令性计划。生产者与消费者"零距离"，相互沟通互动，其中的中间环节被踢出，没有中间商赚差价。

与采集狩猎时代相对应的是天然经济，其典型特征是大自然掌握着"经济"主导权，自采自吃，没有什么交换关系；与农业时代相对应的是自给自足的小农经济，其典型特征是自产自用，土地拥有者掌握着主导权，存

126

在少量交换关系；与工业时代相对应的是市场经济，其典型特征是资本制胜，生产者、经销商掌握主导权，生产者与消费者完全分离，交换关系普遍存在。

下一个时代是什么时代？姑且称为智能化时代吧。与这个时代相对应的经济，暂且称之为协同共享经济。它是信息制胜的经济，是生产者与消费者共掌主导权的经济。生产什么，生产多少，是由消费者与生产者共同约定的，消费者也参与产品的设计或制作，他们之间的界限已经模糊不清。市场交易依然存在，但交易的媒介已经不再是传统的"实体市场"，而是信息网络，是平台。另一个值得关注的现象是，在精神产品的生产与消费上，在许多情况下，生产与消费的界限并不像物质领域里那样清晰分明，生产既是消费，消费亦是生产。像《极限挑战》这样的电视娱乐产品，如果发展为高端娱乐行业，参与其中的人就既是生产者也是消费者，已经有人称其为产销者。

对于共享经济，许多人有不同的看法，尤其是持自由市场经济观点的学者，更是坚定地认为共享经济不过是媒体忽悠出来的一个概念。但是，我们不能忽视科学技术（机器）的力量。人类并非天生就有私有财产的概念，有了农业技术之后才有了私有财产，有了工业技术之后才有了私有财产制度。我们不应忽视了这样一个事件，那就是"福特主义"的产生。1914 年，福特公司宣布将工人的最低日工资由每天 2.34 美元上调到 5 美元。在福特眼里，每一个员工不仅是生产者，同时也应该是消费者。如果每一个员工都能买得起汽车的话，公司就可以卖出更多的汽车。福特一直有一个想法，让每一个人都能拥有汽车，这个世界会更加美好。这个起初看起来近乎荒诞的梦想，因为生产流水线的诞生而迅速成为现实。共享技术进步的成果，不仅没有使福特公司的利润下降，反而带来了生产效率的飙升与利润的大幅度提高。

由此可见，私有与共享不是天敌而是朋友。生产力的提升带来了私有制度与市场经济，生产力的进一步提升也必将改造私有的内涵与市场的"性格"。没有共享经济，我们的生活便不会经济。聪明的我们为什么要拒绝共享经济呢？

社会化大生产的新形式

物联网将使得人类社会进入"零库存"时代。"零库存"改变了企业的生产与营销理念，重塑了企业的组织与管理，接下来，个人、家庭与整个社会的"零库存"，必将再造社会化大生产的理念与形式，以及人与人之间的关系。

马克思说，资本主义经济制度有个解不开的死结，就是社会化大生产与生产资料的私人占有之间的矛盾。马克思给出的药方是生产资料的公有制。

在人类已有的经济实践活动中，私有经济像一个癫痫病人，时不时地抽风，搞得人们五迷三道、神魂颠倒、精神恍惚。而计划经济则如落魄的少爷，毫无朝气，牢骚满腹，好吃懒做。

计划与市场、公有与私有，斗嘴、斗争了半个多世纪，后来"计划"不玩了，"市场"与"私有"以为自己胜利了，如今却发现，原来是"让你亡，先让你狂"。

私有基础上的市场经济几乎不可避免地造成经济财富分配失衡。资本的回报率高于经济增长率的趋势，如今正在催生着极端的不平等现象，激发着社会不满，引发各种危机，而且基本没有什么良药可治。刺激、宽松、紧缩、调控，自由市场也好，国家干预也罢，无非是面多了加水，水多了加面，终将有一天，再大的"盆"也装不下了！是换"盆"还是换个玩法？

私有发展到极端就是"共产"，公有发展到极端就是"分家"。物极必反，老子早就发出过警告。孔子换了个说法，奉劝人们走中庸之道。现在西方人又创造了一个新名词：再中间化。何谓再中间化？就是去其两端，取其中间。

怎么个取"中间"法？就是又私有又共享，简称私有共享。这不是个矛盾吗，如何行得通呢？这个矛盾的调解人，是现代信息技术，是物联网。一台电脑，一旦互联，它就既是自己又不是自己。万物只要"互联网+"，莫不如此这般。比如，一家服装生产公司，它要生产什么服装、生产多少，由它自己决定，与消费者没有任何关系。消费者只能选择买或不买。这是过去的生产与消费方式。今后是什么样子呢？是大规模"私人定制"。消费者通过网络协商定价，然后下单，服装公司依据订单生产。生产什么不再是私人公司决定，而是由顾客决定。这就相当于顾客共享了他人设备的使用权。以此类推，其他领域的公司也是如此。再比如目前正流行的"众创众筹"，也类似于社会主义搞的合作社模式，亦是私有共享的一种形式。

数字时代的运作，是通过互联网把终端用户引入产业链的设计、开发、原料采购等前置流程；以及仓储、批发、运输与零售等后续环节，总之是借力终端消费者，完成本该由生产方、产品供给方花钱、花资源完成的事情。这个叫众智、众包、众筹，也就是私有共享。

滴滴、快车、优步的发展，使得车辆可以共享，原本要买车的年轻人可以不买车了。房子共享背后的道理也是一样。在全社会资源使用效率整体提高的同时，共享会导致某些特定雇佣关系的消费行为的减少，当然也是共享机会的增加。比如，你下载一款 App 软件，就可以成为兼职快递员。只要快件的起始点与你原本要去的地方一致，就可以抢单挣一份"外快"。现在，已经有多家平台尝试发动社会人力资源，利用碎片化时间，以"搂草打兔子"的方式送快递。今后，几乎所有的行业都可以运用这种思路和运作方式。一对一的雇佣关系将被打破，一切资源包括有形的人、物与无形的知识、智慧都会成为共享之物。

未来，一件东西属于谁并不重要，重要的是每个人都可以使用它。使用权胜过所有权，协作压倒竞争，可持续性取代了消费主义，交换价值正在被共享价值取代。这就是社会化大生产的新形式新形态新业态。在这种模式下，生产资料的私人占有与社会化大生产之间的矛盾就被化于无形。那个时候的社会分配，既不是效率优先、兼顾公平，也不是按劳分配，亦不是按需分配，而是按需使用。这时候，再讨论公有与私有已经失去意义，这将是一场彻底的革命。

"公地悲剧"与"公地喜剧"

花别人的钱，为自己办事，是不靠谱的。这是"公地悲剧"的隐喻。

1968年，加勒特·哈丁在《科学》杂志上发表了《公地的悲剧》，文中提出了"对所有人开放"的牧场这一假设。在这片牧场上，每个牧人都会尽可能放养更多的牛羊，以获取更大利益，最终带来牧场退化的恶果，所有人的利益都会受损。在资源共有的条件下，人们会为眼前利益进行短期竞争，从而损害所有人的利益。这个假设的"故事"长期以来被主张私有经济的经济学家们奉为圭臬。

18年后，美国西北大学法学教授卡罗尔·罗丝在一篇题为《共享的喜剧》的文章中抨击了哈丁的观点，她提出了一个"对所有人开放"的公共广场的例子。在公共广场上举行的活动，参加的人越多，对于参与者来说，意义就越大。她指出：在纯粹的私有财产和政府控制的"公共财产"之外，还存在一种截然不同的"天然公共财产"，这种财产既不完全由政府控制，也不完全由私人控制。这种财产被集体"享有"，并由整个社会"管理"，事实上，其主张独立于甚至超出任何政府管理者的管理范围。她着重强调"公有诉求必须超越私人所有者，这是因为，只有在社会中被大多数人使用时，财产本身才最有价值。"

公有好还是私有好，并非绝对，而要看干什么，以及给定的条件是什么。在给定的条件下，有些事采用公有制的模式更有利，也有些事以私有形式运作益处更多。但当条件变了，原来适合公有的可能更适合私有，原来适宜私有的可能公有更好一些。

互联网及未来的物联网，带来了经济活动各个领域的"公共广场化"。"互联网+"带来了什么？互联网一旦"加"上什么，什么就显著地增加了"公有"的属性，准确一点说就是成为共享之物。当万物互联之后，万物就自然而然地具备了"公有"之属性、共享之特点，并且"私有共享"让万物的价值得到了最优化的呈现，亦同时让其所有者自身的价值得到实现。需要注意的是，这里的"共享"并非传统意义上的公有制。在公有制的条件下，个体往往产生到"大锅里"捞好处的心理机制，一旦捞到好处便心中窃喜。而"私有共享"则让拥有者在"分享"的过程中体现自身的价值，并因此心生愉悦。

概括起来说，物联网将彻底改变经济生态与经济形态。公有资本、私人资本与社会资本都将是共享资本，私有的、公有的、各种所有的都将是共享的，市场经济与计划经济将让位于协同经济，竞争机制将被共享生活与实现生命价值的超越机制所取代，众创众筹将成为一种全新的融资融智的"双融合作"模式。

"公地"里能够生长悲剧也能够产生喜剧，是悲是喜取决于给定什么样的边界条件。人作为一种动物一时半会儿还不能没有"私地"，人作为一种社会性动物就不能够没有"公地"。私有在一个较长的历史时期内仍然是神圣的，而共享让这种神圣增添了无尽的喜悦。没有私有，人们积攒不下走向天堂的"盘缠"；　没有共享，人们找不到通往天堂的道路。未来的时代是一个难分彼此的时代。

新经济需要新理论

自从 2008 年由当时世界上最发达的美国引爆全球经济危机以来，经济界的大小"郎中"与政治界的新老"外科医生"们各显神通、各施绝技，但全球经济依然不能离开"特护病房"，还是需要依靠"输液、输血、输氧"才能维持生命。政治家、经济学家们天天盯着"监视器"，心情随着那些红绿蓝曲线的变化而悲悲喜喜，一惊一乍，但往往是判断错啦！事实证明，已有的经济理论已经无力指导新的经济活动，人类社会急需全新的经济学说。因为现在流行与非流行的经济学都是工业化的产物，而我们今天面对的是信息化的时代，而且正在迅速地向智能化时代前进。

无巧不成书。对中国来说，1976 年是个特殊的年份；对西方世界来说，1776 年绝对算得上一个十分重要的年份。这一年，瓦特发明的蒸汽机进入量产阶段，工业革命开始了；潘恩著名的《常识》一书出版，吹响独立与民主的集结号；美国的清教徒们发表了《独立宣言》，人类社会从此出现了美利坚合众国这样一个全新的政体；斯密出版了深刻改变人类经济生活的《国民财富的性质和原因的研究》，简称《国富论》，让经济学走向一门独立的学科，也奠定了他经济学界的鼻祖地位。

科学技术绝对是个"逆子"，它一旦出生，必定要改变孕育过它的政治、经济、社会、文化与生活。工业革命以后，科学技术进入青年期，它的创造力与破坏力带来巨大的社会动荡，政治革命风起云涌，世界大战波及全球。动荡与灾难激发了智者的思考与探索，新的政治与经济理论不断产生并相互斗争。在经济学界，继古典经济学的"看不见的手"之后，又出现了边际效用学派的"价格均衡论"、凯恩斯学派的"国家干预"、马克思的计划经济理论与政治经济学派，以及以弗里德曼的货币主义和卢卡斯的理性预期学派为代表的新古典经济学派，以曼昆、斯蒂格利茨等为代表的新凯恩斯主义等等，你方唱罢我登场，都曾经火爆登场，又黯然下场，个个又都希望换件"外套"再上场。

这些理论，尽管观点不同甚至尖锐对立，但毫无疑问都是在思考和回答人类由农业时代迈向工业时代所面临的经济、政治与社会问题。农业时代是自给自足的经济，农业经济问题主要是税赋与赈灾。工业时代的经济是交换经济，工业革命从哲学意义上说是"时间革命"，它极大地提升了时间的价值含量。这一方面是因为机器大幅度地超越了人的劳动能力，另一方面是分工的精细又极大了提升了人的工作效率。这就产生了如何使生产与消费保持动态平衡的问题。由这个问题引发了货币、分配以及劳动、资本、工资、税收、福利等等一系列问题。迄今为止，无论是什么学派，也不论是"看不见的手"与"看得见的手"，都没有能力把这些问题系统化地解决。当然还有一个中间派，就是主张"看不见的手"与"看得见的手"相互补充，这个理论听起来很美，可问题在于这"两只手"不同于一个人的两只手。人的两只手归属同一个大脑指挥，没办法不"齐心协力"，而经济的"两只手"归属于两个"大脑"，各行其是易，通力合作难。就在市场与"市长"争论不休的时候，科学技术又搞出新的花样——信息革命到来了！

信息革命就不只是"时间革命"，而是"时空革命"。这个"时空革命"既巨大地提升了时间与空间的价值含量，又大大改变了生产与消费的时空距离与相互关系，使得经济活动的各要素之间的地位与相互作用的原理悄然发生了根本性变化，所以，那些建立在"时间革命"基础上的原有经济理论也就失去了它原有的价值。这就像一个病人已经由感冒发展为肺炎，再给他吃无论是什么品种的感冒药，都不会有好的疗效。这个时期，尽管交换关系依然普遍存在，但交易的时空概念已经与工业化时期完全不同，因此，现在"两只手"都不知道该干什么，更不知道该怎么干；"市场"与"市长"都很尴尬。于是，我们更多看到的是：市场很萎靡，"市长"干着急。

更要命的是，进入青壮年时期的科学技术变得更加勤奋与高效，正在夜以继日地创生着信息化与智能化的时代。智能化意味着智能机器对人的替代，那么人类劳动的意义与劳动力的价值都将被重新定义，传统经济学对此更是无能为力。接下来，科学技术还将把人类推进到智慧化时代，那时候，资源的有限性与生命的有限性都将被突破，这就意味着传统经济学理论的基础被彻底"爆破"。

现有的经济学理论诞生于工业经济社会，传统经济学理论对于生产要素的构成、生产函数的形式以及市场均衡的实现等基本问题的认识都是基于工业化的生产方式方法所构建的。当人类由工业化进入到信息化、智能化时代之后，社会的生产、生活方式及运行机理都发生了深刻变革，工业时代作为经济学理论的基石和部分基本规律都将逐渐被打破或颠覆。

一是"理性人"假设与"社会人"假设被"社会自由人"取代。首先是个体理性将服从于"数据理性"，个体与组织的决策将不是问天、问地、问自己，而是问数据、问计算，答案不在心中，而是在"云"里。其次是个体将不再依附于某个组织。越来越多的人不再是"单位人"、"组织人"，而成为"社会自由人"，不再被单位或组织的意志左右、观念所束缚，人人都在自觉不自觉地向"云"中贡献聪明才智。再次是价值观念将更趋多元。人们追求的价值不再是简单的经济利益，更多的是自我成长、多样化的生活与价值实现。工作的目的不是谋生，而是潜能的变现。

二是"资源稀缺"的假设不再成立。信息要素的可复制、无损耗带来的共享性、外部性、增殖性，决定了经济活动更多地呈现出自组织、自适应、非均衡的动态性特点。一般均衡理论体系的经济状态将被打破，取而代之的是非均衡为特征的经济新常态。

三是边际效用递减规律边际成本递增规律被打破。信息重复消费函数决定了效率和效能。信息进入流通后，使用次数越多，消费频率越高，价值越大。信息的价值是随着它被使用的价值与流通的频率而不断增加的，这就是价值倍增效应。未来，越来越多的私人财产将如信息一样加入流通的滚滚浪潮，通过"周转率"的提升实现价值倍增。同样的价值存量将出现使用价值的指数级增长。

四是价格形成机制失灵。商品基于价值随供求关系的变化而形成交换价格，这就是市场价格形成机制。在未来30年左右，几乎所有的行业都将进入"零边际成本"模式，这意味人们可以按需免费使用，如此一来，物品只有价值而失去了交换价值，价格形成机制将完全失灵。

斯密认为：人天生，并且永远，是自私的动物。社会主义的经济学家曾经一直致力于铲除人自私的物质土壤，而传统社会主义国家不仅坚持壮大公有经济，还致力于培育公而忘私的价值观念。一派对"私"因势利导，一派试图化"私"为公，都没有收获理想中的成功。但是，当全社会甚至全世界都进入"零库存"时代，财富的价值呈指数级增长，人们的财富观念会出现怎样的变化呢？又或者，当物质财富充分涌流，人们低层次的需求如空气一样成为不用追求之需求的时候，人的自私会表现在哪里又会以怎样的方式呈现呢？那时候，现有经济学的基本假设还靠不靠谱呢？现在，经济学理论的基础还是建筑在牛顿力学的原理之上，如今飞速发展的科学技术已经把经济学说甩出了几条街。奔跑吧，经济学家们！

第九章　政治的重构

王朝因僵化腐朽而亡

王朝更替，成因何在？中国的历史叙事大多归结为当权者昏庸无能、骄奢淫逸、腐败贪婪。但这只是部分事实，既非事实的全部，也不是事实的核心。革命并不都是在民不聊生的时候爆发的，比如法国大革命就是在改革发展的大好形势下冒出来的。世界上的政体各有千秋，各具特色。拷贝与复制的政体，无一不是短命的。目前为止，世界上尚没有一模一样的政体，如同世上没有一模一样的人。

腐败只是王朝更替、政体变革的诱因，深藏幕后的真正发起者、推动者是科学技术。事实上，古今中外任何王朝与各种政体都有腐败，无一例外，为何有的兴盛有的灭亡？腐败的确事关人亡政息，但导致人亡政息的是腐败的相对值而并非绝对值。换句话说，人亡政息与民众对腐败的容忍度有关。腐败超过了民众的容忍度，民众必然反抗直至揭竿而起。

民众的容忍度与什么相关？第一，与科技水平有关。科技发展快，经济就繁荣，民众财富增量越大，对腐败的容忍度就越高。第二，与历史文化传统有关。有些文化对腐败容忍度高，有些文化则低。总的来说，在有创造力的文化环境中，腐败的存量与增量都低，对腐败的容忍度也高。人有奔头的时候，就不太关注他人的劣迹，而更容易关注他人的业绩；人有奔头的时候，一般不会选择高风险的腐败之路。

如果给人们以更多做大蛋糕的机会，那么，人们就会减少对分蛋糕的关注，更不太可能把心思花在如何偷蛋糕上。

王朝或政府有三种主要的死法：一是因科技发展迅猛而死，二是科技停滞不前而死，三是激进的政治改革大大超越了科技发展水平而死。

科技发展迅猛，必然带来经济、社会、文化与民众生活的飞速而又巨大的变化，这时候，原本先进的政治理论与政治体制就相对落伍了，就必须变革了。此时，如果它主动变革，则持续兴旺发达；如果它选择保守，就僵化腐朽，结局就是被革命。问题在于，一个创造了繁荣的政体是很难有自我革命的清醒与自觉的，所以革命就周期性爆发。

科技停滞不前，经济增量跟不上人口增长，民众生活长期得不到改善，甚至倒退，再加上统治集团遏制不住自己的占有欲，不知收敛地与民争利，结局自然是被掀翻在地。至于一国科技为何会停滞不前？因为科技进步意味着变化、变革，这种变革的副产品就是政治变革，坐了江山的统治者往往更自觉地维护现有秩序不自觉地阻挠变革。他们天然地对"变"的风吹草动保持着高度警觉，或者说总是能够找到暂时不变的充足理由。如果没有外来的压力，统治者变革的想法总是等于或小于维护现有制度秩序的愿望。

激进的政治改革，使得新政体完全脱离了本国科技发展水平，必然导致其经济、社会、文化与民众生活习惯的强烈"排异"，结局自然是社会动荡，甚至是政治改革的失败与旧政体的复辟。一些国家师法欧美的政治改革导致的动乱就是鲜活的例证。至于为何会出现激进的政治改革，主因当然是旧政治太过腐朽或者是改革派的盲目与机械。

王朝与政体也有一些非主流的"死法"。比如穷兵黩武、大兴土木、刀枪入库等等。这些基本上都与国家财富分配有关。财富分配不合理，主因亦是政治腐朽或好大喜功而不知调适。

世界足坛，特别是中国足坛有一个值得玩味的现象，就是"换帅如换刀"。换帅意味着什么？当然意味着大家重新获得平等竞争的机会！人人都想用最好的表现获得上场的机会，球队的新气象就出来了。如果新教练不能给球队带来技战术或管理上的新东西，一旦主力阵容确定之后，球队将重回原来的状态，新一轮的换帅很快就会到来。如果新教练能够给球队带来技战术或管理上的创新，他的帅位则会稳定。假如他不能带领团队持续创新，那么帅位就会失稳，直至"下课"。也有的新帅，变革的力度过猛过大，尚未暖热帅位就被迫走下舞台。不论何种"下课"，都与创新密切相关。

王朝或政权更替的原理与足坛换帅的原理是一样的。与日新月异的科技创新相比，政治理论与实践的创新如果跟不上步伐，乱了节奏。政治就会变成时代发展的大秤砣！

特朗普现象

不少政治家喜欢推动科技创新，他们寄希望于科技可以帮助自己巩固统治地位。很不幸的是，这其实是一个悖论。

2016 年，美国大选中杀出一个特朗普，引起世界范围的持续关注与广泛议论。特特朗普现象预示着什么？

有人说，特朗普现象是美国新教文明进入衰退期的一场自救。特朗普的言论和主张得到了美国民众的广泛共鸣。深受内外问题困扰的美国民众已经烦透了那些不解决问题的政治正确，但又敢怒不敢言。现在特朗普喊出来了，民众怎能不支持呢？而在特朗普犀利而直率的大嘴巴对比下，共和党建制派的愚蠢和无能暴露无遗，所以他们才如此痛恨特朗普，不惜让共和党完蛋也要把他淘汰。但是他们又不能从道理上驳倒特朗普，于是就只好断章取义去揪"政治不正确"。而建制派这种完全不顾本党全局利益的做法，恰恰表明他们已经患上了文明衰落综合征。

因此，"特朗普现象"其实是美国新教文明进入衰退期以后的一次回光返照。特朗普和他背后的美国群众，是对内外挑战的坚决应战，是美国文明不甘沉沦的生命活力的大迸发。而与之对立的建制派，则是腐朽的、堕落的。

也有人说，特朗普现象证明了传统媒体的过滤机制失效。有人称特朗普的胜利是新媒体对传统媒体的完胜。社交媒体成为一种前所未有的政治参与和动员方式，帮助"圈外人"冲破各种过滤和壁垒，进入政治中心地带。媒体不再是"窗子"，而深化为"镜子"，实施过滤的主导权正在从媒体手中向受众身上转移。受众通过选择与互动，只围观自己喜欢的。

社交网络改变了政治游戏规则，在 2016 美国大选中，人们关心的问题不再是竞选需不需要社交网络，而是该怎样利用社交网络。候选人团队绞尽脑汁在网络上讨好选民。据统计，有 10 亿美金用于数字媒体，其中 50% 会投入在社交媒体上。

依我看，特朗普现象正说明两大问题：其一，新教文明已经既不新也不"文明"，不创新出新则没有出路。欧美创造的西方政治制度，在 20 世纪冷战结束后成为主流的政治制度而倍受推崇。但在进入新世纪后，西方民主政体在国内国际两个政治舞台上的表现都差强人意，其先进性合理性也受到越来越多的质疑。党派之间为拉选票根本不顾全局与长远，竞相许诺福利政策等取悦民众，一旦上台，要么不能兑现诺言，要么过度的福利政策把经济推进经济陷阱。如今，民主政体的只"唯下"、唯钱与专制政体的只"唯上"、唯权殊途同归，相互看不上却同样不靠谱。并且党派竞争毫无底线、不择手段地互撕对手，让竞选不是展示自己有多靠谱，而是攻击对手有多么不靠谱，这让优秀的人才耻于或惧怕参选，劣币淘汰良币的情况时有发生。由此带来的结果就是：优秀的人不愿干，平庸的人干不好。如今的所谓政治精英陷入过度现实主义的泥潭难以自拔，西方政治已经渐失先进与文明的现实表现。

其二，现行西方民主亦已落伍，新的民主实现形式已经呼之欲出。现行西方民主存在两大缺陷：之一，它是"选票式"民主，并非权力运作的民主，民众只能参与选举而不能参与决策，理论上的民享民有民治与现实中的精英决策相距甚远；之二，它是资本操控的民主。资本收买媒体，媒体诱导民意。选民只是政党政治家或蛊惑家对自身政策予以合法化的工具。

民选日益演变为资本之间的战争，成为一场金钱游戏。这种政治游戏在工业时代自有先进性，但在信息时代它便显得不合时宜，民众需要于"选票民主"之外，获得更多政治参与的空间以及更好的实现形式。之三，美国权力制衡体系实在太过复杂，那些层出不穷的"否决点"被不同的利益集团利用，使得政府决策困难重重，导致在促进公共长远利益方面无所作为。

现代民主弊病不少，其中最重要的一点，用古典学家利芬的概括就是："现在存在着一种意识形态的共识，即对抽象的有关'民主信仰'的一般陈述表示赞同的共识。然而，问题是这种共识所反映的'象征性的满意'在多大程度上掩盖了深刻的沮丧，在多大程度上被广泛流行的政治冷漠准确记录下来。这种政治冷漠源于无能为力的感觉，源于不可能与那些在政府决策中占尽优势的利益集团进行抗争的现实。共识的代价乃是由被排除于共识之外的人支付的。"

一些西方民主国家因制衡过度导致政治衰退无能，民众失去安全感自豪感；而一些专制政体因权力垄断导致政治腐朽腐败，民众找不到尊严与幸福感。全球民主进入"坏时代"，互联网的出现为民众表达不满创造了条件。反政体的投机分子、政客或精英与政治家，满足了中下层民众的愤怒和恐惧，不满的民众更容易接受建立在不信任基础上的指责叙事。这种种的乱象，正呼唤并孕育着新的治理体系的出现。

特朗普现象不过是科技进步的衍生品之一。科技不只是第一生产力，亦是政治文明进步的第一推动力。没有科技的跃升，则难有真正意义上的社会革命，那些血雨腥风的政权更替，也不过是造反而已，造反成功之日，便是复辟之时。没有科技革命，复辟几乎是所谓政治革命的唯一归宿。如今，互联网、大数据、云计算等技术的发展为现行民主的升级换代提供了充分的前提条件，西方民主政治正面临一场新的革命。因为，信息技术已经深刻地改变了经济形态、社会关系、文化内涵与生活方式，也必然要改变政治生态与政府运作。

科学技术是旧政体的天然掘墓人，当然它使用的是"看不见的手"。前文说过，科学技术与政治体制之间是相生相克的关系。好的政治体制可以推动科学技术的发展，科学技术的发展实证着政治体制的先进性与合法性。但科学技术发展到一定阶段，又必然要求政治体制进行变革。二者之间如果你追我赶，就如好朋友亲兄弟；若是一个前行，一个不肯前进或者前进得太慢，就会反目成仇。科技首先改变经济与生活，进而改变社会与文化，然后经济、社会、文化与生活共同推动着政治变革。倘若政治主动超前变革，就会成就空前盛世。今天，科学技术带来生产力的空前进步，已经把发达国家带到了这样的境地：几乎没有什么国内问题不与国际问题相联系，谁要赢得选民基础，谁就得跨越传统的"左派"与"右派"的分界，把全球化作为自己政治理想与施政策略的基本内容。英国的脱欧公投、美国的总统选举，都是以应对全球化的矛盾冲突为主线的政治大片。尽管形式像闹剧，表达的却是严肃的现实问题。国际问题过去是政治家的问题、跨国公司的问题，如今，国际问题已经与大众的生活息息相关。也就是说，一国之民主政治本质上已是国际政治、全球政治，而参与一国之政治的选举人却依然是以本国公民意识来表达意愿，如此，偏差自是不可避免。

世界各国都正处于走向全球化的转变阶段，迷茫那是自然，动荡不可避免。民众并不清楚特朗普到底靠不靠谱，却知道特朗普身上有一种期待，这种期待就是变。至于变好还是变坏，说也说不清楚，也只能"跟着感觉走拉着梦的手"了。而希拉里呢？希拉里有"一桥飞架南北"，可民众对河对岸的风景太熟悉了，已经厌烦透了。

科技进步推动政治发展

政治与权力、利益密不可分。围绕如何分配利益,设计权力的游戏规则,并开展游戏,就构成了政治与政治活动。

自从有了劳动剩余和分工之后,政治开始登上人类历史舞台,逐渐成为一号男主角。它的戏份越来越多,它和其他角色之间的关系,也时有变化。这种变化的主要幕后推手,是科学技术所决定的生产力,文化传统、哲学理论、宗教观念等也起着相当重要的作用。

政治理论与政体实践一直在不断变革之中,虽有迂回反复,但总体趋势是权力向着开放与透明的逐步转变,而这种转变与科学技术的发展正相关。劳动工具对人的替代能力越强、生产力水平越高,民主在权力结构中所占的比例就越大,拥有"股权"的民众就越多。目前,世界上不存在人人平权的完全的民主政治,只有当智能机器人或智慧系统完全取代了一般人类劳动之后,才可能出现真正意义上的民主政治。所以,脱离了科学技术现状与生产力水平来搞民主政治,无异于饮鸩止渴。所谓政治正确的检验标准只能是科学技术水平所决定的生产力。当科技领域发展革命性变革后,之前正确的政治业已不再正确。

在采集狩猎时期,只有家政、族政,还没有公共领域的政治。那时,已经有权力存在,但那个时候的权力更多地体现为责任。权力远远没有今天如此大的魅力。政治野心、政治抱负、政治理想等等都还没有产生。

到了农耕时期,因农业科学技术的不断发展,生产力水平的不断提高,政治也由雏形到成型,直到走上社会舞台的中心,出现了政治学说的百家争鸣,政权实践也经历神权、王权、皇权等不同的形态变化。这个时期,权力的来源从理论上来自于天、神等,本质实则来自于武力。前台是"君权神授",后台则是"拳头大了是哥哥"。权力结构是"金字塔"式的层级结构,最高权力集中在个人手中，公共权力完全被私有化。

进入工业时期后，由于科学技术的猛烈发展，生产力噌噌地蹿升，带来政治学说的第二次百家争鸣。政治变革的风起云涌，整个世界到处都有政治的"试验场"，民主政治逐渐受到追捧。权力的来源不再是武力而是选票，背后的推手却是资本。最高权力不再是个体或团体，而是一个制衡的结构。工业时代的民主，是选票民主，并非权力民主。或者说，权力是公共的，但使用权却在少数人手里。大众在选择完当权者后，大多数人就成了看客。西方民主的先进性主要体现在：它从理论上确定了人人应当享有平等权利，在实践上大幅度地增加了"权力股民"的数量。

在即将来临的信息化、智能化时代，是一个科学技术爆炸式增长的时代，是生产力水平发生质变的时代，必将带来政治理论的第三次百家争鸣，也必将催生政治实践的又一次百花齐放。但总体上依然会遵循权力"股权结构"分散化的规律演进。从理论上来说，信息时代的民主，公民将成为真正的"公民管理者"。政府不仅是市场的"守夜人"，也是社会的"守夜人"。政府必须把更多的权力让渡给社会，权力将进入真正意义上的公有制时代。不过，信息化将会改变公民行使权力的方式以及政府运行的惯常机制。

把权力关进笼子里的政体，是好的政体。把权力从笼子里放出来，让它别无选择地全心全意为人民服务，将是不可阻挡的新潮流。因为互联网、数字化、云计算、智能化、智慧化让世界变成浩瀚的海洋。海阔凭鱼跃，可你跃到陆地上试试？那是找死！

鞋子并不是越大越好，合脚才好。政治体制也不是越先进越好，合乎科学技术的发展要求才好。但是，政治体制这只脚不是成年人的脚，而是小孩子的脚。成年人喜欢穿旧鞋子，舒服啊！小孩子喜欢新鞋子，不光是新鞋子好看，还因为他们的脚每一天在长大，若是不换鞋子脚就受不了，实在憋急了，脚趾头就会造反，即使没有能力揭竿而起却也必须破"鞋"而出。

科学技术在发展，生产力水平在提高，这就意味着"脚"长了宽了肥了，需要换"鞋子"了。把改革开放作为基本国策，坚持深化改革，持续扩大开放，以适应"脚"的发展需求，这正是中国近四十年来不断创造奇迹的奥妙。

民主的缺陷

大多数人认为，民主是个好东西。其实，民主就是"乱炖"。作为当权者，如果没有一两件民主的行头，都不好意思出门！可是，"乱炖"为何代表着"政治正确"呢？

专制如同寻医看病，把自己交到别人手里，任由摆布还得毕恭毕敬，碰上良医救你命，遇上庸医要你命。政治也是个技术活，并非人人能精通。世界上还有国家从未出现过民主政权，可是又有几个国家没有出现过专制政权呢？专制政权的显著优势在于：决策效率高，协调成本低、执行力强，一旦搞对了方向，往往创造奇迹。

专制的致命短处是，权力缺乏制衡制约，较容易犯错误，当权者目标越是远大、能力越是超强，越是可能犯大错误；专制的一项短板是，民众缺乏安全感、价值感、尊严感，因而活力不足；专制的最坏之处是，一个人或少数人的错误，由多数人买单。

民主也不是美丽的天使。两河流域的文明被视为人类文明的重要源头，埃及创造了人类最早的文明之一，中国领先世界若干个世纪，这里头都没有民主参与其中。西方世界不过领跑了两个多世纪，并不能由此证明他们的民主政体就是最优的终极治理模式。况且，倘若仔细分析起来，还会发现民主制度对西方近现代成就所做出的贡献已经被显著地夸大了。

欧美世界能有近代的领先，就传统因素来说，有三个重要的方面：一个是从中东地区输入的一神教带来的信仰的力量，一个是古希腊文化的民主、思辨与科学精神，还有一个就是日耳曼民族的勇敢与开拓的战士气质。这其中民主的作用并不算突出。

除了传统文化因素以外，还有一个极其重要的原因就是战争。没有春秋战国的诸侯争霸，很难想象能有中华文明的灿烂辉煌。近代欧洲恰恰上演了"春秋战国"，所不同的是，中国最终形成了大一统的国家，而欧洲则形成了若干主权国家。战争是"人耗"与"物耗"最大的人类活动，却也是最能让人才充分涌流与创造力爆发的人类活动。美国从来都没有中止过制造战争威胁以及远离本土的战争实践。天下大事，分久必合，合久必分。因为分有分的好处，合有合的益处。而人们得到了这方面的好处就又想要另一个方面的益处。

显然，战争给欧美国家带来的"益处"被大大地忽略了。而被忽略的部分大多数被转移到民主的头上，令人们以为西方民主是万能的良药，从而唤起了发展中国家的民主热情。

民主只是落实"天赋人权"的理论上的必要条件，但它并不必然带来繁荣发展。民主的天然缺陷是：容易出现大众暴力，以自由之名践踏自由。美国范德堡大学教授赫瑟林顿及北卡罗来纳大学教授魏勒合著了《独裁主义与美国政治的两极化》，他们研究发现，越来越多的美国人存在独裁主义倾向，他们期望秩序，并对新移民感到恐惧；由于体制已经无法让他们感到安全，就转而寻求政治强人的保护。

人是一种两面性的动物，一面是魔鬼，一面是天使。魔鬼的一面，给了专制政体存在的优质土壤；天使的一面，又为民主政治提供了"青山绿水"。这种两面性，也必然决定了两种政体都有着天然的缺陷与各自独有的优点。

一个容易被人们忽略的基本事实是，专制与民主的"正确性"出自同一个源头。天赋人权，人生而平等，而人人又都渴望自由，因此就有了民主的合法性与正确性。可是，社会中的人，某些人的绝对自由恰恰构成了另一些人的相对不自由，这就为专制提供了正当性的理由。

民主政体是一个反复试验以让公民表达意愿的制度体系。像英国的脱欧公投以直接彰显人民意志的正当形式高调登场，却以民粹、轻率、不确定、不可问责、不可补救等非理性特征而遭受质疑。英国具有投票权的公民约有4600万人，参加此次公投的约为3400万，超过2/3。赞成脱欧与反对脱欧的得票率分别为51.89%和48.11%，二者差别并不大。英国脱欧采取的简单多数的公投方式，最终结果是事实上只体现了占总票数51.89%的1740万人的意愿，而忽略了其他英国人的意愿。

公投按照公投法程序展开，但其合法性从本源上来看，并不来自公投法，而是来自人民作为终极政治权威和主权者的自然正当性。这是民主政体倍受追捧的根本原因。政治也好，经济也好，它是个专业。天赋人权，可是老天并没有赋予人同等的专业能力。人是容易被忽悠被操纵的，看个广告就会移情别恋，听个演讲就可能热血沸腾，有人听风就是雨，有人整啥都没有主意，而政治是一种精细的艺术，需要智慧和良好的判断。所以，一人一票并不必然出现正确的决策。早在古希腊时期，就有柏拉图《理想国》对民主政体破坏理性与美德政治的严肃批评，亚里士多德以来的政治学传统推崇的是贵族精英理性和混合政体的均衡模式。柏克晚年一直惊恐万分地矢志反击卢梭、潘恩式激进民主。英国的代议制和普通法实质上继承和发扬了节制民主的精英政治传统，试图将大众参与的民主化诉求与精英决策的理性化共识完美结合，用中国的话语体系来表达，就是"民主集中制"。

脱欧公投造成了双输甚至多输的结果，但英国乃至欧洲的精英却默许甚至鼓励了这一欠缺审慎美德的政治冲动，显示了代议民主与精英政治的内在衰落。也就是说，处于一极的专制与处于另一极的民主谢幕了，去其两端取其中的精英政治也显得活力不足，出现了退出政治舞台中心的苗头。

任何制度都处于竞争变动之中，有其历史辩证运动的必然性。那么，下一个阶段，政治体制会向何处发展呢？一个可能的出路是"间接"的"直接"民主。所谓"间接"，就是变大众投票为数据与算法。所谓"直接"，就是数据与算法表达的是大众的真实"愿望"。到那时候，政府与州长、总统等角色将不再是决策机构与决策者，而是"数据与算法"，或者说是大众决策的执行机构与操作者。天地之间有杆秤，老百姓是那定盘星。过去与当下，这个"定盘星"是看不见摸不着的。而在即将到来的信息化、智能化时代，数据与算法将让这个"定盘星"清晰可见。

在信息化、智能化时代，数据决策将取代论据决策，数据民主将取代选票民主。在这里，专制与民主达成了和解，它们共同把权力让渡给了无处不在、无所不知的"数据"。这个"数据决策"或"数据民主"不是任何个人或团体的意志，又是所有人的意志的最完整最恰当的表达。

科技催生"三不"

顺便再说说腐败问题。因为这既是政治问题，也是社会与文化问题。腐败是个历史性、世界性难题。破解腐败难题的主角不是"青天大老爷"，不是品德修养，而是科学技术，准确地说，是科学技术带来的可预测、可追溯。

中国历史上治理腐败成功的案例并不多。怀柔的政策用过，残酷的办法也使过，结果都没逃脱"春风吹又生"。现在，中国政府正致力于形成"不敢腐、不能腐、不想腐"的局面。经过近三年努力，不敢腐的问题基本上得到解决，应该说形势喜人。但与不能腐与不想腐的距离还存在。

解决不敢腐的问题，相对容易。做到有法可依，执法必严，基本上就OK了。解决不能腐的问题难度就大了不少。因为在技术条件低下的情况下，查处腐败的成本太高。在财富有限的情况下，只要还有腐败问题得不到查处，不想腐的局面就不太容易形成。

好在，谁也阻挡不了科学技术的发展。互联网、云计算、大数据、移动终端，以及正在发展中的物联网、智慧地球，将使财富的转移由实体转变为数字化，也渐渐地让人、事、物统统无处可藏、无密可保。未来，凡事都有据可查、有迹可循，而且不必付出多少成本。那个时候，任何人干过的事都能够"可追溯"，不能腐的问题就迎刃而解了。这一天，已经为期不远了。透明化是假丑恶的天敌，腐败自然不在话下。

贪欲的根源在于稀缺。在短缺的时代，要让人人不想腐，的确没有很好的办法。仅有的措施就是思想教育。但是，思想教育这副药见效慢且疗效有限，并且不是对谁都有效。幸好，科技不会袖手旁观。科学技术终将令人类突破资源有限性，物质极大丰富与充分利用的时代至多在下一个世纪就会到来。那时，财富将不再是人们追逐的猎物，只有神经错乱的人才会"想腐"。

请问社会为何物

社会是民众依一定关系建立起来的自组织。这些组织具有协调内外部关系以维护成员共同利益的作用，也具有情感寄托、交流维系的作用。

三角形的优势是稳定。一个理想的组织结构，应该是一个等边三角形。它的三条边分别是：国家、社会、公民。社会是处于国家（政府）与个体之间的第三者。"第三者"这个角色有什么作为、怎么作为，十分重要。一个好的国家治理必然有这样三个子治理体系：政府善治、社会自治、公民自律。

进入 21 世纪后，出现了这样的状况：有的国家，社会与政府重叠，社会取代了太多政府职能；有的国家，政府与社会重叠，政府基本阉割了社会功能。有一方过强，整个世界到处失衡失序失稳。中国改革开放取得的巨大成就，有相当一部分就是得益于政府权力向社会向民间的让渡。这期间的许多热议，也有相当一部分聚集在这个让渡应该如何把握好度上。

149

"中国人民一向钦佩美国人民的进取精神和创造精神。我青年时代就读过《联邦党人文集》、托马斯·潘恩的《常识》等著作，也喜欢了解华盛顿、林肯、罗斯福等美国政治家的生平和思想，我还读过梭罗、惠特曼、马克·吐温、杰克·伦敦等人的作品。"这是习近平总书记于 2015 年 9 月 23 日在华盛顿州联合欢迎宴会上演讲中的一段话。

　　习总书记在演讲中为什么会提到潘恩的《常识》？《常识》中又讲了些什么呢？

　　潘恩的《常识》出版于 1776 年，对美国的独立与民主运动产生了难以估量的影响。《常识》中说：好些人一开始就把社会和政府混为一谈，仿佛这两个概念彼此没有什么大的区别，或甚至于就没有区别，但实际上这两者不但不是一回事，甚至连起源都是不同的。社会是由我们的欲望产生的，政府是由我们的邪恶产生的。前者使得我们能一体同心，从而努力地增加我们的幸福；后者的目的则是制止我们的恶行，从而消极地增进我们的幸福。一个是鼓励我们互相之间的交流，另一个是制造差别；前一个是奖励者，后一个则是惩罚者。

　　一加一可能大于二，为了保证"大于二"，聪明的人类发展出了社会；一加一也可能小于二，为了防止"小于二"，聪明的人类别无选择地组建起了政府。利己与利他，这个矛盾共存于每一个个体身上，可爱又可怕。利己多了，政府自然要"大"，而政府"大"了，社会就"小"了，利己就少了。要实现大社会小政府，需要人们去利他，而利他又常常被利己战胜了，政府就有充足的理由去做大。古往今来，无数思想家、政治家都想解开人身上的这个"疙瘩"，留下了许多佳话、笑话、伤心话，可是这"疙瘩"既没有小更没有"化"。

　　社会注重关系与融合，政府注重权力与规则。没有社会，人与人之间的关系就会冰冷与僵硬，从而失去情感与弹性；没有政府，人与人之间的关系就会受到伤害，并因"破窗效应"而恶化，从而变得不是"社会"。社会与政府各居其位、各得其所，就构成了人类文明进步的基本要件。

社会的变迁

动物只是活着，人类不满足于活着，还要更好地生活，实现活着的价值，社会由此而诞生，亦因此而变化。

在采集狩猎时代，人们以血缘关系聚集在一起，这时还谈不上社会，勉强算上社会的雏形吧。到了农业时代，基本形成了乡村社会。以村落为基本单位，以乡绅为中心，以乡情为纽带，以伦理乡规为基本遵循。由于交通与通信条件极其有限，加上财政不足，政府养不了太多的官员，所以乡绅既是政府的代理人，又是百姓的代言人，充当着政府与民众之间协调人的角色。进入工业时代以后，社会的中心由乡村转移到城市。由于社会分工越来越细，行业日渐增多，相互之间既需合作又有冲突，居中协调的各类社会组织应运而生。这些组织大多以本行业的头面人物为中心，以利益为纽带，以行规为基本遵循。乡绅也好，某一领域的头面人物也好，一般都有一言九鼎的影响力。

在采集狩猎时代，社会关系的基本纽带是血缘；在农业时代，社会关系的基本纽带是伦理；在工业时代，社会关系的基本纽带是契约；在正在到来的信息化时代，社会关系的基本纽带将是信用。

那么，以信用为基本纽带的社会关系是如何发展形成的呢？

总起来说，社会的进化与人的进化一样，是基因与科技、政治、文化等诸因素相互作用的结果。某一国家或地区的社会结构形态与功能作用，既受到基因规定性（人性）的约束，又深受该国或地区的科技、经济、政治、文化等因素的影响，其中科技处于核心领导地位，政治起着关键作用，而文化则一直在幕后发挥着潜在且持久的影响力。科技进步了,首先改变生产与生活方式,继而改变政治生态,并必然影响到社会生态与文化生态的变化。

信息技术的突飞猛进,以及智能制造的风雨欲来,由于信息技术与交通条件的改善,时间与空间距离越来越小,以至于整个地球缩小为一个"村",未来社会将向着去中心化发展,由城市化逐渐过渡到以社区为基本单位,并以线上社区与线下社区等多种不同的形式存在。这些社区有的以利益为纽带,有的以情感为纽带,有的以兴趣爱好为纽带,有的以信仰为纽带。社区成员平等相处,亦会有"意见领袖",但一般是自然产生,社区成员公认,依靠品行与智慧等"软实力"立身,并非依赖权力与财富等"硬实力"获得地位。

人的物欲之所以如此强烈,以至于窒息了"利他才是最利己"的理性,主要是因为短缺。什么东西只要多了就不值钱了,不值钱的东西就没几个人对它有兴趣了。人类如此长时间地生活在资源有限性的压迫之中,致使他们的基因与文化都顽强固执地复制传递着利己的信息。

一样东西之所以短缺,与数量少有关系,又与流动性不足有关系,还与需求量大有关系。其中前两个因素,必须依靠科学技术来改变,最后一个因素的变化则可以通过思想观念的调整来降低需求,也可以通过科技进步实现可替代来减少对某一类物质的需求。

信息技术,一方面带来生产与工作效率的提升,增加有效供给;另一方面又促进了流动性的提升。生产效率的提升,意味着短缺的改善;流动性的提升,则意味着同一件产品能够让更多的人分享共享,这无疑是对短缺的另一种改善。

在信息时代之前,货币充当一般等价物,促进了货物的交易流通。在这里,货币的作用不仅是等值替代,也是交换物之间的时空替代。这就大大放大了财富的价值。货币本质上是国家信用。若是没有国家"担保",货币就成了废纸，交易便难以正常进行。下一阶段，数字将替代纸币，必将促进财富的流动，令财富的价值呈指数级放大，也就是同等财富的实际效用将以指数级增长。另外，数字化带来的凡事"可追溯"，使得个人能够成为信用主体，"货币"担保不再是单一的国家主体，这也会大大提高财富周转率。如此一来，"欲壑难填"便极有可能成为过去式，必然带来社会关系与社会形态的改变，改变的结果是信用关系的形成。

在资源紧缺时代，人的情感与精神性追求从属于权力与财富，社会关系更直接地呈现为利益关系。所谓没有永远的朋友，只有永恒的利益。利益关系变了，朋友可能成为敌人，敌人可能成为朋友。随着科学技术的持续进步，智能机器人替代了一般人类劳动，可再生能源满足了人类能源需求，资源的有限性不复存在，那将意味着人类生存的环境将真正与动物世界的自然环境区别开来，这就为人类真正创造出人类社会提供了客观条件，人性的光辉才可能自然畅快地充分涌流，一个"情场化"社会便有可能在人间变现。"情场化"社会的前提是信用的普遍建立。

平台化的诱惑

平台是个好玩意。

我们最熟悉的平台是饭桌。有了饭桌这个平台，人与人的关系被拉近被强化，坐在一起吃饭的是一家人一伙人一群具有某种特定关系的人。饭桌有圆形、正方形、长方形，很少有三角形。圆形隐喻着平等关系，方形隐喻着等级关系，而三角形则隐喻着不确定的关系。互联网构建的是无边界无形状的平台，这个平台正在无声无息地重构着社会关系与社会结构。

平台化社会是个什么样的社会呢？平台冲破了财富之间的"壁垒"，填平了所有权之间的"鸿沟"，让资源成为流动之物，即使是私人占有也具有了公共属性。流动性与公共性大大提高了资源的周转率，让"库存式占有"成为过去式。所以，平台化社会是"零库存"的社会，财富"零库存"，信息"零库存"，人才"零库存"。"零库存"必将带来诸多关系的改变，人与人之间的竞争关系转变为协作关系，人与物之间的占有关系转变为使用关系，人在组织中的层级关系转变为网络关系。

人类社会的发展大致经历了这样几种形态：族群社会、村民社会、市民社会、公民社会，分别对应的是采集狩猎时代、农业时代、工业时代与后工业时代。哲学家黎鸣先生在他的《情场化社会》一书中，把已有的人类社会划分为官场化社会与市场化社会，并预言人类社会将进入情场化社会。

实现"每个人的全面而自由的发展"，这是马克思开创的一条个人和人类追求超越性价值的道路。李大钊说："黄金时代，不在我们背后，乃在我们面前；不在过去，乃在将来。"这个将来就是物联网的时代。

网络是什么？网络是每个人的"身体与大脑"，即是"全球脑与全球人的身体"；网络是信息平台、资源平台、情感平台、思想平台。平台化的本质是给个人提供实现价值的均等机会与思想、情感、心灵交流安顿的空间。在这里，物与物联系在一起，人与人联系在一起，所有的财富、资源、情感、思想都既是个体的又同时是共享的，每一个个体都既是独立的又是全体的一个部分。所有的存在都清楚地表现为"整体／局部"。这就为人由"小我"、"私我"走向"大我"、"无我"提供了可能性。

在网络化时代，人们凭借互联网、计算机、移动终端等现代信息技术，不仅超越了在确定的制度规范限制中的企业组织和社会群体，甚至超越了城乡社区，进入全民族社会空间乃至全球社会空间，一个动态的、活跃的、充满生机且不断扩展的网络社会重塑了全球人的生活生态。任何人都可以在任意地点、任何时间与世界上任何人建立某种关系，人微言轻的普通人也因可以通过互联网实现"集中排放"而具有了强大的力量。从此，人人都有大规模社会动员的能力，都可以积极地发挥社会整合的作用。人人都是他人的平台，社会是大家共有的平台，这就为马克思指出的"每个人的全面而自由的发展"、追求超越性价值提供了现实可能性，亦为建立情场化社会提供了基本条件。

平台化为人与人之间关系的重塑带来更多的可能性。平台化社会，使人与人之间的关系突破了时空局限，让素昧平生的人之间形成协作关系甚至是亲密关系成为可能，这就让从属依附关系失去了生存的土壤。所谓互联网思维，不只是一种思维方法，也不只是一种思想理念，更是一种新的价值观，那就是开放、透明、协作与分享。原始社会，人与人之间的关系是"交换"，奴隶社会是"奴役"，封建社会是"剥削"，资本主义社会是"雇佣"，未来的平台化社会是"协作"。协作是人与人之间关系的重塑，也是民主管理的一种实现方式。

合作社或许是在网络化平台化的社会里，人们之间相互"协作"的一种重要方式。合作社是一个出于彼此共同的经济、社会与文化需求，通过共享机制和民主管理方式，由人们自愿自发建立起来的组织。它是建立在自我帮扶、自我负责、民主、平等、公平与团结价值基础之上的，大家坚持的是诚实、开放、社会责任和关心他人的价值观。合作社是一种自组织，自组织是未来社会的主要构成方式，它将越来越多地取代政府的功能。

平台化社会是全球化的社会，自组织不只是突破地域的一种存在，也是突破语言文化限制的一种全球性存在，它是虚拟的又是实在的。可以是情感的自组织，也可以是兴趣的自组织，也可以是利益的自组织，也可以是思想的自组织。也许用不了十年，通过移动互联设备，人们都可以在世界各种语言之间方便地进行交流互动，也可以开展各种形式的深度合作。跨国性的合作组织将越来越多，它们会在全球治理体系中发挥着日益强大的作用。

今天，世界迎来了"粉丝经济"，一个人或一个企业的"吸粉"能力即是"吸金"能力。未来，优秀的人才不会与任何企业签订长期的雇佣合同，自由职业者将成为主流。当大多数人不再属于某一个单位，"组织人"成为"自由人"，社会将如何组织，大众将如何组织如何管理？可以肯定的是政府的管理手段已经非常有限，企业对人的约束能力也将十分微弱。一个人的领导力与号召力将不再由一张委任状来决定，而是个人粉丝的数量。委任状的效力越来越弱，直到完全失去合法性，成为历史的记忆。或许，那个时候，自组织将是人类社会的主要治理方式。

平庸者成为"剥削者"

三十年河东，三十年河西。太阳终于从东边出来了。弱者受压迫、被剥削的历史即将被改写，平庸的人将成为剥削阶层。

比如，如果你有钱，你可以购买一辆或若干辆无人驾驶汽车，然后交给运营公司，之后坐享收益。事实上，那时人们的所有资产都会可以参与到社会生产与消费的"洪流"之中，通过流动实现增值，并获取收益。其实，即使你一无所有，也会衣食无忧。因为一般人类劳动全部被智能机器人取代了，而且它们不要工资、无须睡觉、吃苦耐劳、团结协作、力大无穷、心灵手巧，具有极高的生产效率，足以养活人类。这相当于人人都拥有了"奴隶"，而且，这些奴隶忠心耿耿、不偷懒耍滑、不钩心斗角，全心全意为"主人"服务。

马克思说："机器技术方面一切改进的不变目的和趋势，都是为了完全取消人类的劳动。"未来的社会大概有三种人：一种是产销者，他们是有创意和创造能力的人，或者是有手艺的人，既是生产者也是消费者；一种是消费者，他们没有创造能力，不参与生产只参与消费，属于纯粹的"剥削者"；一种是智能机器人，它们听从第一类人的指挥，从事体力与脑力劳动。未来社会如同奥运赛场，如果你不能一举夺魁，你将暗淡无光。就是说，如果你不是顶尖人才，便是无用之才。

控制论之父诺伯特维纳说过："让我们记住，自动化机器恰恰是奴隶劳动的经济等价物。"智能化时代，绝大多数人不再是生产力，不再是资本所有者的"牲畜"，而是社会供养之物。只有少数产销者与大量的智能机器人才是创造价值的劳动者，大多数平庸的人成了可以不劳而获的剥削者。正如王尔德所言："未来的世界依靠的是以机器为奴的机械奴隶制。"可能有人会问："如此一来，谁还会劳动呢？"这是一个好问题。但是，智能化给人类带来的最急迫的现实问题，不是有没有人劳动的问题，也不是智能人会不会超越人类的问题（这是一个更长远的问题），而是人活着的价值与意义问题。当劳动不再是生存之必需的时候，人们可以像清代京城的八旗子弟一样把遛鸟斗鸡架大鹰的日子过成一种派头一种时尚一种洋洋得意吗？

人类劳动的历史终结之后，将续写一部怎样的历史？"剥削者"如何安顿自己的生活，是智能机器人取代一般人类劳动之后需要面对的经济问题、政治问题、社会问题、文化问题与生活问题。

新旧交替的阵痛

新旧制度的交替，流血的革命比较多，温和的演变比较少，或者说，温和的演变最终还是需要通过流血来完成质变。奴隶社会代替原始社会、封建社会替代奴隶社会、资本主义社会替代封建社会，都没少流血。鲜红的血是生命的本色，是革命的燃料。

旧、新石器时代、青铜器时代、铁器时代、蒸汽工业时代、电气工业时代，科学技术的每一次跃升都会带来社会结构与利益关系的重大调整。以信息化智能化为主要特征的物联网必然再一次推动社会转型，相应地带来社会结构调整、利益关系重塑、人际关系重构，它将会以怎样的方式来展开呢？

目前，尽管新的社会形态还在萌芽状态，但它与现存社会的冲突不仅露出了苗头，而且擦出了火花。比如：中国若干个城市都发生了出租车司机与"专车"司机之间的利益冲突；美国也曾发生过比尔·盖茨与软件免费倡导者的争斗，并由此产生了介于免费软件与付费软件之间的开源软件，但是，这场较量远未结束。

奴隶社会代替原始社会，产生了奴隶与奴隶主。封建社会代替奴隶社会，产生了农民和地主。资本主义社会代替封建社会，产生了工人和资本家。那么，即将到来的共享社会的社会结构将如何变化呢？

工业时代，强调的是集中、权威和自上而下。如今，这个逻辑下的治理体系正在被颠覆，转变为分布、群体智慧与平行协商、平等合作。约束主要来自互动和内在联系，而不是金字塔式的权威体系。物联网与智能化必定将层级式的垂直管控的社会体系改造为扁平的开放的民主的自治式的社会体系，也就是社会结构的纵向坍塌与横向发展。这种转变决定了它不再像以往任何一种社会形态的转变那样，分裂为两个主要的阶级或阶层，相反它将以最大化的平等为必然使命，平等为大家都是产销者。这就是说，马克思和恩格斯所预言的阶级的消亡很快就会到来；但是，这并非意味着道路是平坦的。

与其他任何一种社会形态的革命性转变一样，这一次转变也必然是曲折的、充满艰险的。新生的产销者首先需要面对的是"兄弟"之间的斗争，或者说是来自同一阶层同一阶级的内部斗争。比如出租车司机与"专车"司机之间的利益之争。其次，他们还要与既得利益集团展开激烈的搏斗。与地主、贵族不愿失去既得利益一样，处于社会结构上层的利益集团也会利用各种手段来阻止新生的产销者队伍的壮大。他们不愿失去的东西太多太多，平等会令他们心生畏惧，甚至产生巨大的恐惧。再次，他们还要应对一个既是朋友又是对手的角色，那就是国有企业。没有国有企业，新生的产销者无法获得丰富的"公共"生产资料；但国有企业也必定会对产销者们的"搭便车"行为进行抗争与反击，同时国有企业屯集了大量的优秀人才，这些人大多数在很长的时间内很难有加入产销者队伍的自觉，客观上影响了产销者队伍的发展壮大。

虽说新旧之间的矛盾冲突不可避免，但应当充分看到，互联网为新旧势力之间的"斗争"赋予了新的形式，网络为理性论战与情绪化的宣泄提供了一个不需要肉体接触的"战场"。这就是说，社会转型的方式有了新的选项，不流血的"革命"具备了可能性。但是，可能性并不是必然性。

需要特别指出的是，平等总是某种维度的平等，绝对的平等并不存在。未来，资本家与工人都将转化为产销者或消费者，产销者是知本家或手艺人。创造力是知本家的立身之本，粉丝是知本家的一种财富存在形式。

另外多说两句：在社会转型期，一些企业扮演着十分尴尬的角色。在中国电信领域，国有企业前期投入巨大，可以说最艰苦的最不见效益的最不讨好的工作都让它们做了，但后起的民营互联网公司，用"羊毛出在猪身上"的思维，以"借花献佛"的方式，迅速成为互联网市场的巨头，而业务日益萎缩的国有企业则饱受自由市场派人士的指责。这些国有企业实在是冤枉！没有它们建立起来的信息基础设施，怎么能有中国互联网企业的兴旺发达？怎么会在如此短的时间内就有了与发达国家的互联网公司一较高下的能力？不过，冤归冤，却没有什么好抱怨的！因为各自的任务使命不同。战争年代，特工要背负骂名，而前方将士则美名远播。事业需要，没有办法，只能自己觉得自己更光荣更伟大。当然，怎么认识与评价国有企业，并不是一个已经破题的命题。国有、私有各有短长，关键是你要它去做什么。

中国国有电信企业眼看着就要进入冬季，下一个会是谁呢？国有能源企业大概处于夏秋之交了吧！当然，这个季节的日子是最舒适的。国有交通运输行业的日子也好不到哪里去，"严冬伺候"的待遇是少不了的。其实这些国有企业都有极强的使命感，千方百计筹资金，千言万语弄项目，千辛万苦搞工程，千难万险也要为中国经济社会发展建设先进的完善的基础设施，不幸的是，当这些企业的目标实现之时，也就是它们的"罹难"之日。这是它们的宿命，亦是它们独特的贡献。

在奴隶社会，奴隶既不拥有生产资料，也不拥有自己的劳动力，它们不过是奴隶主的生产工具。在封建社会，农民拥有了少量的至多是只能从事简单再生产的生产资料，并部分地拥有了自己的劳动力，地主依然左右着农民的命运。在资本主义社会，工人与生产资料彻底分离，却相对完整地拥有了自己。在共享社会，生产者、消费者与生产资料实现了最完美的集合，劳动不再为任何其他别的目的，劳动直接是为了生活。或者说，一般意义上的劳动已经不复存在，有的只是创造性劳动。创造性劳动的价值不是物质意义上的而是精神层面的愉悦，而且绝大多数创造性劳动本身就是文化性、精神性的。

中国社会结构的变化

中国社会正处于增长速度换档期、结构调整阵痛期、前期经济刺激消化期"三期叠加"的特殊时期，这是官方对中国社会的基本判断。经历了三十多年的改革开放，中国社会结构已经发生并正在发生着极为深刻的变化。

首先，中国正在从单位社会的利益组织架构转型进入多元组合的公共社会。新中国成立后，政府对社会进行了再组织化，把所有人纳入到国家的公共体系之中，每个人都可以通过单位或集体与国家资源体系发生关联。改革开放后，这种情况悄悄地发生着深刻地变化，人民公社解体，民营经济不断壮大，在政府与国有企业工作的人数大幅度减少，在市场中"逍遥"的人数持续上升，绝大多数人已经不再是"单位人"。人们不再通过单位协调各种利益、调节各种关系，权力在基层已经是鞭长莫及。

其次，初步实现了社会由乡村形态到城镇形态的深刻变革。从某种意义上说，中国经济发展的奇迹就是城市化发展的奇迹。依靠中国独有的"土地财政"，中国在城镇化的道路上一路高歌猛进，城镇替代了乡村成为中国社会的主要组织形式。传统社会纽带正在发生深刻变化。过去勾连人们权利、责任、义务的纽带，比如村庄、家庭、宗族等等，现在都发生了重大变化，伦理道德观念正在以表层土崩瓦解的形势进行着分化与重塑。

再次，形成了古今中外历史上最为复杂的社会结构。其复杂性最为鲜明的特征是农民工的出现。中国在公务员、资本所有者、商人、工人、自由职业者等之外，还有一个数量庞大的农民工队伍。农民工"脚踏两只船"，有好处亦有坏处，现在从总体上看已经是弊大于利了。农民工何去何从，事关中华民族的前途命运。

中国的农村人口虽然还是一个大数目，但真正在农村生活的主要是老人与孩子。这让许多有良知的知识分子痛心疾首。农村问题的确到了需要加倍关注与下大决心解决问题的时候，但痛心疾首却无必要。毕竟任何社会转型都必须付出巨大成本，大进步需要大成本，欧洲的历史可以为我们提供参考。14世纪作为欧洲历史转折期的重要性就在于，封建制度在黑死病之后的消亡和雇佣劳工的出现。15世纪初出现了技术革命，加速了宗教在欧洲霸权地位的动摇。到16世纪，大多数人通过出卖劳动力谋生而不再为封建领主无偿劳动。这一社会关系的转变是现代社会出现的重要条件，催生了带有社会权力与社会责任的自由公民意识的最终出现。15世纪的印刷术，作为一种推动思想传播的技术，奉献给世界的第一个奇迹就是宗教改革。宗教改革产生了现代社会的主要精神气质，那就是马克斯·韦伯所总结的《新教伦理与资本主义精神》。欧洲在走向现代化的过程中，都有不平等与传统道德体系的沦陷伴其左右。

平等是个动态平衡的过程。旧的不去，新的不来。怀旧是情怀，守旧则是病态，固守传统意味着失去未来。当然，城市与乡村成为截然不同的两个世界是非常危险的，但消灭城乡差别的路径却不是让农民固守土地，而是让农民从土地中解放出来。城市人鄙视农民的情绪是十分有害的，社会情感的"堰塞湖"一旦决堤将把已有的社会结构涤荡殆尽。现在已经到了城里人必须抱着一颗感恩的心回馈乡下人的时候了！

"土地情结"是中国社会形成超级稳定局面的文化因子与情感因素，也是阻碍中国社会进步的一个深层原因。"土地情结"实质上是占有意识与独享意志，它渴望扩大占有来获得安全感，这是长期的短缺经济造就的文化基因。中国社会要顺利度过"三期叠加"的特殊时期，建立起与物联网时代相适应的社会结构，必须解决"土地情结"以及由此衍生出来的"房地产情结"。终归这是一种农民情感与农民意识，与物联网时代的要求格格不入。再说了，"家家掩映渠流水，楼阁峥嵘出翠微"，这个才是祖业，才叫房地产。你搞上一摞水泥盒子，游动在水泥堆里，有什么好嘚瑟的！

在中国走向世界的今天，我们尤其需要知道我们从哪里起步，正确认识当下的现实，才能清醒地告别过去，坚定地走向未来。

"脱还是不脱"

犹太思想家卡尔·波普尔把人类社会分为两种：开放社会与封闭社会。开放社会提倡理性，反对狂热与盲从；尊重个人和民众的自由权力；个人有判断是非、批判权力的权利，同时权力接受民众的批判。只有开放社会才是进步的。2016年6月10日，欧洲杯拉开战幕，但英国人对两周后的脱欧公投比对欧洲杯则更加关注。脱还是不脱，英国左右为难。这个开放的社会正在用开放的手段做关于开放与封闭的选择，这是不是一件诡异的事情！

曾经长期封闭的中国今天高举全球化的大旗奋力向前，而曾经是开放先锋的英国却陷入了"脱不脱"的纠结：不脱消解不了眼下的饥渴，脱了又怕消解了明天的"可乐"。

英国留在欧盟，意味着英国政府不能限制其他国家的移民进入英国。但每增加100名移民，便会有23名英国人找不到工作，2015年英国净增移民高达33.3万人。英国脱离欧盟，意味着需要重启与欧盟各项贸易、人员往来协定的谈判，而这个过程将需要10年。英国财政研究所预测，国家公共财政将面临200亿到400亿英镑的缺口。汇丰银行预测，可能导致英镑贬值约20%，并造成英国GDP下降1.5个百分点。英国财政大臣说，该国人均年收入将减少约4000英镑。民调一度显示，"挺欧派"与"脱欧派"此消彼长、相持不下，还有许多中间派左右为难、举棋不定。

想当年，欧盟一体化让世人看到了世界一体化发展的曙光，看到了人类和平和谐共存的希望。今天，我们该如何看待英国面对的"脱与不脱"的纠结，又该如何认识当今日益恶化的国际关系与世界形势呢？

信息与交通技术的飞速发展，让人类真切地感受到了什么叫"同一个地球、同一个梦想"。这是一种既喜悦又焦虑的感觉。大家都是"一个村里的人"，无论做什么事情都方便多了，快当多了；"村里"一下子来了这么多陌生人，而且有着"同一个梦想"，不免多了些警惕与不安，多了些摩擦与竞争，多了些旧有秩序被打破的抵触与反抗。2008年世界经济危机之后，人们喜悦的感觉锐减，而焦虑的感受则持续上升。于是，民族矛盾凸显，地缘冲突加剧，民粹思潮涌动，极端民族主义抬头，贸易壁垒增加，强权政治走红等等，可以说是什么样的鸟都出来了，叽叽喳喳叫个不停，不安与抵触发展为焦虑与对抗。目前，各国的政治家都必须宣称，誓死捍卫本国人民的利益。所有国家都采用双重标准：对内讲共同利益，对外则强调本国利益。

现代政治是平衡的艺术、妥协的艺术。各国的政治家如不拍着胸脯，表现出捍卫本国利益的强硬姿态，他们便面临失去执政的民意基础。而民意表达的更多的是眼前利益、现实利益，甚至是情绪冲动，但是科学技术的"荷尔蒙"却急着冲破阻碍，欲与世界同欢爱。国家已如过了更年期的妇人，没有能力与科学技术"欢爱"出朝气蓬勃的新的生产力。

这个矛盾已经到了必须破解的时候，原因很简单，就是各个国家各自努力捍卫本国利益，不仅影响到人类整体利益的最优化，并且严重阻碍了个体与国家长远利益的最优化。建立超越民族国家的治理体系，并将之作为支撑全球集体命运的主要运行机制，这对全球生命的福祉来说已经变得越来越重要。

费正清在《剑桥中国晚清史》中表达了这样一个观点："导致中国衰落的一个原因恰恰就是中国文明在近代以前已经取得的成就本身……因为这种成就之大竟使得中国的领袖人物对于灾难的降临毫无准备。"心理学告诉我们：激发一个人做某件事情的冲动的最有效手段，是禁止他做这件事情。欧洲人幸福得太久了，已经是"久入芝兰之室不闻其香"了，这大概是"反全球化""去全球化"力量上升的心理因素之一。或许，彻底垮塌到谷底之时，才是转机的开始。由此也可以说，英国脱欧正是人类退一步进两步的发展规律的必然结果。不分裂，甚至不分崩离析，怎么能知道合的好处呢！不在一起的时候，在一起的冲动是难以扼制的；在一起的时候，不在一起的冲动同样强烈；理性在这里已经成为徒唤奈何的呐喊了。

但是，科学技术进步的逻辑就是不断冲破一个又一个的"孤岛"，最终将世界、宇宙连接为一体，脱欧闹剧与极端民族主义、极端宗教主义的恶作剧充其量也就是负隅顽抗，结局自然是"无可奈何花落去，似曾相识燕归来"。

国家消亡与世界大同

"我爱我的祖国，我亲我的祖国，爱你是我一生的寄托。你如仙境的村落，你如星光的灯火；如诗如画的是你，是你万里的山河。"你欣赏着或哼唱着这优美的歌曲，可曾想过：人类为什么要有国家？国家与祖国是一回事吗？

古希腊时期的思想家们从人性出发，用人的心理和生理需要来解释国家的起源、目的和使命，宣称国家的出现是人的本性的完成。柏拉图把国家的形成归结为人类要求互助的结果；亚里士多德则认为国家起源于人类合群的天性和品德，是由家庭而村社而国家自然地生长起来的，建立国家的目的是为了追求自足而且至善的生活。

霍布斯认为，人类在自然状态下，不可避免地会为了私利而起冲突并引发战争，因此人们必然选择通过缔结契约，建立具有绝对权威的国家来统辖一切，避免冲突。洛克则认为人们通过契约建立国家的目的，是保护人们的生命、自由、财产等自然权利。

马克思、恩格斯认为，国家是一个历史范畴，是经济发展到一定阶段使社会分裂为阶级时产生的，它是阶级矛盾不可调和的产物和表现。

古希腊思想家们所说的国家侧重于文化的认同，更像是祖国。霍布斯、洛克与马克思、恩格斯所说的国家则侧重于制度规则的认同，更接近现代意义上的国家。祖国这个词多了点家乡的味道，国家这个词多了些威权的味道。一个人可以脱离一个国家加入另一个国家，但任何人都不可能脱离祖国，因为祖国是"亲爸亲妈"。祖国是文化基因，是情感归属，国家则是组织单位。

马克思与恩格斯全面地考察了国家的起源，深刻地揭示了这样一个规律：生产力的发展带来了分工和阶级关系的形成，分工与阶级关系决定了国家与政权组织形式。恩格斯明确指出："在现代历史中，国家的意志总的说来是由市民社会的不断变化的需要，是由某个阶级的优势地位，归根到底，是由生产力和交换关系的发展决定的。"

国家就是一个利益共同体，是个体利益的延伸。也就是说，人们为了个体利益的最优化才有意愿建立、维护与发展一个共同的国家。原始社会没有国家，在氏族和部落中实行的是原始民主制。那个时候，主要的问题是生存，还谈不上利益；或者说，生存是最大的利益。

随着科技水平的提升，生产力的发展，人类生存的组织单位总体上呈现越来越大的趋势。生产力水平越高，交换交易涉及的范围就越大，它需要的组织单位也就越大，如果生产力提升了，而承载它的组织单位不变，就会出现"小马拉大车"的情况，造成"超负荷"、"卡脖子"，最后会出现"水漫大堤"而形成新的"河道"。因此之故，人类的组织形态就有了由氏族、部落到诸侯国、国家的演进过程。那么，国家之后是什么呢？是天下，也就是世界大同。马克思和恩格斯认为，国家并非一经产生就永续存在，它是一定历史阶段的产物。这是因为，国家既然是伴随脑体劳动分工产生的阶级分化而创立，那么，在生产力高度发达，脑体分工走向消亡、阶级划分已不复存在的时候，国家的职能也就失去存在的必要性而走向灭亡。不过，那将是一个漫长的历史进程。马克思和恩格斯在《共产党宣言》中阐明："当阶级差别在发展进程中已经消失而全部生产集中在联合起来的个人的手里的时候，公共权力就失去政治性质。"

今天，人类世界进入高度信息化时代，去中心化、去所有化、去物质化的趋势日益显现。人类还即将迎来高度智能化时代。那时，智能机器人取代了一般人类劳动，脑体分工不复存在，阶级差别亦会消失，国家也就失去了存在的价值与意义，它将光荣地退出历史舞台。

"拉起吊桥"还是"放下吊桥"

里约奥运会4×100米女子接力赛,美国队获得单独重赛的机会,并因此进入决赛,引发了一场是否公平合理的争议。且不说此举是否符合规则,就说假如不是美国队,相关机构会不会同样给予这样的机会?美国作为世界"老大",它对当今世界的影响真的是不可低估。

政治体制的演变,与田径赛场上的接力赛还是蛮相像的。在这里,最关键之处,最具技术含量的环节,当然是接力棒的交接。在政治的角力场上,这种交接体现在两个层面:一个是同一政体下的权力交接,这个叫作人事交接;另一个是不同政体的权力交接,这个叫作政治制度的演化递进。前一个相对简单,目前基本有了比较成熟的制度安排,而后一个则比较困难,因为这种交接实质上是一种"创造性"毁灭,不可能通过制度规则的设计来解决。

自打秦始皇创立了中央集权的政治体制开始,直到辛亥革命爆发推翻清王朝,中国在世界政治体制的接力赛中始终处于"重赛模式"。这种"重赛"是怎样完成的呢?

我们知道,尽管帝王们以"天子"作为权力合法性的来源,但他们也清楚,让老百姓过上好日子才是权力稳固的基础。因此,当他们走上"帝王"的岗位之后,便致力于发展生产、改善民生。当生产力发展到一定水平之后,自然要求变革上层建筑,也就是到了要进行制度上的"交接棒"了,但是帝王们一般只愿意进行人事上的权力交接,自觉不自觉地排斥制度进化上的交接。怎样排斥交接呢?就是抑制生产力的发展。长期抑制生产力发展的结果,必然是造反。长期的风起云涌的造反,不断破坏业已形成的生产力,造反成功之日,就是"重赛"开始之时。"重赛"的过程,也就是恢复生产力的过程。生产力恢复之后,新一轮的抑制又开始了,接下来是新一轮的造反与又一次的"重赛"。这场"重赛"的游戏最后被西方列强的坚船利炮打散了场子,

167

中国从此开启了政治制度交接的新赛季。由于不掌握政治制度"交接棒"的技术，所以屡屡"交接"失误失败，令中华民族饱尝艰辛。

西方世界是什么样子呢？在中国春秋战国时期完成思想文化的大解放大爆发大繁荣，再由秦始皇完成了政治制度的变革，开始跑"第二棒"的时候，西方依然处于宗教统治时期，西方人自称为"黑暗时代"。东方的高潮恰好是西方的低谷。西方到了15世纪发生了文艺复兴运动，带来了文化思想的又一次大繁荣。16世纪发生了宗教革命，17世纪产生了科学革命，并催生了18世纪的启蒙运动与19世纪的浪漫主义运动，从此形成了资本主义体制。也就是说，西方世界在完成了"第一棒"与"第二棒"的交接之后，用了较短的时间就完成了"第二棒"与"第三棒"的交接。而这期间，中国一直在"第二棒"上搞"折返跑"。西方高潮的时候恰好东方又陷入低谷。

西方世界为何可以迅速完成两次"接力棒"的交接？一个十分重要的原因是：西方世界的政府从没有掌握绝对的权力，因此任何一个政府都既没有能力统一欧洲，也没有能力抑制住生产力的发展，更没有能力垄断文化思想的解释权。其中一个很有意思的证明是，在教会占统治地位的时候，政府成了许多进步思想家与科学家的保护者，而在政府占主导地位的时候，教会又成了进步人士的庇护所。而中国自秦朝之后漫长的帝国时期，进步人士除了归隐就再也找不到安身立命之所。

西方是在宗教掌握绝对权力的时候全面落后于中国。中国是在皇权一统天下的时期被西方全面超越。是不是可以说，个人掌握了绝对权力必然导致腐败，政府掌握了绝对权力必然导致落后。

进入21世纪后，世界经济一体化，科学技术的加速传播与快速发展，令各国政体迅速逼近了下一个制度"交接棒"的区域。但这一次的交接与过往任何一次都不同，因为以前都是地区性的，而这一次是世界性的。过往，不愿交接的是掌握既得利益的政府或集团，现在，不愿交接的既有在世界秩序中掌握既得利益的国家，也有本国占统治地位的利益集团。或者说，过往，生产力发展要求变革的是本国的上层建筑，这一次，生产力的发展要求变革的主要整个世界上层建筑。这个过程的完成，首先要经过国家让渡权力的阶段，然后是国家退出权力舞台的阶段。

互联网率先让世界信息联网，同时带来文化思想的互联，然后是物联网带来物质资源的互联，再往后是政治资源的互联，最后是人的互联，万物为一，世界大同。全球互联互通让世界成为一个人类利益共同体，国家将成为阻碍人类实现共同利益最优化的一个组织单位。

在西方，从柏拉图的《理想国》，到莫尔的《乌托邦》；从康德的《永久和平》，到罗尔斯的《正义论》；从圣西门、傅立叶、欧文的"空想社会主义学说"，到马克思、恩格斯的"共产主义学说"；仰望星空的思想家们从没有终止过对理想政体的思考与探索，并勾画出了世界共产主义的美好愿景。

在中国，既产生了天下大同的古老思想，又有近代康有为"三步走"的大同世界：第一步是男女平等，第二步是去家，第三步是取消国之称号，天地合一，国家消亡。而今日之中国，在实现中华民族伟大复兴中国梦的征程中，倡导和实践着构建人类命运共同体的理念与抱负，为人类世界贡献着中国智慧与中国方案。

但是，这个进程决非一帆风顺。人是一个"不见棺材不落泪"的物种，不吃亏不长智，不走进死胡同不会回头。在 G20 杭州峰会上，中国提出了"放下吊桥还是拉起吊桥"的命题，并主张世界各国共同采取"放下吊桥"的行动。政治家们虽然基本形成了"放下吊桥"的共识，但却很难形成"放下吊桥"的一致行动。世界治理体制的演进是走和平之路还是通过暴力革命，依然存在很大的不确定性，而作为当今世界老大的美国何去何从，对世界新秩序的进程影响重大。

如今，不是哪个国家硬要重建世界秩序，也不是哪个国家要取代美国的老大地位，而是全球经济一体化与科学技术的爆炸式增长激发了生产力对生产关系变革的强烈需求，导致了重建世界秩序进而实现世界政治经济社会文化一体化的必然结果。家庭民主取代家长制，国家民主取代专制政体，世界民主取代世界霸权，是历史发展的必然逻辑。

世界政治体系要避免"折返跑"，顺利完成新旧体系"接力棒"的交接，急需要世界政治学家与国际政治家们合力用融会贯通东西方智慧的方案、理念、实践，去编织创新之网，激发活力之源，打通联通之门，铺就包容之路，开辟人类发展的新篇章，创造人类历史的新纪元。

第十章　文化的转型

中国人为何"口是心非"

记得台湾学者曾仕强先生在他的《中国式管理》一书中讲过这么一个意思：听中国人说话，不能只听他嘴上说什么，还要听他的心在说什么。

这是个什么意思？说好听的，那叫含蓄委婉；直白地说，就是口是心非。

言为心声，说话就是为了把心里的想法表达出来，让人明白，干吗搞得跟对暗号似的，让别人听得一头雾水！这可不是正常人应该有的行为。中国人喜欢把"探索"频道的内容拿到"新闻"频道里"宣讲"，把"新闻"频道的内容放到"娱乐"频道里"八卦"。为什么呢？

好像曾仕强先生给出的答案是，中国人聪明，说话留有余地，给人面子，而西方人则是直肠子。这个答案的确有利于增强中国人的自信心与自豪感，姑且为此点上一个赞。可是聪明的中国人为何会于近代落伍于直肠子的西方人呢？可能有人会说是制度问题，也有人会说是传统文化因素等等。可是，既然你聪明，怎么会整得制度或文化出了问题呢？这个问题有些大，一时半会儿说不清楚，干脆不管它。再提另一个疑问，西方人为何成了"直肠子"，而中国人的"肠子"又为何有那么多的弯弯绕呢？

中国人的"弯弯绕"是被逼出来的。这就像水，前面是一马平川，它就一泻千里，一遇到山岭，它便绕道而行。谁逼的呢？是那些怀着美好的理想或狡猾计谋的所谓思想家与政治家。正是因为他们给出的伦理道德与现实环境不相匹配，造成人性扭曲，所以才口是心非，说一套做一套。这个结论是怎么来的呢？

民间有这样的说法：江山易改，本性难移。可是中国社会一直都没有放弃改造人性的努力。这是一个美好的愿望，但实现这一愿望的努力基本上都是事与愿违。因为，在人类没有摆脱资源有限性的限制之前，人的本性是不可能改变的。硬要改变的结果，就是把人变得非"人"，不说人话甚至不干人事。

本性是什么？中国有句谚语叫"人往高处走，水往低处流"。水往低处流，这就是水的本性。人往高处走，是人的本性。如何理解"高处走"？不是思想崇高，也不是道德高尚，更不是升官发财抱美色，而是追求以低的成本过好的生活。

古今中外有无数对人性的探讨，有说性本恶的，有说性本善的，也有说无所谓善恶的。其实，这些观点都是在说人的可能性，并非人的本性。水可以滋养生命，也会摧毁万物，但这不是水的本性，水的本性就是往低处流。水是滋养生命还是摧毁万物，得以水遭遇了什么样的环境条件而定。是非对错、美丑善恶，以及升官发财、成名成家等等，都是有了人类社会、有了社会文化之后才有的东西，而人这个物种在人类社会形成之前，早就在地球上活动很久了。有据可查的人类文明只有数千年的历史，而现代智人在25万年前就已经存在了。那时候的人就是"往高处走"的，具体表现就是要更好地生存与繁衍，也就是尽可能地以低的成本好好存活繁衍下去。当人类有了社会文化之后，就开始追求低成本地实现自己的价值。

到目前为止，主流的思想家、道德家依然坚信，人与一般动物的区别就是人能克服本性本能，搞出一大堆看起来很美却不合乎人性发展逻辑的东西出来，以为如此就可以培育出有理想有道德的人。但在鲁迅先生看来，这分明是在"吃人"。人一出生就带来了其固有的本性，并非如一张白纸可以画最好最美的图画。你要想要人画出最好最美的人生图画，不是改变他的本性，而是给他恰当的条件。

一位男生被一位女生吸引，有了想与其做爱的冲动，但他能够抑制这种冲动，不去付诸行动，这被一些专家作为人能够克服本能本性的例证。事实上，这位男生克服的是生理需求而不是本性。相反，让他抑制冲动的恰恰是自身的本性，也就是以低成本过好生活。因为他知道，霸王硬上弓会让他付出他不希望付出的代价。事实上，没有道德没有文化的动物也会抑制自己的性冲动，不该泡的"妞"它也不去碰，这个在群居类动物中普遍存在。

人与一般动物最根本的区别，是人有更多的可能性。之所以有更多的可能性，是因为人能够改造自然环境与创造人文环境。人可能从动物层面向上走，也可能从动物层面向下行。人的可能性向何处展开，主要取决于他们面对的生存环境。这个环境包括了自然环境与人文环境。正是由于人们无论面对什么样的环境，都会遵循以低的成本过好的生活或实现自身价值这个本性去思考与行动，才让生存于不同环境的不同民族有了不同的民族性。环境变，思想与行为就跟着变，所谓民族性也是发展变化的。"橘生淮南则为橘，橘生淮北则为枳"说的就是这个意思。

以低的成本过好的生活或实现自身价值，中国传统文化一般判定这是自私的思想，在伦理道德、意识形态乃至制度安排上加以否定、批判、惩罚；而西方文化则倾向于肯定其合理性，在这个基础上通过伦理道德、宗教信仰等引导人们的可能性向更美的方向展开。这个区别至关重要却一再被忽略。

人的塑造与成长，就像治水一样。在引导人、教育人、塑造人方面，中国喜欢用堵的方法，而西方大多用疏的方法。这大概就是中国人"弯弯绕"，而西方人"直肠子"的主要成因。

简单生硬的思想工作为何缺"疗效"

常常在报纸及文件上看到这样的词语：真信、真用。从一般规律上讲，反复强调的事都是没有做到或没有做好的事。

在野党比执政党更容易在思想说服工作上取得成功，好像是更会做思想工作。体制外的人比体制内的人发表的意见更容易让大众接受，好像他们掌握着真理真相。可是，当在野党成为执政党之后，情况就会反转。同样，体制外的权威人士一旦进入体制内，他就不再被视为真理真相的代言人。

基督教、伊斯兰教和佛教都有十亿以上的信徒，世界上没有任何一个社会组织可以有如此强大而持久的凝聚力。在科学技术已经高度发达的今天，宗教信仰依然远比其他组织的信仰更容易深入人心。

上述现象是如何产生的呢？

这里边有三个关键要素：环境（主要是社会环境，包括生产力发展水平、政策法律、制度规则等等）、思想观念、人的本性。其中，人的本性是不变的，始终追求以较低成本过自己想要的生活。当某一种思想观念被灌输到人们的头脑中，他们会自觉或强迫自己以此种思想观念去指导行动，这些行动必然与客观环境产生相互作用，相互作用的结果，如若与人的本性相符，那么此种思想观念就会得到强化和认同；如若与本性相背，人们将不再相信这种思想观念，或者试图改造客观环境。如果现实是不得不接受某种思想观念又不可能改变客观环境，有条件的人们则会选择"以脚投票"，没有条件的那些人只能选择"言行不一"。只有当某种理论思想观念与现实客观环境相匹配，又符合人性发展的要求，这种思想才可能管用有效、真正落地。

若是经过反复宣传强力推广仍然不被真信真用，起码有这么两种可能：其一，这种理论思想具备先进性，但现实环境不支撑这一理论思想，"硬件"与"软件"不匹配，导致无法运行；其二，这种理论思想不具有先进性，经不起人性的检验，没有说服力。不管是因为哪种情况都足以说明，现实的思想工作只靠"嘴"上的功夫是行不通的，而且即使倡导者以身作则，其成效也不会有多大。为何？因为人性是非常任性的，决不肯放弃"以低的成本过好的生活"这个基本原则。

人可能被人欺骗，但没有人能够欺骗人性。任何一厢情愿的思想说服工作都是花拳绣腿。即使是味美可口的心灵鸡汤，也不过是些安眠药，的确可以令人性睡一会儿好觉，却无法让人性放弃"原则"。思想工作是最实的实功，那些认为思想工作要虚功实做的人，是做不好思想政治工作的。

在野党或革命党比执政党的思想工作做得好，其中一个非常重要的原因，也是最大的优势，就是他们可以在"虚拟环境"里大谈理想、思想与观点，或者干脆给大众许诺一个理想的社会环境，让人们心生向往。一旦在野党成为执政党，这个优势很快就会转化为劣势。也就是说，在野党、革命党或体制外的所谓权威人士所表达的思想观点，大众无法应用到现实环境中去检验，只要听起来似乎有道理，人们便可能相信，至少是抱有期望。

宗教组织之所以能够有更多的"铁粉"，是因为它描绘的是没有人可以检验的未知世界，或者说是永远没有活人可能到达的"虚拟世界"。不过，宗教成功的诀窍恰恰是尊重了人的本性。因为它告诉人们只要听神的话就能在天堂得到你想要的一切，否则将会遭受所有令你恐惧的灾难。

人的思想与行为都是变化的，这是显而易见的。这些变化都是遵循着"以低的成本过好的生活"这个基本原则进行的，这个是一成不变的。所以，要想改变人的思想与行为，要么是改变人生产生活的客观环境，要么描绘一个人性喜欢的未来社会或未来世界。不然的话，任凭你巧舌如簧，也无人为你疯狂。

文化到底是个什么玩意？

什么是文化？有各种各样的答案。如果脱掉文化的外套、衬衣、内裤，将会发现：就社会来说，文化是一个"人生经营教育培训中心"；就个人来说，文化是人生价值核算体系。

文化是从哪里来的呢？劳动创造了人，实践创造了文化。人原本与其他动物一样，用"以较低的成本生存延续"的原则指导自己的行动。

由于人的自我生存能力比较弱，所以选择了群居。群居而产生了情感，情感可以降低合作的风险并帮助提高收益。群居亦是语言产生的前提条件，至于人是如何有了把语言抽象概括并符号化的能力，暂时还没有令人十分信服的答案，姑且不议。总之，语言是文化形成的基本要素。

最初，人依据"以较低的成本生存延续"这个原则与自然环境互动，亦依据这个原则与他人互动，逐渐积累经验，找到了一些规律，知道了怎么做成本低收益好，慢慢成为某个群体共同遵守的信念与指导行为的原则、规矩，这就是最初的文化。每个群体面对的生存环境不同，形成的文化也就有了差别。又由于文化都是在人们依据"以较低的成本生存延续"这个共同的基本的原则与环境互动形成的，所以不同地区不同民族的文化又不乏共通之处。

此后，文化的发展就变得复杂起来。首先是随着生产力水平的不断提高，有了劳动分工，形成了社会组织，建立了政府与国家等等，文化就不再单纯是人与自然、人与人互动的产物，还是人与经济环境、社会环境、制度环境、文化环境等互动的产物。到了近代，自然环境对文化的影响已经十分微弱。其次是统治者的意志加入进来了，他们可以通过统治手段宣传倡导推广某种文化。再次是思想家的影响加入进来了，他们通过演说、著述等手段推广自己的文化思想。

大众在实践中形成的文化、统治者强力推动的文化、思想家传播的文化，这三者构成了某一群体文化的基本特质。这个基本特质就是一个民族的民族性格与一个社会的文化性格。

人在有了自我意识、自由意志、思维能力等之后，特别是由于生产力的发展有了空闲之后，开始思考自己从哪里来、到哪里去、存在是什么等等问题，为存在寻找价值与意义，并探索实现的途径与方法，慢慢积累形成了复杂的价值标准与价值体系，也可以说是不断发展和丰富了文化的内涵与外延。由此加大了不同地区不同民族的文化差异。由于文化内涵的博大精深，再加上个人的环境、经历、能力不同，每个人只能认识认同其中的某一部分，因此形成了不同的人格。也可以说，人的成长进步就是不断地使更多的"外部"变成"内部"，由于每个人的转化能力并不相同，所以，就有了芸芸众生，千差万别。

在人进化为社会性、文化性动物的过程中，"以较低成本实现生存延续"的原则逐渐演化为"以较低成本实现自身价值"的原则。这个原则让人看起来似乎"文明"了许多，也让人与人类社会复杂了许多。而事实上，人与人之间并没有本性上的区别，大家都按照"以较低的成本实现自身价值"的原则做出判断并采取行动。人与人之间的差别是"会计核算体系"不同，也就是价值观的不同。

另一个次要的差别是"计算能力"的差异。人类社会建立起了经济、政治、情感、道德、思想、信仰等宏大的体系，人们面对的环境日益复杂，参数越来越多，核算方法越来越多，计算的难度大大增加，出错成了新常态，所谓"机关算尽，反误了卿卿性命。"

文化这玩意有啥用？

不识文化真面目，只缘活在文化中。文化这个玩意色彩斑斓、缤纷艳丽，若是察其根本、究其内质，就会发现，其深层的意义则是对自我存在价值的确认。人类有了思维能力，有了自我意识之后，就不再满足于活着，而是活着并琢磨着。琢磨什么呢？琢磨怎么活得好与怎么样才算是好，也就是价值观的确立与价值的实现。

不同的价值观就是不同的"会计核算体系"，我们常说"理解万岁"，价值观由单一走向多元、由单纯变得复杂，各人有各人认识与认同的"会计核算体系"，沟通起来就特别困难。使用的"会计核算体系"相似度高的人碰到一起，就可能有"相见恨晚"的感慨；使用的"会计核算体系"差异太大的人碰到一起，就会有"话不投机半句多"的感受，然后是"道不同不相为谋"。我们说"人生得一知己足矣"，就是因为碰到使用相同"会计核算体系"并且不出"计算差错"的人实在太难。

从本质上说，人与人之间谁也不比谁高尚多少，因为大家都是在用同一个"会计原则"，去确定自己干什么与怎么干，都是为了实现自己的价值。可事实上我们又的确觉得人格有差别、人品有高下，为什么？因为有的人使用的"核算体系"里，只有财富、名利之类的课目；有的人使用的"核算体系"里不仅有财富、名利，还有情义；有的人使用的"核算体系"里不仅有情义，还有信仰、审美等等；并且即使"会计课目"相同，其"计价标准"还有差别，有的人认为"一诺值千金"，有的人认为"誓言如狗屎"等等。这些差别表现在行动上，自然是有重利轻义的，有重义轻利的，有视名利为粪土而追求精神价值的，有爹亲娘亲不如金钱亲而见利忘义的。由于物质财富是有限的，而精神财富是无限可分的，所以追求精神财富的人比一味追求物质财富的人显得更高尚。选择利他为先的人一般看重的是精神价值。这类人并没有克服"以低成本实现自身价值"的本性，一旦他们的生存环境发生改变，他随时都可能调整自己的"会计核算体系"，令他们的行为变得看起来不再那么高尚。

文化这个玩意，主要功能就是给存在一种价值一个意义，给人的言行一个价值判断。并不是说不识字就是没有文化，也不是说读了很多知识就是有文化，而是说如果你找不到存在的价值与意义就等同于没有文化。流氓有流氓文化，君子有君子文化，骑士有骑士文化，绅士有绅士文化，所以他们都觉得自己的存在有乐趣有价值。之所以要有社会文化，一是为了防止自我的价值实现侵害了他人的价值，为社会和谐稳定提供保障；二是通过价值观的统合，促进大多数人价值的更好实现，或是尽可能让个体的价值观符合统治集团的需求。

说几句文化的坏话

一直以来，我们都习惯于把人的痛苦与罪孽归咎于欲望。这是一个天大的冤案！欲望连喊冤的愿望都没有，可见欲望还是蛮有肚量的。那么真正的元凶是谁呢？是道貌岸然的古典又时尚的文化。

是的，正是文化勾引得欲望勃起。人在没有文化之前，并没有多少欲望，无非就是：吃、不被吃、偶尔能"打炮"，足矣！吃，只要吃饱就行，并不要求吃好；不被吃，只要能跑掉就好，并不觉得伤了自尊有人耻笑；"打炮"，只要满足生理冲动就行，并不需要问一问情有多少爱会多深，也不觉得"打炮"是多么有趣的娱乐活动。

自从有了文化，人们的状况就大不一样了。文化把人与事物分成了好的与坏的、美的与丑的、多的与少的、高的与低的、长的与短的、真的与假的、善的与恶的、有用的与无用的、有价值的与无价值的等等。总之，是文化让人有了那么重那么多的分别心、比较心、是非心，从此欲望丛生，难以自拔。也就是说，人正是有了所谓文化才变"二"了。因此，老子才发出了"绝圣弃智"的呼唤；佛陀才忠告门徒：要到达智慧彼岸，必须经由"不二法门"；郑板桥则感叹：难得糊涂！

幼儿纯净透明、天真无邪，甚是可爱，为何？因为他没有文化。绅士举止优雅、心胸坦荡，令人敬佩，为何？因为他有文化。处于幼儿与觉悟者之间的绝大多数人都是精神病患者，只是有的发病，有的不发病，有的偶尔发病，有的经常发病，有的症状明显，有的症状轻微。还有一些症状，由于大多数人都有，大家就把没有这些症状的人视为精神病人。

有文化，是人类的进步，也是人类独有的麻烦。文化是人与人之间、民族与民族之间、人的本我与超我之间冲突的源泉。动物都有生理欲求，主要是生存繁衍。群居类的动物多有不同程度的情感欲求，狗有涕泪，鸟有悲鸣。人类的欲求最多，生理的、心理的、心灵的等等。欲求多并不是主要问题，能否把这么多欲求与自我内在的价值观统合起来才是一个大问题，能否与自我所处的群体价值观统一起来又是一个大问题，群体的价值观能否与另一个群体的价值观和谐相处则是更大的问题。

一说到文化，许多人便容易往"高大上"去联想。其实，文化既是前往真善美的照明灯，亦是走向假丑恶的手电筒，更是制造各种精神病的罪魁祸首。文化令人成为魔鬼与天使的混合体，成了一个怪物。许多人习惯用天使的价值观要求别人，却放任魔鬼控制自己，还常常觉得自己是世上最美丽善良的天使。

文化是个人成长与进步的烦恼

"路是自己的，不必用别人的标准来框定自己的人生。"这话说得豪迈，但人毕竟是社会人，没有"别人的标准"，所谓自己的"路"既不存在更无意义。

许多道德家、思想家把情感、理想、灵魂之类的东西说得十分崇高万般美好，说得让俗世中人觉得有些虚头巴脑，甚至有了"情感有几斤几两""道德值多少钱"的发问。这种发问让人直冒冷汗！为何？这还得从人性、人的发展成长过程与文化的关系说起。

当一个精子与一个卵子一见钟情，在女性的身体里融合为一个新生命，就开启了他与自然环境、文化环境互动的过程，也就是成长的过程。子宫是他的自然环境，母亲的喜怒哀乐是他的"文化环境"。大多数双胞胎性格迥异，为何？因为他们在相同的又十分有限的环境中既竞争又合作，各自找到了不同的应对方式。这些"成功经验"会留存在大脑与其他身体细胞中带到人世。

一个人被迫离开子宫，来到一个陌生的环境，这是人生中的第一个重大变故。

婴儿出生之后，就依据这些基本经验与新的自然环境、文化环境互动，当他发现过去的经验不能满足自己的生存需要之后，就会主动调整并积极反应，成人则根据他的反应来做出应对。婴儿的生存空间是他面对的自然环境，成人与他的互动方式则是他生存的"文化环境"。在这个互动的过程中，婴儿建立起新的生理反应机制。这个阶段的我是"混沌我／生理我"。

随着婴儿大脑的发育，大概在一岁左右，婴儿需求的生理表达就转换为情绪表达。以情绪与成人互动，由此形成自己的情绪表达与情感交流机制，也叫情感逻辑或情商。三岁左右是情商的快速形成期，七岁左右情商基本成型。这个时期的"我"是"情绪我／情感我"。老百姓说："三岁看老"，因为这个时候，一个人的情绪反应机制已经基本形成了。

接下来，概念思维与角色认知产生了，青少年开始与生活环境互动，与家庭文化、学校文化、社会文化互动。在这个互动的过程中，建立起个人价值观的雏形，有了一个基本的"会计核算方法"。这个时期的"我"是"角色我／心智我"。他自己觉得自己已经什么都懂，而成人仍把他当成"小屁孩"，冲突自然在所难免。"我"想这样，而家长、教师却告诉"我"必须那样，"我"偏不要那样。家长很生气，孩子很苦恼，这就是人们所说的"叛逆期"。表面上是孩子与家长的冲突，而本质上是价值观念的冲突，是不同"会计核算体系"之间的无法"对账"与"平账"带来的麻烦。文化令一个纯洁的少年转变为一个内心起波澜有纠结的青年，"少年维特"有了烦恼。

青少年在迈出校门踏入社会之前，基本上是不需要谋生的。他们面对的生活环境相当于"花卉大棚"里的温室环境，在这种环境里形成的价值观大部分属于"观赏性"价值观，中看不中用的。这个时期的"我"是"理想我 / 激情我"。"我"以为我可以与前辈不同，我可以让社会更具活力令世界更加美好。他们由家庭叛逆者发展为社会叛逆者，社会文化告诉他这样才是对的，他却认为那样会更好，是顺从社会还是坚持自我，此生又平添了许多烦恼。

"少年不识愁滋味，为赋新诗强说愁。"人们大多把青少年的烦恼视为闲愁，这是一个不可忽视的错误判断。青少年成长的过程，就是人生的"会计核算体系"不断修正、调整、重构的过程，内心世界时时刻刻都面临着分裂与融合的矛盾冲突。借用弗洛伊德的话说，就是"本我"与"超我"既有分裂的倾向又有融合的要求，让"自我"左右为难。另外，"自我"与社会价值观与周围人的价值观同样既有分裂的倾向又有融合的需求，同样是怎么决断都难如意。所以，青少年的烦恼，多数不是现实生活的烦恼，而是文化层面的烦恼，是人生的"会计核算体系"如何修正、如何计算的烦恼。每一个青少年的心灵都是漂泊无助的，漂泊在浩瀚的文化海洋里。

一个人从学校走向社会，由"动物园"放回大自然，这是人生中又一次重大变故。之前，"我"所生活的环境基本是一个为"我"好的环境，家长、老师、学校基本上都是希望"我"好的，冲突主要表现在对什么是好、怎样才能好有不同的认识上。"我"的价值判断主要是基于理论理想的，因为"我"只有学习活动而没有谋生的实践。之后，"我"将在完全不同的生活环境里谋生活，会遇到五花八门的人与千奇百怪的事。生活的压力与万花筒般的世界，与"我"在"象牙塔"里搭建起来的价值观格格不入。"我"必须完成一次更复杂更困难的分裂与融合，自然会有更多的烦恼与痛苦。这个时期的"我"进入"心智我 / 理性我"，并由此向更多的可能展开。再下一个阶段，"我"将发展成为"心灵我 / 空我"。在这个时期，肉体与心智已经不仅仅是一个主体，也是一个对象，成为觉性证悟的对象。

人无时不处在文化之中，无时不在有意无意地学习文化。文化总是告诉我们这是对的、那是错的，这是好的、那是坏的，而且一种文化这样说，另一种文化那样说。更要命的是，个体要依据"以较低成本实现自身价值"的"会计原则"对某种价值观进行"审计"。怎么审计呢？就是在特定的环境下（现在主要是制度环境），遵守某种价值观去为人处事是否符合"以较低成本实现自身价值"的人性原则。一个人，经历的每一次增加，经验的每一次积累，知识的每一点增长，环境的每一点变化，都意味着其人生"会计核算体系"的修正与人生价值的重新核算，而每一次"修正与核算"都要经历内心世界的冲突与新的统合。如果统合不成则会产生精神分裂，即使统合成功也会留下精神创伤。严格意义上说，每一个有文化的人都有某种程度的精神疾病。马斯洛有个需求层次论，就是说人的成长发展也是分层构建的，与盖大楼类似，每建一层都有风险，越往上风险越大。也类似爬楼梯，一不小心就可能跌倒或者滚落下来。

文化、文化，文化不仅"化合"人，也分化人。人因文化而成人，亦因文化而非人。是非对错、好坏美丑，文化的这种二元对立结构，决定了悲欢交织的人生命运与美丑参半的人类乐章。没有文化，人生既没有悲剧，也没有喜剧。

文化也是"大药房"

人作为生物体，缺什么需要补什么；人作为观念的存在物，同样是缺什么就渴望什么。平民百姓艳羡当权者的风光，当权者觉得还是老百姓自在。姚明说："你羡慕我有钱，我羡慕你有空。"老树有这么一首小诗："溪水一旁，住两间房。拥几册书，有些余粮。青山在远，秋风欲狂。世间破事，去他个娘。"没有几分成就，哪里会有如此心态？

老百姓有句安慰病人的话：人吃五谷杂粮，怎么会不得病呢！ 套用这句话来说：人有文化思想，怎么会不得精神病呢！

文化是人的精神食粮，还是人的精神"大药房"。一种思想就是一味药，一种价值观就是一副药，有的"药"是兴奋剂，有的"药"是安眠药，有的"药"是止痛药，有治表的"药"，也有去根的"药"，各有各的功能，各有各的疗效，吃对了能治病，吃错了会致病，甚至要了小命。

哲学家、思想家是"药品"的研发人员，文学家、艺术家是"药品"生产者，政治人物是"医药代表"，思想教育人员是"贴小广告的"，各类模范人物则相当于"形象代言人"。

有没有"医生"呢？有是有，不过大都没有"资格证"，所以，采用野蛮手段强迫"吃药"的事、让人"吃错药"的事、大家跟风"吃药"的事还是经常发生的。人类历史上，大规模"药物中毒"的恶性事件发生过不少。今天的人们已经难以充分理解 16 世纪的人们对于宗教和宗教各种教诲的虔诚。为了捍卫某种宗教仪式，为了捍卫宗教组织的一般事务，人们会毫不犹豫地以骇人听闻的死法慷慨就义，也会毫不犹豫地以骇人听闻的方式置他人于死地。可是，今天的人们已然没有充分认识到自己同样会对某种不是宗教的"宗教"顶礼膜拜，为了捍卫某种"宗教"理直气壮地置他人于死地。

只要有药品，吃错药的事就会发生；只要有文化，文化"中毒"的事情就不可避免。尽管如此，人类有了思想，就得靠文化来供养；人普遍患有精神疾病，解铃还得系铃人，既然人的精神病是由文化造成的，也只能由文化来疗治。历史上发生的所有"药物中毒"事件，无一不是靠文化抢救过来的。

没有文化，人类就少了许多麻烦、混乱与战乱；可没有文化，人类也就失去了美味、品味与韵味。

文化的"围剿"与"反围剿"

如今，电视上情感类的节目不少，人们经常可以看到那些不知道自己生身父母的孩子撕心裂肺地在上面倾诉自己的痛苦。他们如此这般的苦，是因为得不到养父母的关爱，还是因为生活得过于艰难？仔细听来，却发现他们的痛苦大多源于不知道自己从哪里来，不能确定自己是谁。他们被身份焦虑深深地时时地折磨着。

亨廷顿搞出了个"文明冲突论"，引发了不小的争论。目前，世界的状况是民族主义情绪高涨，民粹主义大行其道，全球化似乎失去吸引力，甚至有了要挂上"倒档"的迹象，一切好像都在验证着亨教授的高论。随着英国公投脱欧，全球化由西方吹响进军号，又由西方鸣金收兵。这究竟是为何？

起初，西方人依靠强大的技术优势横扫世界市场，同时也输出了技术与文化。彼时，西方人即使不是洋洋得意，也是充满自信心与自豪感的。但是，如今形势的发展却令西方人始料未及。首先，在应用技术领域，发达国家与发展中国家的差距大大缩小，有些甚至被发展中国家超越，这让发达国家很是不爽。其次，劳动力市场的全球化迅速地冲击着发达国家的原有秩序，引起民众的不满。再次，发展中国家的兴起，带来国际秩序变革的欲求，这令发达国家不安。这一切冲突的背后其实都是利益的算计。

全球化不仅带来利益的调整、秩序的重建，也必然伴随着文化融合，冲突也就在所难免。在这个过程中，强势文化压迫性地侵入弱势文化，而弱势文化也以"游击战"等形式，袭击着强势文化，相互展开"围剿与反围剿"，世界各民族文化进入复杂的博弈阶段。强势文化民族的民众与弱势文化民族的民众都深切地感受到"身份安全"的现实威胁，共同陷入了"身份焦虑"之中，这就为各种极端民族主义、形式多样的民粹主义创造了生存发展的空间。

民族文化是一个民族的生身父母，每一个民族也像个体害怕失去生身父母一样丢掉自己的文化传统。民族文化是一个民族的 DNA，如果 DNA 对不上号，就成了"野种"。尽管世界上"野种"遍地，并且"野种"往往比"纯种"优势明显，但好像没有哪一个人或民族对自己身为"野种"而欢欣鼓舞。人类文化在人类渴望保持"纯正"又难以避免"出轨"的矛盾纠结中延续发展着。

这有些像自动导航系统，目的地是明确的，算法也没有变，只是路况太复杂，驾驶者若是有意无意地驶出了"规划"线路，系统有时会不知所措，只好告诉你"系统在重新规划线路。"人性以"低成本过好生活"的计算原则没有变，但是，是走融合之路好，还是走自己的传统之路好，一时之间却难算清楚，这是当前世界范围内文化冲突的一个重要原因。

还有一个不可忽视原因是，一个民族、国家需要外部的威胁来激发内部的凝聚力。作为现有秩序的既得利益者更乐意宣扬甚至夸大外部的威胁来巩固自己的地位。对于既得利益者来说，保持权威比知识思想进步的主张更加重要。

从文化发展的意义上说，"纯种"是没有竞争力与生命力的，当今世界没有哪一个有影响力民族文化不是"野种"。一个家庭不能"自婚"，一种文化不能自闭。文化的传承与人类的繁衍一样，每一代都是"杂交"才可能有更好的结果，并且"后辈"并没有能力选择自己的"爸爸妈妈"。有一点是肯定的，文化冲突的结果一定是融合，而融合也必定经过冲突的过程。

文化的"婚变"

文化融合如男女需要结合一样具有持久的生命力，亦如爱情一样不太可能海枯石烂也不变。

2016年8月14日，里约奥运会正如火如荼，以"憨执纯"形象走红的"王明星"发布离婚声明：马某与我经纪人宋某的婚外不正当两性关系，严重伤害了婚姻、破坏了家庭，郑重决定解除我与马某的婚姻关系，同时解除宋某的经纪人职务。女方则接着回应：善恶自有真相。第三者也跟着发声：你站在道德高地上不冷吗？一时间，"王明星"婚变的新闻热度超过了人们对奥运会的关注度。

许多人说"贵圈忒乱"。文艺圈离婚率的确是高，但并不能由此判定他们道德水平的低下。爱情这个东西像水蜜桃，看着俊，吃着甜，可就是保鲜难，易腐烂。有研究发现，今人比前人的离婚率高，发达国家比发展中国家的离婚率高，学者比工人的离婚高，工人比农民的离婚率高。离婚率的高低与人们的生活环境密切相关，条件越好，离婚率越高。环境条件不同，机会不同，观念也不同。吃不上穿不上的时候，责任胜过爱情，负责才是道德。吃饱穿暖了，爱情价更高，没有爱情的婚姻就成了最不道德的。这所有的变化都有人性的逻辑在背后静悄悄地主导着。

爱情具有天然的易变性，因此人们才珍惜。如果爱情如岩石一般万年不变、千年不烂，还有谁会稀罕？反过来说，正是因为稀罕，人们才希望它比钢还刚、比石还坚，于是，人们建立了法律与道德两道防线，再加上自然进化而来的良心，形成了三道防线，这虽然部分地挽救了婚姻，却不但未能保护爱情，反而令许多爱情成为悲剧。随着生产力的发展与生活条件的改善，"三道防线"的建设标准也被逐渐下调，"堤坝"已经越来越低。

文化具有天然的流动性，虽然有语言的障碍，以及民族主义者的阻击，文化还是似水如风，变换着姿态，流动不止。

心理学与精神病学的研究表明，人们在社会关系中的行为方式受两个因素的影响：基因与环境。这二者塑造着人们的大脑、情绪与思想。科学家的研究又发现，基因的演变方向也是由环境决定的。

在上古时期，各民族生活在不同的自然环境之中，形成了不同的生产方式与生活方式，渐渐形成了不同的经济、政治与文化。之后，便形成了环境与经济、政治、文化相互影响，共同作用于人与社会的局面。科学技术的发展，带来两个方面的巨大变化：一个是人类不再是单向地适应自然环境，而是能够改造环境；另一个是人口的流动性大大增强，可以转换生活环境。也就是说，科学技术的爆炸性增长正在加速着人类生活环境的趋同，也就意味着人类文化的加速交融。

信息技术、生命科学、智能技术的飞速发展，正在深刻地改变着人类生存的环境，必然带来人们的思想观念的激越涤荡。人类面对的环境日益趋同，不同民族的文化思想都呈现出"归大海"的趋势，但此行山高路远、关隘重重。

科学技术终将打通世界上的所有文化"孤岛"，令它们共欢共乐、同苦同悲、血脉相连。过去与今天的文化，首先是民族的，然后才能是世界的。今后必定是反过来的，首先是世界的，然后才是民族的。任何一种文化，倘若不能融入世界文化的"汪洋大海"，即使侥幸没有枯竭而死，顶多也就是与世隔绝的"月牙泉"。

没有全球胸怀、世界眼光，所谓的民族文化不过是做过防腐处理的"尸体"。真正的传统文化是不断变化的活生生的文化。凡是不再鲜活、供人观赏、怀念的东西，就不再是传统，而是历史遗产了。固执地守护传统，反而会窒息传统；强行保护传统，必定会害死传统。

文化的趋同与分化

H·G·韦尔斯在《世界史纲》一书中写道："没有共同的历史观，就没有和平与繁荣。倘若在合作中缺乏共同的价值观，仅凭狭隘、自私、彼此矛盾的所谓'国家传统'行事，不同种族、民族的人们就注定滑向冲突和毁灭。"

世界一体化，文化必须趋同，否则大家没法在一起，在一起也玩得不开心。但文化又必然分化，否则人类就会同质化，同质化就找不到存在价值啦！

文化向哪里趋同？

花有许多品种，每一种又可分出若干类。花儿色彩各异、万紫千红，姿态万千、千差万别，却有着共同的"价值观"，那就是绽放。价值观五花八门，但归纳起来大概主要有这么两种：一种是"生存的价值观"，一种是"自我表现的价值观"。

"生存的价值观"以生存为第一要务，强调整体，重视社会整合，而不是个体成就。儒家倡导的"孝"就是生存价值观的一个分支。在生产力低下的情况下，子女对长辈的"孝"首先是老年人生存之必须。

"自我表现的价值观"以个体潜能的实现为第一要务，强调权力与责任，重视人的独立性与相互依存。西方推崇的"自由"就是自我表现的价值观的一个分支。自由不是生存之必须，而是自我表现的前提条件。

一个社会、一个民族价值观的演变固然不可能摆脱传统文化观念的影响，也不可能不受政治体制、意识形态的左右，但是始终对价值观的进化起着正向推动作用的是由科学技术所决定的生产力。传统文化、意识形态、政治体制有时候为价值观提供正能量，也有时候为价值观提供负能量，只有科学技术为价值观提供的能量效率高污染少。

经济发展促进了人类从"生存价值观"到"自我表现的价值观"的逐渐转变。从衣食不足到"温饱型"经济，是"生存价值观"产生与存在的经济基础。从温饱到小康时期的经济发展，为"生存价值观"向"自我表现的价值观"过渡提供了经济基础。从小康走向富裕的经济发展，为"自我表现的价值观"的落地提供了经济基础。经济发展不可阻挡地带来宗教、狭隘地方观念和文化差异的衰退，一种新的价值观也将在新经济的土壤里孕育而生。

信息化、智能化时代，劳动既不是生活之必需，也不是自我表现的需要。甚至可以说，劳动已经演化为更高级的形态，那就是创造。一般性的劳动已经没有价值，只有创造才具有意义。这个时期的经济属于共享经济，与之相匹配的价值观将是"共同超越的价值观"。万物互联的结果是让人们深刻地认识到每一个"实在"都是由"整体／部分"组成的，而这种"实在"的一个重要特质就是自由性与共享性。因此也将会形成这样的共识：只有协同才能更好地超越，只有超越人生才有意义。

美国后人本心理学家肯·威尔伯认为，人类发展的总方向与总目的，就是不断减少私我中心的状态。所谓进化，就是私我中心主义的持续减弱。这话说得并不确切。马克斯·韦伯认为，新教的宗教改革带来了从救赎这一宗教目标向成功这一世俗目标的换位，实现了朝着世俗的和褪去了权威光环的宗教的转变。就是说，开启西方现代航程的动力，不是"私我中心"的减少，而是确认。人类私我中心的本质从没变化，也就是说"我要"是没有变化的，变化的是"我要"什么与怎么"要"。"我要"越来越脱离了物质方面的利益而向情感、德行、灵魂等方向提升，从而给了人们以不断减少私我状态的假象。

人向真善美的方向展开，不是缘于本性的改造升级，而是社会给出的环境让人的本性感觉向真善美的层次上行走才是值得过的生活。今后，人类在共同超越的实践中，必然像花儿的世界一样，呈现出生机盎然、百花齐放的大格局。人类价值观的内核是相同的，实现形式又是丰富多彩的。

利己主义与利他主义都是好主意

为人们服务就是完全彻底地为自己服务，这么说大概是左右都不讨好的。但是，只利他不利己，社会的总体价值并没产生增量，另外，只利他不利己也是不可持续的行为方式。但是，利己与利他真的有可能统一起来吗？

利己还是利他，人类的所有悲喜都在这对矛盾中展开。迄今为止，人类文化建设的核心命题就是力图舒缓利己与利他的矛盾。儒家侧重向内求，调内以适外，力图在一个秩序世界里完成人自身的安顿，以做成一个社会人价值实现的渠道；道家则力图在观念世界里拓展空间，引导人们突破既有思想观念的束缚，跳到现行观念规则之外，以求精神的自由洒脱，以超然的姿态在无限地观念空间中实现自我的价值与自身的安顿。佛家则着眼于人的内心世界，开拓时间与空间两个领域，试图让人在追求终极安顿中，实现对当下的超越，用未来确认当下生活的价值。自由资本主义者坚信利己是人类发展不可或缺的动力，而社会主义者则坚信利他才是人类追求的崇高目标。其实它们双方都承认，人有利己与利他的双重属性，只是在哪个才是优先的选项，以及哪个才是制度安排的基本前提上出现了分歧。直到今天，仍有一部分人觉得"毫不利己、专门利人"的社会理想属于"乌托邦"；而另一部分人则坚定地认为"毫不利己、专门利人"的社会才是人之为人的美好世界，并愿意为之奋斗终生。

自由资本主义者抓住了供求关系这个根本矛盾，却没有看到供求关系并非永远停留在平面式的动态平衡之中循环往复，而是具有纵向跃升的必然逻辑。因为他们的逻辑起点是短缺。他们相信人是欲壑难填的物种，短缺就成为一种必然。但是，现在的情况正在变化，人类正从稀缺时代进入富裕时代。科学技术的发展让人类可以便捷低廉地进行物质形态的转换；智能化大大降低了生产成本与提高了生产效率，使社会生产进入到"零边际成本"时代；物联网让公共财富、私人财富加速"流动"，指数级地放大了财富的价值，物质财富的短缺终将成为"过去式"。

"生产的不断变革，一切社会状况不停地动荡，永远的不安定和变动，这就是资产阶级时代不同于过去一切时代的地方。一切固定的僵化的关系以及与之相适应的素被尊崇的观念和见解都被消除了，一切新形成的关系等不到固定下来就陈旧了。一切等级的和固定的东西都烟消云散了，一切神圣的东西都被亵渎了。人们终于不得不用冷静的眼光来看他们的生活地位、他们的相互关系。"是的，人类世界的确如《共产党宣言》所言，到了需要思考与改变人与人之间相互关系的时候了。因为，当财富如空气一样随时可用，贪欲必定会"阳痿"。人们看重与追求的必然是精神财富。而精神财富的价值必须通过他者才能兑现呈现。精神之美，不面向人展开，就得面向神展开，无论是面向人还是面向神，利己与利他都出现了相当程度的和谐与统一。

人人专门利他，人人都是天使，人间就是天堂；人人损人利己，人人都是恶魔，人间就是地狱。当利己与利他有了更多的统一性，当利己主义与利他主义都成了好主意，人就与天使相似了许多，人间就离天堂近了许多。物质主义的价值观终将与人类渐行渐远，一种新的大宇宙精神将光临人间，人类将在全新的世界里重回"神性"。那时候，为人民服务亦是为自己服务，若是不能为人民服务，自己就成了废物。

我们是人，我们是神圣的存在。分享将进化为人类最终的本能。终有一天，人们会感叹：我们与他人的联系在我们身上有多么根深蒂固，而抛开我们来谈我的存在又是多么无知可笑！

不历大有，何明空无？踏遍万水千山，才可能悟到：群山一笼大馒头，千江不过几碗汤。

全球新文化运动

在中国，在世界各地，都不同程度地存在这样的情况：青年人的话，老年人或许能听清却并不能够完全听懂。青年人与老年人之间不仅存在着思想观念的代沟，也存在着的词语上的代沟。这种差异正在日益扩大，或许有一天，今天的通俗语言就会成为明天的"古文"。

"老腊肉"们在辛苦地改造着物质世界，"小鲜肉"们在轻松地创造着语言世界。

以下网络语言对于许多人来说是需要翻译的：

a：520；b：521。这是"神马"意思？这是网络世界里的情侣对话，一个说：我爱你；另一个答：我愿意。

"BF"的意思是boy friend（男友）。"bullshit"的意思是胡说。"btw"的意思是by the way（顺便说一句），"LOL"的意思是Laugh out Loud（大笑），"蛋白质"的意思是笨蛋＋白痴＋神经质，"不明觉厉"的意思是不明白但觉得很厉害，"蓝瘦香菇"的意思是难受想哭。被无数蚊子咬了，称为"新蚊连"；追女孩称为"把MM"；看不懂称为"晕"。

网络世界里不断创生着新词汇新语言新表达方式。这些创新有着其内在的规律与外在的特点。网络交流需要便捷高效，这就产生了老词的合并与数字化。在虚拟空间里交流图的是个痛快，因此就有了轻松幽默的词语表达。青年人大都有英语基础，再加上交流的国际化，由此产生了中英文的"混搭"。时代发展了，交流的范围扩大了，新的事物与新的情绪产生了，必然催生新的词汇。

尽管一些老专家呼吁保持语言的纯正与规范，相关部门也出台了一些规定，但依然无法阻挡网络语言的兴盛。每一年都有网络语言走进人们的日常用语，然后进入书面用语。善用网络语言的表达方法，成为"接地气"的重要技巧。可不要小看了这些细微的变化，它终将改变我们的文化生态。词汇是文化的基础材料，材料变了，文化的内核与样貌也就不可能维持原来的样子。别忘了，中国的新文化运动就是从使用白话文开始的。

如今，网络翻译可以让持不同语言的人们相互方便地进行口语交流，这只是开始，下一步必然是语言的融合。互联网为这种整合带来了必要性并奠定了技术条件。最后的结果必定是全球语言的产生，并催生全球文化。要知道，在秦始皇统一中国之前，中华大地上的语种也是十分丰富的，随着王朝的一统，各族各地区人民的语言就慢慢融合为今天的汉语了。这种语言的统一，既有王朝的意志，也有现实的需要。不过，全球语言与全球文化的形成与秦王朝的统一文字会有所不同，它的推动力主要是现实需要而不是国家意志，它的基础条件不是疆域的统一而是网络空间的一体化，它的实施主体不是李斯之类的精英而是网民的集体智慧。

马克思、恩格斯在《共产党宣言》中说："过去那种地方的和民族的自给自足和封闭自守状态，被各民族的各方面的互相往来和各方面的相互依赖所代替了。物质的生产是如此，精神的生产也是如此。各民族的精神产品成了公共的财产。民族的片面性和局限性日益成为不可能，于是由许多种民族的和地方的文学形成了一种世界的文学。"信息的自由获取与观点的自由表达是网络时代的新特征。多向的文字对话取代了单向的文字阅读，个性表达取代了共性宣传，开放创新取代了保守封闭，说不定哪一天，就会在全球范围内爆发一场新文化运动。这将是世界文化思想的深刻革命。这一天也许就发生在今天的"小鲜肉"变成"老腊肉"的那一天。

第十一章　生活的畅想

人类的建设事业就要开始了

英国诗人艾略特在一首诗中写道：

为了通达你尚且未知之处，

你必须经历一条无知之路。

为了得到你无法占有之物，

你必须经历那被剥削之路。

为了成为你所不是的那个人，

你必须经由一条不为你所是的道路。

而你不知道的正是你唯一知道的，

你所拥有的正是你并不拥有的，

你所在的地方也正是你所不在的地方。

人类创造的一切都是起初未曾想到的。人类创造创新创业的原动力来自人懒惰的天性。懒惰并不是吃喝睡觉等死，而是要摆脱劳动必须性的限制，干自己喜欢干的事情。用马克思的话说，就是摆脱了必要劳动的限制，由必然王国进入自由王国，实现人的全面自由发展。快马加鞭不是飞奔至死，而是找一处迷人的景色喝酒吃肉。用庄子的话说，就是"逍遥游"。

在电影《上帝也疯狂》中，有这样一段开场白："现代人不甘心屈服于大自然，反过来，他们要改造大自然。他们制造了城市、高速公路、汽车飞机和各种机器。为了节省劳动力，他们绞尽脑汁，但似乎永远没有尽头。他们越想改进生活环境，反而使生活变得越发复杂。一个孩子必须用 10 到 15 年的时间，在学校学习如何在这复杂危险的环境中生存。不愿臣服自然环境的文明人越来越发现，他们必须时时刻刻去适应他们自己创造的这个环境。每当星期一的时钟指向 7 点半，他们就必须离开舒适的巢穴，去另一个

197

截然相反的地方。一到 8 点，每个人都忙碌起来……生活就这样支离破碎地过着，每天都得去适应新的生活。"这就是我们过去与当下的生活状态。过去，人是发展的"奴仆"，为了伺候好"GDP"，人们比奶奶看孙子更卖力气，比姥姥看外孙更小心翼翼。为了懒惰，我们变得越来越勤奋，勤奋得丢掉了自我，这终归不是我们的本意。未来，发展还是要回归它的本质，那就是服务于人的生活。人类不再为生存而劳动，不再为发展而发展，不再为欲望而"忘我"。这就是上帝说的"得救"，这就是佛说的"觉悟"，这就是中国文化中的"天人合一"。

大卫·休谟说："美并不是事物内在的性质，它只存在于观赏者的心灵之中。"美好的生活并不在无休止的追求之中，它只在热爱生活的心灵之中。人类的建设事业将以人的生活为本，以人的全面自由发展为目标，主要围绕人与社会、自然、宇宙、人的内心世界及人工智能世界等五大领域的协调发展来进行。科技、政治、经济、文化是共同组成这一建设事业的骨干力量。

当然，起着关键作用的还是科技。三大主力是能源科技、交通科技与信息科技，当下一马当先的是"互联网 +"。它正快马加鞭地冲在人类建设事业的最前沿。它冲到那里，那里就莺歌燕舞、气象万千。我们不妨畅想一下互联网 + 生活的光明前景。

舌尖上的享受

人的身体是宇宙间最精密最复杂的"设备"，可是从来都没有"设备"使用说明书、操作规程与安全手册之类的东西，因此，它的使用效能、效率与寿命等等都大大地打了折扣。

今后的情况就不同了，有了互联网、大数据、云端、智能系统、可穿戴设备等等，万物互联，一切都成为数字，人也是数字化的，是可以"在线"运行的。源于此，人身体的健康管理进入"可控、在控、能控"的阶段，吃饭自然也要进入科学化数字化精准化管理的时代。

民以食为天。吃是为了活得更美好，好好吃本身就是活得美好的一部分。在人类五花八门的需求中，吃，永远是基本的第一位的。今天，我们的吃是辛苦里拌着快乐的"大烩菜"。因为在享受美食之前，我们已经付出了太多的汗珠子，牺牲了太多的细胞子。有时候，还会因谁去下厨的问题，搞得两口子互喷半天唾沫星子。未来可就大为不同了。吃，将是美好的体验。我们不仅不再用汗珠子与细胞子来换取食物，而且也不用吸着油烟子去烧饭做菜，不用去刷盘子、筷子与勺子，更不会因为柴米油盐酱醋茶把二人世界、家庭生活弄得跟"搭错车"似的。

相信许多人都有过这样的经历：请朋友到餐厅吃饭，你问朋友喜欢吃什么，他回答："随便。"这种回答，一部分是客气，一部分是真的也说不清自己喜欢吃什么。

将来，这样的情景很难出现了。营养师会依据人身体指标给出每顿饭的食谱，根据人体内馋虫的爱好给出佐料搭配与烧制要求，交由餐饮公司的"智能厨师"精心烹制后，按时送到人们的餐桌上。人们吃的，是与自己的身体健康"适销对路"的，是与心理味觉"情投意合"的。吃不只是为了饱，而是为了身体与精神都好。吃什么，吃多少，都是精准化的。如果咱请客，再也不用担心，饭菜准备少了，会让客人觉得咱小气，或者失礼不敬之类的问题。这样一来，浪费的现象消失了，肠胃的负担减轻了，连大自然也开心了。想想看，如果没有舌尖上的浪费，即使当下物产不增加，也不会有人在贫困线下挣扎了吧！况且，胡吃海喝还弄出那么多的"富贵病"，打针吃药住院，又消耗掉了那么多的资源，这种恶性循环是多么令人痛心啊！

等吃完了，智能机器人自会拾掇得干干净净，不留任何痕迹。人们要做的就是体验。体验美食带来的味觉盛宴。吃，将是科学的，也是审美的享受的。

或许有一天，你的潜意识里有了想换一换口味的念头，你的目光在某一种食物（或是有关食物的图片、影像、文字）上多停留了一会，你的可穿戴设备或者是你的智能机器人秘书就会发出这样的声音："亲，你是不是见异思迁，想尝尝异域风味了！晚上，是不是来一顿法国大餐？"

厨师这个行当还有没有呢？有是有，但他们已经不是手艺人，而是艺术家。在艺术家这支队伍中，烹饪艺术家将是一个重要的方面军。他们热爱烹饪艺术，精通营养学、美学与心理学，专门从事"私人订制"，为单位、个人提供"吃"的审美体验，让味觉、视觉共同享受美妙的感觉。这种"艺术吃"是一种交流、一种修养、一种修为。英国哲学家朱利安·巴吉尼说："一辈子没吃过好的食物跟一辈子没欣赏过优秀艺术的生活至少是同样贫乏的，烹饪艺术确实有资格与其他艺术并驾齐驱。"

人们还会不会亲自做饭呢？还是会的。但是，那时下厨，已经不是迫不得已的家务，而是一种生活体验，就像如今于周末或节假日同三五个亲朋好友去郊游一样。

顺便说一句，将来家用电冰箱这个东西，会渐渐失去存在的必要性，即使还有，它的功能设计也将有较大的变化。

穿时令、新鲜有味道的衣裳

许多人的衣橱，尤其是有钱女人的衣橱，存放的都是舍不得扔掉的"垃圾"。购买的时候，件件都是心爱的；使用的时候，"心上的人儿"还是没有到来。再大的衣橱、再多的衣服，里面总是缺今儿最想穿的那一件。

一些人衣裳多得没有衣服穿，掉进选择的烦恼里；另有一些人几乎没有"喝茶"的衣裳，添件新衣都需要嘴巴减少"吞吐量"才能实现。

未来，衣服会便宜得很，也就是如今的白菜价，还极有可能更低。那时，拥有大衣橱，里面存放着许多衣服的人，脑子不是进水了就是被驴踢了。因为，未来的衣服也像现在的金钱一样成为数字，成为被"液化"之物、流动之物。流动性带来便利与便宜。

你的衣服将以这样几种方式来到你的面前：

通过自己的可穿戴设备，或者其他智能终端，或者智能机器人秘书，选择衣服款式、颜色，以及送达时间，确认以后，又是智能机器人准时把衣服送到你的面前。

通过虚拟设备，你可以尽情地"试穿"，直到非常满意，表示就是这件了，午休过后就穿着它去约会或者开会。那么，当你美美地小憩之后，起身开门，就会看见：智能机器人正手捧新衣，站在你的家门口。又或者，你的智能机器人秘书，手捧新衣，走上前来，躬身施礼，柔声道："先生，请您更衣！"

通过互联网或可穿戴设备，从"云端"获取设计"图纸"之后，输入你的"3D"打印机，几分钟之后，一件崭新的衣裳就会呈现在你的面前。

如果你要出差或旅行，再也不需要费劲地拉着装满衣服的旅行箱，损失了风度，损耗了优雅。你只需把自己的需求告诉你的"私人订制"，那么，你所需要的衣服自会准时送达指定位置。

衣服穿脏了，根本就用不着去洗；如果你不喜欢了，也不用放进衣柜或扔掉或送人；你只要发出指令，自有智能机器人把它们取走。这些被回收的衣服，将经过消毒处理后，还原为材料，再成为新的衣裳。

平时，我们有三两件衣服的储备就足够了。因为我们更喜欢时令的、新鲜的、新潮的衣服，只要条件具备。科技为人喜新厌旧提供了条件；也可以说，人的喜新厌旧为科技创新提供了动力。

为了进一步说明，姑且打一个比喻。20 世纪，每到冬季，中国几乎家家户户都有一个共同的重要任务，那就是储备大量的大白菜。而今天已经很难看到这种现象了。原因很简单，现代农业技术发展了，交通运输快捷便利了，时令蔬菜可以即时供应了。

在电影《钢铁侠》里，托尼·斯塔克的"钢铁衣"是全智能的，也可以叫智能钢铁衣。将来，会有一类衣服也是智能化的。它可以随环境或者你的心情变换颜色、调整温度，甚至是款式。这样一来，诸如撞衫啦、与氛围、环境不协调啦之类的尴尬都会被随时化解，而且，热了也不用急着扒下衣服，冷了也不会后悔没带外套，衣服亦如女儿一样成为贴身"小棉袄"。

如果你不相信遥远的未来，那就看看当下新锐设计师们的努力吧！

缝纫机和大规模服装生产线在 20 世纪初改变了时装的面貌和运作方式，今天，技术的进步正在拓展着时尚的空间，改造着服装的设计、生产、销售与消费者的体验。引领时尚的设计师们正在利用新技术拓展着服装的内涵与外延。他们以 3D 打印、LED 交互式电子、数字针织、生物技术等完成激进的材料与造型，用信息技术、传感技术等赋予服装崭新的生命。

2010 年，荷兰设计师艾丽丝·凡·赫本与麻省理工学院的奈丽·奥克斯曼教授合作，把第一件 3D 打印的高级时装送上了 T 台。之后，她们又合作运用多材料 3D 打印技术，把硬质和软质材料结合在一起，制作了"珊瑚虫"礼服，在 2013 春季巴黎时装周上大放异彩。

CuterCircuit 公司在 2012 年就推出了世界上第一件高级定制礼服"推特裙"，可以实时接收推文，也可以显示各种美妙的图案。这相当于你可以随时随地换衣服，还不用担心"走光"。这家公司还生产了世界上第一件触觉电信服装"拥抱衬衫"。通过应用程序，亲人或朋友可以给穿着者远距离发送"拥抱"，让穿着者感受到真实拥抱的温暖与力量。

里约奥运会上，一些运动员为了预防潜在的寨卡病毒而穿上了特制的应用高科技微生物技术的服装，以抵御蚊虫叮咬。

刚入而立之年的范·冬恩毕业于荷兰阿纳姆艺术学院，擅长时装与电子的结合。她与飞利浦照明研究中心合作开发了视觉夹克衫。这种闪闪发光的外套，可以提高人们在夜间室外环境的安全性，可也起到辅助照明作用，还可以提高人们在心理和审美层面的体验。范·冬恩还与荷兰霍尔斯特中心合作研发太阳能服饰系列。

运用可穿戴技术的美丽服装，使人体成为一个界面，一种第二层的皮肤，服装已经不仅仅是服装。

告别"房奴"时代

几乎人人都渴望拥有符合自己理想的房子。这样的愿望正在不断地变现。令人遗憾的是，当越来越多的人愿望落地之后，这样的愿望就变得不合时宜。未来，更多的人乐意当房客而不是做房东。

2016 年 5 月 9 日，《人民日报》头版的三分之一和二版的一个整版都被"权威人士"的文章占领。这个长篇大论是对中国一季度经济形势的分析判断，据说目的有两个，一是给市场定力，二是为官员指方向。这篇文章出台的背景是一季度中国经济指标有点"浅草即将没马蹄"的小诗意。对此，文章认为，对一季度的经济反弹，不能简单地用"小阳春"、"开门红"等概念来形容，原因之一就是好指标来自于楼市的大幅上扬。而楼市的功能定位是什么？房子就是让人住的。因此，要通过人的城镇化"去库存"，而不应通过加杠杆"去库存"。通过一些手段降利率、加贷款等加杠杆的方式去库存是不可取的，根本性的是让更多的人进城、有房住、有配套，这才是去库存的根本要义，而不是让更多的人盲目去做"接盘侠"。

"房子不是用来炒的，是用来住的。"说白了，就是要房地产回归它的本质，"安得广厦千万间，大庇天下寒士俱欢颜"，而不再是保经济增长的手段，甚至把房市搞成了"股市"。这些年，绝大多数人辛辛苦苦赚来的钱，基本上都交给房地产公司了。大家终于不再是"雇农"、"贫农"了，却又成了"房奴"了。

何以至此？我们不缺水泥，不缺钢铁，不缺建筑工人。可以说，现在盖房需要的所有材料几乎都是过剩的，都在止不住地掉价，偏偏房子价格在任性地上涨，这是不是太奇怪了？

仔细想想，其实并不怪。很多年了，我们一直把社会资源向城市尤其是大城市集中，搞得"城市超欧洲、乡村如非洲"，城里人得到了太多原本不该得到的，享受了太多原本不该享受的，十几亿人都梦想到一线城市分一杯羹，这房价不升才怪呢！有些人说，房价暴涨是刚需造成的。叫我说，这个刚需不是住房的刚需，而在很大程度上是获得额外利益的刚需。天价学区房就是这种刚需的典型表现。

可以想见，随着协调、共享发展理念的落实，社会资源的均衡布局与合理利用，人们奋斗成为大城市"房奴"的热情将逐渐下降。不仅如此，今后人们恐怕连做房东的热情也没有了。

目前，住房承担着三大主要功能：饮食、休息、储藏。未来，住房的主要功能会有重大调整。除了休息的功能不会改变以外，储藏功能将提前"退休"，家庭也会与企业一样"去库存"，基本接近"零库存"的水平；厨房的地位也会下降，做饭是社会化的，自己动手的情况极少。住房将成为一个智慧化的全能空间。可以是办公室、图书馆、艺术馆、电影院、健身房，可以是兴趣交流与侃大山的"会所"，可以是你想身临其境的任何地方，还可以使你获得最佳的睡眠效果。因为那时的住房不仅是灵活的实体空间，也是智慧的虚拟空间；既是封闭的私人空间，又是与世界互联的广阔天地。在这里，所有的家务劳动都由智能系统、智能机器人来完成，它们提供的服务远比今日的五星级酒店更及时精准，更细致体贴，更一应俱全。

当住房成为比五星级酒店更高级的"酒店"，会出现什么情况呢？"家"

是不是可能成为一个更具流动性的所在？你走到哪里，家就在哪里。如此，购买住房的必要性就大大降低了，所有将让位于使用。所有房产使用情况的变化信息都是在线的即时的，房产的使用权如酒店一般是"流动"的。流动性增加了，房产资源就被全面盘活了，这将意味着使用效率的提高以及使用成本的下降，人们辛劳一生挣脱不了"房奴"枷锁的日子也就一去不复返了，人人都能够任性地换房。

将来，不太久远的将来，宿舍、办公室、学校、酒店、工厂、商店等等都不再是一个固定的场所，而是一个系统。这个转变，将是现行房地产行业的终结。获得新生的将是运用新理念应用新技术服务于新经济与新生活的新产业。

私家车退出历史舞台

我到一些中小城市，常听朋友这样说："我们这里也是大城市了，基本赶上首都北京了！"起初，我听了此话心茫然。朋友接着说："我们也堵车了。"交通拥堵成了当今大城市的"必备病"。不堵车，你都不好意思说这是大城市。

在中国城市，在几乎所有的世界发达城市，到处都可以看到这样的场景：车队如一条条重病的长龙，在大街小巷里痛苦地"蠕动"，而道路两侧则停满了正在"休息"的轿车。道路越修越宽，行路越来越难，就连高速公路都成了汽车散步的"田间小路"，汽车的四个轮子正在日益严重地丧失着飞驰的功能。尽管政府用尽了各种"疗法"，民众依然感觉不到"疗效"。

更可怕的还在后头。有关部门的数据显示，截至 2015 年底，中国小型载客汽车达 1.36 亿辆，其中，以个人名义登记的小型载客汽车（私家车）达到 1.24 亿辆，占小型载客汽车的 91.53%。全国平均每百户家庭拥有 31

辆私家车， 北京、成都、深圳等大城市每百户家庭拥有私家车超过 60 辆。现在，美国每百户家庭拥有私家车超过 200 辆，欧洲一些发达国家的私家车拥有量每百户超过 150 辆。如果有一天，中国私家车拥有量达到欧美的水平，得需要多少土地来保障汽车的"住与行"？

但是，咱也用不着过于悲观。人类就是在给自己制造问题中享受着创造性地解决问题的快乐。李白君早就预言："行路难！行路难！多歧路，今安在？长风破浪会有时，直挂云帆济沧海。"

你看，长风虽未破浪，却也吹皱一池春水。有这样一个段子：一个朋友给我打电话，神秘兮兮地说："嗨，你最近是不是傍了很多很多大款呀？怎么每次坐的车都不一样，早上别克，下午奥迪，晚上本田，第二天又换红旗了……"我无力地挂了电话，心里说：我能告诉她我这是叫的滴滴快车吗？滴滴、专车等的出现，已经昭示了破解交通拥堵的方向，那就是全社会共享汽车资源。这个不只会破解交通拥堵的老大难，还会极大地降低个人与整个社会的"行走"成本，为人类与万物带来福音。

长风破浪，亦会有时。再下一个阶段，交通将成为一个智能化的生态系统，每一辆汽车都是一部智能机器人，是一个移动终端。当然，最终所有的交通设施，包括天上飞的、地上跑的、海中游的等等，都将连接成一个智慧的交通网络。当你准备出行的时候，只需向你的可穿戴设备发出指令，无人驾驶的智能机器人汽车就会准时到达你指定的位置，恭候你的靠近。当你走到它的面前，它还会自动为你打开车门。在车上，你可以休息，可以办公、学习、听音乐，可以看电影电视，可以上网，可以开视频会议，还可以和它聊天。它是你的司机兼秘书兼知心朋友，并且比她们更任劳任怨、更无微不至、更安全可靠。那个时候，你还需要花钱买一辆私家车伺候着吗？共享足以令我们"长风破浪、直挂云帆"。

第一个破译人类 DNA 的科学家克雷格文特尔这样评价特斯拉 Model S：

"改变了交通的一切，它是一台在轮子上运行的计算机。"马斯克宣称："在不久的将来，你的座驾便可以做到一声令下随传随到。我还想做到让充电线自动插入汽车充电口，就像一条敏捷的蛇。"汽车正在迈向智能汽车，它是互联网汽车，是电动汽车，是无人驾驶汽车，这是一个不可逆转的发展趋势。

现在，互联网出行与智能电动汽车已经是浪花朵朵。据汤森路透知识产权与科技最新报告显示，2010 年到 2015 年间，与汽车无人驾驶技术相关的发明专利超过 22000 个。并且在此过程中，部分企业已崭露头角，成为该领域的行业领导者。

谷歌无人驾驶汽车已经行驶超过 200 万英里。在获得了加利福尼亚州立法批准后，谷歌将在该州部署数百辆无人驾驶车，用来接送公司员工上下班。

2015 年 1 月，英国开始允许无人驾驶汽车在公路上行驶。英国也将修订道路交通规则，为无人驾驶汽车的出现提供适当的规则指引。

2011 年 7 月 14 日，由中国国防科技大学自主研制的红旗 HQ3 无人车，首次完成了从长沙到武汉 286 公里的高速全程无人驾驶实验。红旗 HQ3 全程由计算机系统控制车辆行驶速度和方向，系统设定的最高时速为 110 公里。在实验过程中，实测的全程自主驾驶平均时速为 87 公里，创造了中国自主研制的无人车在复杂交通状况下自主驾驶的新纪录，标志着中国无人车在复杂环境识别、智能行为决策和控制等方面实现了新的技术突破，达到世界先进水平。

2015 年 6 月 4 日，滴滴与北汽集团签署战略合作协议，表示双方将在无人驾驶、新能源汽车等领域进行深度合作。

2015 年底，百度无人车在北京成功进行路测，并提出"三年商用，五年量产"的计划，在量产这一指标上，与谷歌的无人驾驶汽车展开赛跑。

2016 年 5 月 19 日，Uber 无人驾驶汽车在位于美国宾夕法尼亚州匹兹堡市的 Uber 先进技术中心正式上路测试。

无人驾驶汽车已经在许多国家投入使用，包括德国、日本、瑞典、新加坡等国。美国有四个州甚至已经通过了有关允许无人驾驶汽车上路的法律。

2016 年 5 月，沃尔沃汽车集团总裁汉肯·塞缪尔森宣布，沃尔沃将在中国设立面向汽车行业和普通公众的自动驾驶测试基地。他表示：到 2020 年，自动驾驶汽车除了助力沃尔沃实现零伤亡的安全愿景以外，还将大大减缓交通阻塞。他认为，要加快这一进程，需要互联网公司与汽车制造企业的合作。互联网公司更擅长信息的获取、感知与决策，汽车制造企业在人机工程、技术集成方面更具优势。

前路并不漫长。估计再有 20 年，汽车将成为大众的共享资源。

目前，智能交通正刺激着资本的肾上腺素持续飙升。苹果刚刚向滴滴出行投下 10 亿美元，沙特公共投资基金就给另一家移动出行平台优步投下 35 亿美元，中国人寿随后也对滴滴注入超过 6 亿美元的战略投资。乐视旗下的零派乐享，成立于 2015 年 5 月，是国内首批进入电动汽车分时租赁领域的企业，12 月产品试运行，2016 年 4 月全面开放会员注册。上半年，乐视已经在北京主城区投入 200 辆车，覆盖市区内各大商圈的交通枢纽网点。预计到年底，零派乐享将完成 3000 辆的车队规模，布局城市包括北京、上海、深圳、成都、重庆、三亚、烟台等大中城市。计划在 2 年内完成 100 座重点城市 20 万辆车的规模。提供租车全程全车保险、零押金、先用车后付费、24 小时不间断线上线下服务，提供全平台免费充电和停车服务，推出"乐异还"异地取还车业务。

美国打车软件服务运营商优步公司，最终目标是发展无人驾驶出租车，用无人驾驶汽车取代优步司机和他们的汽车，以降低叫车服务成本。

捷安特、飞鸽、永久、凤凰等国内知名企业，都推出了智能自行车或高技术含量的户外骑行产品。头机、中控区、灯光系统、传感器组、电源管理系统等智能化模块，将为用户带来颠覆性的骑行体验。

上海永久自行车未来由个人交通工具向城市公共效能工具转型的发展战略，加快发展自行车公共租赁业务。截至目前，永久自行车的租赁业务已经在全国37座城市落地，共有10万辆自行车、电动自行车投入使用。正打算与政府联手，策划建设自行车、电动自行车和新能源汽车"三网合一"的公租服务网，设计出"低碳积分"的商业模式。"低碳积分"可以抵扣租赁费用，还可以换取产品作为奖励。

高举分享旗帜的出行平台，不仅打破并重构了我们与交通之间的"时空"关系，也打破与重建了我们与作为交通工具的车的关系。未来，全社会的汽车资源都会在智能交通体系中无差别的共享；最终，陆海空等各种交通资源都将被互联起来，形成所有资源无缝对接最大有效化的综合交通系统，一切交通资源都是共享的。我们将率先迎来共享汽车的时代，随后便是无人驾驶的智能交通时代。

学习成为一种娱乐

生命只能于学习中成熟、优雅而高贵，除此之外，绝无他途。做人做事，谋划与算计都不可能长久好，入了化境就自然好，那化境真得化开了，得用光阴养，用文化养，用生活养。学习的目的，就是让自己的内心扩大起来、阳光起来、强大起来、丰富起来。老庄精神不是生活哲学，而是生活天地。读书是学习，生活是学习，学习就是我心飞扬。

相较于其他动物，人特别渴望玩，说得雅一点是渴望娱乐。为什么呢？因为人们太过现实、太过功利、太过急迫，把许多有趣好玩的事搞得枯燥无聊。比如学习，原本是人类的爱好之一，结果被考试、升学、求职、做官及拙劣的教育搞得如服劳役一般，成了孩子们最恐惧的事情。人们喜欢玩，但又不敢玩，玩成了一种奢侈品，所以倍受追捧。事实上，娱乐与学习在很多情况下并不对立，只要改变观念与方法，人们完全可以在娱乐中学习或者在学习中获得愉悦。

先大胆地做一个预测：今天遍布世界的大大小小的学校，在未来将多数不复存在。首先是因为多数学生并不乐意到今天存在的这些学校去上学，他们只是为了上学之后的目的而不得不去上学。其次是因为科学技术正在创生更有乐趣更有效率的教育理念与教育方式。

孔子说：学而时习之，不亦乐乎！孔老的话让后人好生纠结。对于多数人来说，学习并非是多么快乐的事，听到老师说下课，课后还没有作业，那才是快乐的时刻。南怀瑾先生就在《论语别裁》中说，孔圣人的意思，是说学到了些知识，去演练、实践才是件快乐的事情。如果与志同道合的朋友一块去实践会更愉悦一些。

学习能不能成为一件快乐的事情呢？这个真可以能！因为，将来的学习可能是当然并不仅仅是这样的：

我们会有"旅游式"学习。比如您要学习历史，根本用不着抱着砖头式的著作去啃，只需进入虚拟空间去"旅游"就得了。您可以观摩刘邦如何打下江山，可以细瞧李世民如何治国理政，可以欣赏李太白的酒后"吐槽"（李文青的诗大多都是酒后"吐槽"）。总之，您想知道哪段历史，你就抽个时间去那里游览一番，就 OK 了。您"旅游"过了，或许又会对历史学、历史著作有了兴趣，再啃那些"砖头"时也有滋有味了。

我们会有聆听式学习。在教室里聆听老师讲课的情况还会有，但不再是主流。将来，聆听的选择权在听众手里，您喜欢听就听，不喜欢听就撤。那时，根本不需要现在这么多的老师，好老师是被共享的。比如：某一老师能把数学的某个部分讲得有趣易懂，大家都可以通过网络来听他授课，而他也能够依据听众的多少获得相应的报酬。其他方面的知识传播也是如此。我们听课听讲座，也和买东西一样，可以挑三拣四，自由选择，高兴就买，不高兴就不买。

我们会有交流式学习。就是在网上或群里侃大山，或者与几位"臭味相投"的人神聊，相当于参与各种形式的"头脑风暴"。您对什么知识或话题有了兴趣或没了兴趣，随时都可以转移到另外一个阵地去。在不同的交流中，使你的大脑"开光"，让你的知识"充电"，为你的能力"浇水"，令你的才华自由地放射光芒。网络令知音不再难觅，"天涯"处处有"芳草"。

我们会有体验式学习。您可以在虚拟的世界里学习管理，进行各类决策，应对各种危机，处理日常事务。想当县长就当县长，想当市长就当市长，想当经理就当经理，通过"过把瘾"来提高领导力。对物理、化学等方面知识的学习，亦是如此。那些抽象的不好理解的太难记住的原理、公式、分子式，在自己的亲自体验中将变得生动形象，变得容易理解与记忆。我们说，实践是最好的学习，但是实践学习的成本太高，并且实践的机会也不可能降临到每一位有实践意愿的人头上。"可虚拟"，让"学"与"习"合二为一，为"菜鸟"变"雄鹰"提供了试飞的平台。

我们会有越来越多的娱乐式学习。新技术将不断催生新的教育理念、新的学习形式、新的学习方法。分数不再是检验学习成效的主要依据，人的命运也不再由一张试卷来决定。学习不再是呆板、枯燥、乏味的事情，它会变成可爱的"伴侣"，使亲近它的人更充实更愉悦更具智慧与能量。

总之，"学"与"习"更多更好地结合在一起了，孔子的"学而时习之，不亦乐乎。"也就容易理解了。事实上，孔子那个时代的学习，并不等同于我们认识与理解的学习。那时的学习还是蛮好玩的，比当下的学习有趣多了！

书籍将成为你与智者交流的中介服务公司、一个平台。一本书将成为一本巨大的元书籍，将成为一座万能的图书馆。每一本书的每一页都有链接，书里与书外联接成一张巨大的网络，可以从中找到其他书籍以及其他书籍的某一页面。这种以生物神经方式连接起来智能书籍，改变了我们的学习方式，大大节省了学习时间。当你阅读这种万能智能书籍的时候，它也在同时读你。它知道你何时在思考，懂得你对什么感兴趣，会为你提供延伸阅读的帮助。你想翻页的时候，它还会即时提供服务。你可以全身心地自由地愉悦地与万能书籍展开互动。

书店将成为知识与情感的交流中心，是一个审美的有品味的去处。这里卖书，又不仅仅是卖书。这里有优雅舒适的环境，大家可以在这里喝着咖啡、果汁与茶，可以读书、聊天；可以和作者交流，甚至可以吃上美味大餐。可以让人们在这里待上一天，脑不愁腹无忧。

被誉为"数字经济之父"的泰普斯科特认为，数字时代的学习，有六大主题值得关注：

一是工作与学习日益融为一体，因为未来的工作是知识型工作；

二是学习成为一种终身活动，因为在这个创新暴涨的时代，三天不学习就会成为古董；

三是学习的场所不再局限于正规的学校，因为互联网与移动终端让学习无所不在无处不能，生活即是学习，生活必须学习；

四是一些教育机构开始被迫创新，因为不创新它们将失去存在的价值；

五是建立学习型组织需要具备组织意识，因为组织性学习可以超越团队，团队智慧可以演变为企业智慧，而要实现组织性学习，企业必须具备组织意识；

六是新媒体可以改变教育，因为技术正在重新定义教师的角色，使其成为学习活动的激励者和推动者，而不是简单的信息传播者。

知识等于体验乘以敏感度。所谓敏感度有两层意思。第一，善于在人生旅途中体察自己的体验；第二，你能够允许这些体验影响自己改造自己。
因此，"三随"学习应该成为新常态。未来的学习是随时、随地、随意的。
在经济领域，人人都是产销者； 在教育领域，人人都是教学者。大家都是
老师，人人都是学生。

千万不要以为只有考上大学，才可能有出路；更不要以为考上名牌大学，
就有光明的未来。盖茨、乔布斯、扎克伯格都没有读完大学本科，马斯克没
有读过硕博。他们的正规教育都"不完整"。清华大学经济管理学院院长钱
颖一先生就认为：正规教育本身很难避免降低创造力的结果。因为传统的、
习惯的、熟悉的一套教学方法、评估方法、选材方法，只要对提高平均水平
有效，就会让"极端"的人或人的"极端"想法变得更加"正常"，从而
导致趋同现象。也就是说，正规教育过程本身有一种自然趋势，在提高"均
值"的同时，降低"方差"。

如果一种学习方法不能令学习者体会到其中的乐趣，这种学习必定是
低效的、不可持续的。未来的学习将向一切与乐趣相融的方式开放。科技
为减轻人们劳动的辛苦提供了无限可能，也必定会为提高人们学习的乐趣
创造无穷的可能。

213

第十二章 企业的未来

现代企业不"现代"

自2008年"金融风暴"以来，世界经济持续低迷，多数企业进入"冬季"。这是一个缺少色彩的季节，但也是孕育新生命的季节，是一个积蓄力量的季节。没有如父爱一般的冬天，哪里有生机盎然的春天呢！

一个新生命的诞生总是要伴随着痛苦与喜悦。从经济刺激、结构调整到经济升级，千方百计、千辛万苦、千难万险，新经济终于露出了端倪。新经济新在哪里？首先是新技术的成熟与广泛应用，然后是新业态、新模式的出现，以及新的游戏规则的产生。虽然世界经济仍然乍暖还寒、时冷时热，但人们已经嗅到了一丝春天的气息，听到了新经济破土的小动静。"春江水暖鸭先知"，企业就是经济之水的"鸭子"。近几年，许多企业度日如年，每天都有一些企业关门大吉，但是，全世界专利申请的总量每年都在高速增长，而且企业理念、战略、管理与模式等诸多方面都在持续创新，这就是危机的力量，这就是严冬的功用。

中国许多企业都致力于把自身建设成为一个现代企业，可当它自认为是现代企业的时候，事实上就成了一个传统企业。一切我们感觉到的当下都已经成为过去。建设现代企业类似于作风建设，永远在路上，只能在路上。企业正在加速老化，这是互联网技术泛在化之后的特点之一。现在还活着的企业，绝大多数已经不属于现代企业。再有10年左右的时间，现在的大部分企业将以不同的方式"英勇就义"。因为它们大都在以传统的思维方式热情百倍地开展着"互联网＋"的事业。

互联网等信息技术的发展，带来一个意外惊喜，就是通过对原有的与新生的知识、经验、科技的集合，积聚起令人震惊的创造力，让"星星之火"瞬间"可以燎原"。这种创造力彻底颠覆了英雄主宰历史的传统，并且加快了时间前进的步伐，迅速地让"新人"变"旧人"。今天，一些刚刚"十多岁"的互联网企业已经沦为传统企业。这并不是说，它们是"20 岁的容颜、60 岁的心脏"，而是说，这个时代的变化之快，已经快到"20 岁的容颜、20 岁的心脏"就是"老同志"了。过往，"老"是个宝，"老"意味着"我吃的盐比你吃的饭还多"，可现在吃的盐多则意味着脑血管硬化了。

以往的科技革命，主要是对人身体功能的放大，而今天的云计算、大数据、物联网、移动终端等，则是对人整体功能（包括身体与大脑）的扩大、积聚与激发。互联网革命是一项全方位、渗透性、爆炸性的革命，互联网与下一步的物联网等带给企业的是一场系统性、颠覆性变革，将改变企业的生存生态、生命形态与运作模式。未来的企业将是无边界企业、无员工企业、平台化企业、客户做主的企业、讲故事的企业。当然，并不仅限于这些。

"现代"企业没有完成式，只有进行式。

无边界企业

不求为我所有，但求为我所用；不再被谁拥有，一定为谁所用。未来的所有组织与个人都必须放弃"边界"，成为一个"整体 / 部分"的存在。大家都是自己的，又都是彼此的。舍此便无生路，舍此便无价值，企业首当其冲。进步就是又开放了一步，开放的程度就是进步的速度。开放既是发展进步的手段，又是发展进步的结果。

1985 年，哈佛大学商学院教授迈克尔·波特提出了价值链的概念，他把企业价值创造的活动分为两个部分：基本活动和辅助活动。基本活动包括进项物流、生产运作、出项物流、市场营销与服务等；服务活动包括基础设施建设、人力资源管理、技术开发等。企业内部各业务单元的联系构成了企业的价值链，上下游关联企业的联系构成了行业价值链。

如今，这种边界封闭的价值链体系正在被突破。产品制造不再是过去一个围墙式企业、几条生产线加工完成的过程，也不是现在几个企业分工协作叠加完成的过程，而将是没有任何产权关系的信息链的链接、产业链的链接、价值链的链接、服务链的链接。之所以成为"链"，是因为信息作为一种要素禀赋参与其中，而信息又是即时流动的。所有的企业都将变成"链状"的存在，出现跨越地区、国家的全球性组合，形成全球采购、全球生产、全球供应、全球消费的新格局。

英国经济学家克里斯多夫认为："今后世界不存在一个企业与另一个企业的竞争，存在的是一个供应链与另一个供应链的竞争。"在经济全球化、信息化的时代，供应链所涉及的上下游企业已经没有区域的界限了。每一个企业都将是全球价值链、全球供应链、全球产业链、全球服务链的一部分。

围墙式企业的时代将很快终结，今后的企业如幽灵一般，居无定所又无处不在，因为它可能没有厂房、甚至没有办公楼，它生存在"云端"，可以到达任何地方。

围墙式企业的消亡是第一步，然后是以单位、熟人为边界的社会关系的瓦解，接下来就是国家边界的毫无意义。

平台化企业

阿基米德说："给我一个支点，我将撬动地球。"如今，人人都有了这个"支点"，它就是平台。

在过去，"专车"是领导们的专利，如今，只要下载一款软件，手指轻轻一点，一辆"专车"很快就准时来到你的面前，人人都能够享受过去只有相当级别的领导才能享受的"专车"待遇。这一切都是源于背后的平台。正是因为有了平台这个"支点"，企业才能把如此多的汽车、司机与顾客撬动起来，让自身快速地成长，似乎很牛的样子。

企业"无边界"，必然需要有平台。未来的企业大都将成为平台，企业的竞争也将成为建构在平台之上的协同。企业没有平台如同汽车没有路，航空母舰脱离了大海。开放的通过协同创造价值的在线平台，正在改变着企业的游戏规则，哪个企业平台的理念先进、技术手段先进，哪个企业就能够汇集更多更优质的资源，包括了物质资源、信息资源、人才资源。一个企业不能做好用好平台，其结局只能是倒台。

鲲鹏也好，麻雀也好，个头差异虽大，同样五脏俱全。在工业时代，企业基本上是大而全、小而全的。因为在信息化程度较低的情况下，内部各部门、专业、环节之间协调联动，比与外部合作效率更高、成本更低。而在信息化智能化时代，时空关系被重新建构，平台成为"无内无外"的存在，也就为企业低成本地融合利用八方资源创造了条件。平台可以让所有资源在最合适的时间内碰上最合适的"甜蜜爱人"，实现最优的组合，取得最佳的效果。

今后，鲲鹏或麻雀，它们的五脏六腑，并不在它们的皮囊之内，却能够更加高效地合作，这一切都是因为科技创造了比"肚子"更大更好的平台。平台让"五脏六腑"都可以"众创众筹"，并且不必存放在自己的"肚子"里。

平台化并不仅限于重构企业的商业模式，更不是仅用于为供需两端搭建通道。平台化企业的精髓，在于打造一个完善的、蕴藏着巨大潜能的生态系统。这个系统的理念、技术、规范与机制，能够有效激励多方群体的快捷互动，让大家优势互补、专长增益、智慧扩张，人尽其才、物尽其用，从而建立起无限增值的可能性，不仅促进了企业愿意的实现，也带来了参与者愿景的呈现，大家在实现自身价值的同时也帮助他人实现了其价值。

我们常说，企业的竞争是人才的竞争。人才难得似乎成了常识。但非常不幸的是，这个常识是一个谬误。因为我们缺的不是人才，而是自由创造的平台。有好平台，必有雄才。企业竞争表面上是人才竞争，其背后却是平台竞争。楚汉之争，刘邦胜出，是一例证；美苏对峙，美国胜出，又是一例证。刘邦为韩信提供平台，韩信为刘邦打下了江山；美国为各地人才提供平台，各地人才把美国建设成了世界霸主。可以说，凡是有决策自主权又认为自己缺人才的领导者，都不是优秀的人才。

无员工企业

卖身契这个词，对于80后90后来说是一个陌生的词汇。劳动合同这个词组，也将尘封为一段历史的记忆。

如果你还渴望与一个单位签订无固定期限的劳动合同，那就说明你已经生活在这个时代的边缘了，如果你不是工作在政府机关或国有企业，并且距离领养老金还有一段较长的时光，就要当心被雇主给裁了。因为，未来的企业是无员工企业。

与"无边界企业""平台化企业"相对应的必然是"无员工企业"。未来企业是智能化企业，绝大多数工作都无须劳驾人这种物种。所以，以后在企业里碰到"喘气"的物种肯定都是稀缺的，也就是智能机器人暂时还无法替代的。

　　稀缺则意味着，雇佣的时代即将结束，合伙的时代正在来临。今后无论你出多少钱，都无法雇到优秀的人才，出路只有一条，就是与他合伙。在未来企业里，只有合伙人，没有员工。过去的逻辑是，有钱财就一定能招到人才；未来的逻辑是，只要真是人才就不愁钱财。资本主义渐次让位于知本主义，知本家会取代资本家，就像资本家取代了大地主。尊重知识、尊重人才、尊重创造将不再是什么时髦或开明的理念与口号，因为尊重已经如空气一般自然而然在存在着，不再是谁对谁的恩赐。"士为知己者死"也算不上什么道德行为，因为"士"就是自己的知己，自己的能力就是自己的机会，不再需要哪个来赏识、提携与恩宠、恩惠。合作只有合作，才是企业与个人发展的必由之路。合作是相互的尊重、相互的机会、相互的成就。正如德鲁克所预言的，在后资本主义时代，最重要的资源不是资本与稀缺的自然资源，也不是劳动力，而是知识。知识将成为唯一重要的资本，从而将人类带入一个真正意义上的个人主义时代。过去勤劳能干的操作型员工已经毫无价值。在这样一个创造力制胜的新时代，三分之一的灵感比百分之九十九的汗水重要千万倍。

　　重复说两句：在智能机器人的本事还没有足够强大之前，企业还是需要一些"喘气"的来干活的，但这并不是说企业一定要如现在这样拥有他们。将来，企业是"买艺不买身"的，个人是"卖艺不卖身"的。彼此订的是合作契约，而不是雇佣合同。靠吃大苦耐大劳而成为劳动模范的历史将被终结，因为但凡毫无创造性的机械式的劳动都让比任何人更任劳任怨更不知疲倦更不求名利的智能机器人替代了。基于依靠廉价劳动力的传统制造业无论怎样努力也干不过不要报酬的智能机器人。

客户做主的企业

买成品的时代就要结束，购买从概念、设计入手的时代即将开启。

科学技术对人类最重要的贡献之一，就是持续地消灭垄断。信息垄断、权力垄断、资源垄断、知识垄断，随着技术进步逐渐被削弱、打破。工业时代的逻辑是：生产者、经销商、消费者，主权在生产者手里；后工业时代的逻辑是：经销商、生产者、消费者，主权在经销商手里；未来逻辑是：消费者、设计者、生产者，主权在消费者手里，并且会向"三者"一体化的时代前进。

用一个不是十分恰当却也形象明白的比喻，就是今后的经济活动大都会无限接近电力行业的特点。电力行业的特点就是：即时生产、即时传输、即时分配、即时消费，生产、销售与消费是即时平衡、同时完成的。电源企业什么时候开机，发多少电，是由用户的需求决定的，而不取决于发电企业的意愿，更不取决于电网企业的意愿。

工业时代，企业根据预测做出计划，决定生产什么、生产多少、用什么材料、花多大成本，生产出的东西通过渠道进行销售，也就是B2C模式。信息化时代，已经出现了个人对企业的C2B模式，也称为个性化定制；也出现了个人对个人的C2C模式。这其中有两个最显著的变化：一是企业生产什么、用什么材料、花多大成本，并非生产者独自决定，而是有消费者参与进来，每一件产品在生产前就知道消费者是谁；二是过去的中间商变成了服务商，成为服务平台，不是在中间赚差价，而是通过增值服务来赚钱。

再下一个阶段，物质生产领域也会像传媒领域一样，人人都是"生产者"，人人都是"消费者"，有些产品自己可以设计与生产，有些产品自己可以在"网"上直接"下载"。"生产主权""营销主权"向"消费主权"转移。继政治民主之后，"生产民主"也进入了现实生活。

讲故事的企业

诺贝尔文学奖获得者莫言说，我是个讲故事的人。故事并不专属于文学，也属于企业。未来好的企业必须是一个会讲故事的组织。

今天的绝大多数企业都将成为"僵尸企业"，一个重要原因是它们都没有讲故事的自觉，也不掌握讲故事的本领。它们只喜欢直白的颂歌。会不会讲故事，关系到有没有想象力与创造力，这是企业活力的源泉，也是企业价值增值的源泉。故事比真实重要得多。真正有活力的组织根本不在乎真相如何，他们在乎的是如何通过故事凝聚人心，建立信仰，并利用这个信仰去改变世界。耶稣、佛陀、孔子等等都是会讲故事的高手。因为会讲故事，他们成了神或圣人。

媒体要会讲故事，实体企业也要会讲故事。

2015年7月27日，一款号称"中国特斯拉"的电动汽车——游侠，在北京三里屯正式发布。然而，这款汽车却引起业内无数质疑。"有意思的是我们发布后遇到的这些故事。"游侠电动创始人兼首席执行官黄修源在接受《证券日报》记者采访时表示，"对于所有的质疑，我们会在量产前证明。"质疑既是故事的悬疑，有悬疑才能吸引观众，观众就是潜在的顾客。

特斯拉的投资人马斯克就是一个靠讲故事不断实现自己梦想的人。智能汽车、太空旅行、太空探索、太阳能发电，马斯克不停地制造"悬疑"，然后和大家一起推理、演绎，高潮迭起，观者如云，使他和他的公司成为故事里的传奇，并转化为在市场中聚集财富的神奇。如今，年仅45岁的马斯克已经成为21世纪最具影响力的企业家和最具魅力的爷们。

中国传统文化喜欢众口一词，最好是纷纷点赞。中国的传统企业热衷宣传，不擅长讲故事。思想认识高度统一的事，一般没多少价值含量，也没法演绎成一个精彩的故事。好故事离不开悬疑，以及各色人等和各种观点。

讲故事对企业的另类意义是，在社会整体富裕之后，消费者需要的就不只是具有实用价值的产品，那些在实用价值基础上有着更多含义的产品将更受消费者青睐，更准确地说是将会吸引更多的人参与进来。企业讲故事，创造物质财富，也制造精神财富。卖产品的同时也在塑造文化，并参与了社会文化的构建，履行了社会责任。

企业管"理"的时代

源于工业时代的管理，已经如一位进入暮年的政治家，脸上写满了厚重的"斑斑"历史，未来却在毛细血管里悄悄地"血栓"。为现代社会做出了伟大贡献的现代管理跑到了交出"接力棒"的时空接点上。泰勒在如何提高员工效率上取得突破，韦伯在提高组织效率上取得突破，德鲁克形成了系统的现代管理理论，现在需要有人从德鲁克手里接过"接力棒"。这一"棒"要解决的是在智能机器人尚没有完全取代人类一般劳动之前，如何让企业管理适应物联网时代的要求；再下一"棒"则是研究"无员工企业"将如何管理，也就是如何由管理转向管"理"。

工业时代的管理将最具创造性的、有主见、富有自由精神的人，置入一个标准化的、规则化的体系内，几乎窒息了人们最有价值、最美妙的想象力和创新精神。这种管理虽然促进了营运的规范性，却降低了组织的灵敏度与适应能力；虽然提高了顾客的购买力，却束缚了组织的创造力；虽然商业运营有了更高的效率和更好的效益，却没能促进商业更好地去关注伦理价值。

企业战略的生命周期在不断缩短，远比一个奥运会纪录被刷新来得容易。一个企业、一个行业的迅速发展比以往任何时候都容易，同时也意味着它的"青春期"也越来越短，越来越多的企业如烟花一般，最辉煌最灿烂的时刻，即是随风而逝的时刻。

企业需要调动人的积极性，而不是继续施加官僚的压制；需要适当控制成本，但不是抑制人的想象力。我们需要建立新型的组织，其中的纪律与自由能相互包容。如果你想在未来的"创造力经济"中占领制高点，你需要的不仅仅是执行、认同、专注和机敏的员工，更需要他们兴致勃勃、诙谐幽默、充满激情。富有热情的员工的业绩永远超越那些仅仅是勤奋的员工。

创新是企业新生与延续生命的唯一选择。如何吸取每位员工的智慧，让创新成为每位员工工作的应有之意，是管理创新突破的基本方向。这其中的关键是改变管理者既有的做事方式，以增进组织的活力与生命力。

今天，管理者比以往任何时候都需要新的观察点、新的观点。如果你站在主流之中，你就不可能看到未来。一个创新型的管理者必须超越别人的所谓"最佳实践"，超越专家的建议，超越自己的各种顾虑，和自己的想象力一起跨越、一起飞翔。

使工作人性化的管理是最有可能成功的。让每个人都有机会参与，给大家提供充足的信息与时间，给予决策的机会，并让员工对决策结果负责，同时包容那些"积极的出轨"，让每个人都有自由与获得感。机械的绩效考核比较容易带来"捡芝麻丢西瓜"的工作导向，因为当人们的注意力被各种必须负责的琐碎事务切割成零散的碎片时，就没有了"思考的时间"，令鲜活的人成为没有思考的设备。如果员工被冷冰冰的设备潜移默化，被刻板的流程规范而去思维化，则是管理的最大失败。

未来，权力不再被认为是理所当然的，一个领导的影响力来自于他所展现出的做事的能力，以及作为团队建设者的卓越性。在网络世界里，一切都是扁平的，等级消失了，职能式的层级管理被柔性协同取代。

现代管理的"范式"是追求效率，未来管理的"范式"是追求共同的价值观。大家走在一起不只是追求效率效益，还是为了一种信念、一种信仰、一种价值观。管理将转变为管"理"，大家为了相互认同的"理"而共同治理、共同创造。

凡戴
来未

第三部分　人类建设事业的机遇

第十三章 人类建设时代的挑战

富裕带来的挑战

林黛玉的烦恼，刘姥姥理解不了；刘姥姥的快乐，给"大观园"中人带来的是新鲜好玩的"粗糙"。因为她们是不同世界里的人物，一个生活在富裕的世界里，另一个生活在贫穷的世界里。

当有饭吃、有衣穿就是一个人的信仰与信念的时候，生活里会有简单的快乐。而在一个人富裕的时候，找到生活的快乐以及意义与价值就不是一件容易的事情，于是莫名的烦恼就会涌上心头聚到眉头。有人认为，改革开放 30 年，中国人失去了信念。不能不说，这绝对是一个误判。这期间，中国人有着万分坚定十分统一的信念，正是这种信念给了中国以强大无比的精神动力，这个信念就是：致富！不是在富之前就丢了信念，而是富了之后才感觉没了信念。原有的信念变现了，却没能兑换出新的信念。富了，才知道对于人来讲只有物质上的富裕是不够的，而精神应该向何处却又一时找不到方向。

《红楼梦》最精彩的部分，当属刘姥姥走进"大观园"。曹雪芹让穷困与富足相互打量、相互对话、相互映衬，讲述着穷与富的辩证法。贫穷的刘姥姥身上，蓬勃着乡土气息的生命力；而富足的贾母身上，则散发着金银锈蚀的沉重暮气；其中饱含着人生的两难。"端起碗来吃肉，放下筷子骂娘"，一代伟人邓小平也曾发出这样的感叹！在贾府败落后，王熙凤的女儿巧姐被刘姥姥收留，并成了她的外孙媳妇，这样一个体现了佛教因果论的结局，并非只是对个人命运的概括，也是作者对富贵之必然走向的隐喻。而这样的命运转折在今天的现实世界里每时每刻都在发生，只是少有人把自己摆进去体察与思考。

富足的"大观园"里充满了寂寞与闲愁，只有宝玉的儿女情长温暖着人们的心房。繁华的"大观园"无可奈何地走向幻灭，其中的各色人等以不同的方式进入下一个"轮回"。《红楼梦》也是人们的富贵梦，它展示给人们的是富贵梦的幻灭，是一个经历了繁华富足的人对人类命运的忧思与反思，反思的结果是绝望，绝望之后又有一种释然。这种绝望与释然集中反映在"好了歌"里。好就是了，了就是好。穷就是富，富就是穷，在富与穷之间有一条不能言说只能意会的路。从这个意义上说，《红楼梦》是一曲绝唱。

想富的信念支撑着人类一路走来，尝尽了千辛万苦，付出了辛劳智慧，终于要迎来整体富裕的春天。当物质财富的短缺状态被打破之后，支撑人类的下一个信念是什么？会是情感、情怀与爱吗？抑或是再一次的毁灭而重回贫穷？如果生产力水平的提升无论如何也赶不上人们占有欲的上涨，那么，给人类带来文明与进步的科学技术也终将毁灭这一切文明成果。如果缘于生产力极大提高带来的财富的充分涌流，让致富不再成为一种梦想，那么，人们的下一个梦想会是什么？这个答案将决定人类的命运。

一穷二白，可以画最好最美的图画。穷的时候，没有多少选择；一旦富了，可能不知道该如何选择。穷该怎么办？人类已经给出了无数种"方子"。可富了怎么办？并没有多少现成的答案。

富裕是一个相对的概念，还是一个可以实现的现实？这是一个存疑的话题。智能化带来的是共享还是更大的两极分化？依然存在着不同的看法。物质财富能否成为如空气一样的存在，现在还没有共识。但是，假设有一天物质财富果真如空气一样存在，人类会向何处追寻？应该是一个值得思考的问题。

在希腊神话中，伊卡洛斯没有听从父亲的劝告，由于飞得太高，太阳融化了他蜡做的翅膀，因此跌落而亡。人类借助科技的翅膀越飞越高，结果会是怎样呢？

常识带来的挑战

人生没有常识，如同开车没有路标与交通规则，后果是难以想象的。假如有一天，已有的常识变成谬误，我们又该如何迈出脚步？

人不得不靠习惯、常识、规则来生活；人又必须突破常识打破规则才能有新生活。一个人来到不同的社会环境，总是会有较长时间的不适应。因为这里的常识与过往的常识并不完全相同。在不会太久的将来，世界上几乎所有的人都会面临这样的局面：过去的常识都是短见短视的产物，甚至是谬误；已有的规则大多数"过期失效"，曾经的好习惯已经成为陋习。

这种局面形成的原因主要有两个：一是高涨的生产力终结了人类短缺经济的历史，一个全面富裕"过剩"的时代光临世间；二是科学让人类走出了三维空间或四维时空的局限，进入到更高层级的超时空领域。也就是说，人类在经历了漫长的渐变的历史阶段之后，迎来了质变的大时代。

一个物种，它利用自然改造自然的能力不同，所形成积累的常识也不同。比如，微生物不需要三维空间的常识，飞鸟没有地质结构的常识。自从人这个物种产生以来，就一直深受"三座大山"（资源有限性、劳动必须性与生命有限性）的压迫，一直生活在各种各样的短缺之中。短缺造就了人的基因进化逻辑、生理诉求逻辑、情绪变化逻辑、伦理道德逻辑、法规制度逻辑、思维思想逻辑。或者说，人类的经济、政治、文化与生活的所有游戏规则都是建立在稀缺这个前提条件之上的，久而久之，这些规则就成了我们的常识与习惯。可是，当科学技术渐次把"三座大山"移除之后，许多常识将成为谬误，许多好习惯将成为陋习。在短缺时代，所有常识的变化都是渐变的过程，人们可以在不知不觉中习惯了这种变化，而今天，人们将面对一个从未有过的质变跃升，这不仅对人的情感、理性是严峻的考验，也对人的基因是一个前所未有的考验。

一个物种，它对时空的认识不同，形成积累的常识也不相同。大约在2300多年前，庄子与惠子的"鱼乐之辩"，弄出了个既是有关认识论也是有关理解论的命题。无独有偶，当代美籍日裔物理学家加来道雄先生在孩提时代，看到在小小的池塘中游动的鲤鱼，突然心生奇想：鲤鱼不懂池塘以外的世界，人是不是也是一样？他们都在思考常识以外的东西，所以他们为人们发现了新的常识。

在牛顿的物理世界里，空间是三维的，由长、宽、高构成，时间是直线的，如流水一去不复返。这是牛顿给人们建立的常识。爱因斯坦用狭义相对论与广义相对论，告诉人们新的常识，时间与空间是弯曲的，并且是相互关联的。如今，物理学家们相信，在爱因斯坦的四维时空之外还有更高的维数，而且极有可能是11维。当四维之外的时空被确认之后，我们今天的常识就等同于没有见识。

曾经，人们相信原子是物质的基本单元。后来，科学家们发现了在原子之下还有许多各种各样的搞不明白的粒子。如今，科学家们认为，或许那些奇妙的粒子是"弦"振动的结果，整个宇宙世界正是这个"弦"弹奏出来的交响曲。这个超弦理论，有希望把引力、电磁力、强力与弱力统一起来，从而改写人们长期形成的物质世界的常识，并重构人类的世界观。

我们不能不尊重常识，可我们若是不能对常识进行革命，最终我们会被常识结束自己鲜活的生命。

透明化的挑战

社会化与个性化是一个人走向成熟的必要途径，而隐私对于一个人实现个性化而言是十分必要的。隐私权是对个人自由的确认与保护。隐私也可能给他人与社会造成危害，很多恶行都是在隐私的掩护下进行的。所以，透明与保密始终是人类社会面对的一大命题。

物联网的时代，是一个透明化的时代，再也没有什么是个人的秘密。太阳光芒万丈，但它依然有阴影，可物联网带来的是一个没有阴影的全透明时代，这究竟是人类的终结还是人类的新生？

互联网对人类的改变与改造远没有结束，人们就满怀热情地投入到构建物联网的宏伟事业当中。这一方面说明，技术进化像自然进化一样不以人们的意志为转移，另一方面也说明人类的理性是有限的，或者说人类的技术进化不过是自然进化的另一种表现形式。事实上，这两种进化只是万物进化的不同形式而已。

互联网已经并正在深刻地改变着人们的生活与生产方式，物联网对人与人类的改变将会远远超出人们的想象。在人类过往的历史上，私人生活与公共空间如何平衡，一直是一个重要的课题。或者说，私的不可透视与公的不可或缺是社会治理与国家治理的重大命题。互联网与未来的物联网会让私人空间荡然无存，这对人与人类的冲击就不仅仅是生产与生活方式那么简单了。

私的不可掌控对公共管理是一种威胁，而公共管理的无所不能、无处不在对私人生活也是一种威胁。互联网与物联网将使每一个人的所作所为与所思所想统统都是透明的，过去留不下任何痕迹的所思所行如今都将会留下清晰的印记，过去无从查寻的隐私如今随时都可以快捷地查阅，即使你一言不发，即便你宅在家里，你的行为也可以被

233

预测被判断被透明，世上再无隐私的"保险箱"。那么，该如何维持私人空间与公共治理的平衡呢？

透明化给人们构建的是没有围墙的"监狱"还是自由驰骋的天堂？透明化给人们带来的是前所未有的安全感还是从未有过的忐忑与焦虑？如果财富无须保密是可以接受与理解的，那么，感情呢？思想呢？或者何处安放自己的一闪念？这个透明化了的一闪念会不会击碎一段爱情、一段友情，以及不可替代的亲情？ 会不会让人们逃离现代生活？我们一直致力于让权力在阳光下运行，情感与思想是否也可以完完全全地在阳光下运行。如何在阳光下运行，这是一件严肃的也是好玩的事儿。

阳光并不去寻找洞穴，人类可以毫无秘密地生活吗？私密是不是人类生活的一种趣味或一种意义呢？这大概需要哲学家们给出答案。

哲学面临的挑战

宗教在告知，哲学在追问，科学在证明，这哥仨有联系与冲突，也算各有分工，各得其所。如果有一天，科学把存在之类的基本问题都证明得一清二楚，那么哲学还会"哲"什么？宗教还能"教"什么？

据说，哲学是一种使人聪明、启发智慧的学问，是探索人与自然关系的学说；是关于世界观的学说，是自然知识和社会知识的概括和总结；是对普遍而基本的问题的研究，这些问题多与实在、存在、知识、价值、理性、心灵、语言等有关。

古希腊时期，苏格拉底对什么是真正的知识穷追不舍，提出了"认识你自己"的宏大命题；他的学生柏拉图则提出了著名的"理念论"，认为理念是实在的原型，建立起了唯心主义的思想体系；柏拉图的学生亚里士多德抛弃了老师的观点，提出了著名的"四因论"，建立唯物主义的认识论。亚里士多德的思想深刻地塑造了欧洲中世纪的学术思想，直到牛顿力学产生。

17世纪，笛卡尔的《方法论》问世。他在书中提出了这样的观点，即知识的现代理论必须回答这样两个问题："我如何得知？"与"我如何确信？"怀疑一切的笛卡尔思来想去，深信没有什么可以确信，只有自己正在思考是确定无疑的，于是"我思故我在"横空出世。这种不被"胃"主导的思考却很有所谓。由此带来欧洲启蒙运动的一个显著特征，就是：对理性思维的倡导；显著的变化是信仰之基础的变化：信仰上帝不再通过服从教会的布道，而是通过思考，通过理解的理性过程。而这个转变的推动力主要来自科学技术的进步。

1929年，当时欧洲哲学界两大代表人物在达沃斯山上来了一场"魔山论剑"。代表人文主义传统的恩斯特·卡西尔与存在论非理性主义的海德格尔，在此展开了一场哲学辩论，论题涉及新康德主义、文明的起源和终结、生存与命运等，史称20世纪"形而上学白刃战"。

人文主义者卡西尔在1923年发表了哲学著作《象征形式的哲学》，提出人是符号的动物，文化是符号的形式，人类活动本质上是"符号"象征活动。在他看来，唯一的哲学问题就是自由问题。而人的自由只能体现在运用象征建构人类宇宙的创造性实践之中。举凡人类的全部活动和全部创造物莫不是"象征人"的客观再现形式。"象征人"及其客观创造物"象征形式"，指示了一条远离蒙昧起点而走向文明巅峰的自由之路，从"神话"到"理性"乃是一种不可逆转的历史进程。

海德格尔于1926年发表《存在与时间》，创建了"基础存在论"，主张从朦胧模糊的"此在"通过时间去叩问存在的意义。在海德格尔看来，理性放逐不了神话，人活在自己的语言中，人在说话，话在说人。

达沃斯山上，卡西尔满头银发、口若悬河，他说"从精神王国的圣杯流向他（人类）的是无限性"。海德格尔反驳说："生命的最高形式乃是返回到人生在世十分罕见的瞬间。"

可以说，从哥白尼的"日心说"，到伽利略为此找到确切的证据，再到牛顿力学与爱因斯坦的相对论，以及麦克斯韦的经典电动力学，随着科学解释、证明世界的能力与科学技术改造世界的能力越来越惊人，一方面引发了哲学界对存在及其意义的更深入更广泛的思考与讨论，另一方面也让哲学陷入"科学主义"的泥潭。

科学挤压着哲学的地盘，也为哲学拓展了新的空间，但总体来说，现代哲学已经落在了科学的后面。起初，哲学与自然科学、神学有着千丝万缕的联系，割不断理还乱。后来与神学闹分裂，虽说尚有些藕断丝连，却也是与科学越走越近，越来越亲密。哲学越来越重视逻辑、越来越看重实证，当哲学的"科学性"日益性感的时候，它的前瞻性、深邃度与穿透力也日渐没落，哲学的世界成了一个缺乏想象力的世界。

佛的世界超出了我们目前的物理理解力。佛说，你所听到的、闻到的、看到的、感觉到的、触摸到的等等，统统都是幻象。有人说，佛是出世的。有人说，信佛是迷信的。佛听了，笑。我的世界，你不懂。懂了，就到了彼岸，成为一个觉悟者。觉悟，不是愤世嫉俗，不是剃度出家，是看到了一个新的更高维数的世界、一个更完整的世界，是觉识到了大宇宙的精神、超宇宙的精神。释迦牟尼的觉识与想象力大大超越了常人，所以他在人眼里是神。

当实证主义哲学家跟在科学家屁股后面亦步亦趋的时候，科学家却抛弃了哲学家，加快了向神圣世界迈进的步伐。一向严谨的科学家与科幻小说家们一道放飞想象的翅膀，意欲把佛陀的世界看个周详。

迄今为止，任何哲学思想都有其对立面，谁也不能说服谁，没有人能够将其融合起来。也就是说,哲学从来没有在哲学的基本问题上做出一致的回答。现代物理学也有两大支柱,它们各有道理,却也不能够统一。爱因斯坦把他人生后30年的主要精力都用在了破解一个问题上,很不幸,他失败了。

现代物理学有哪两大支柱呢?一个是爱因斯坦的相对论,它是人类认识宏观宇宙的理论指导与行动指南,如恒星、星系以及宇宙的演化过程;另一个是微观宇宙,或称量子世界,如分子、原子、夸克以及更小的粒子。经典物理学为人们建立起机器工业与航天事业,量子力学为人们建立起电子工业与互联网世界。但是,对于普通大众来说,多数人并不清楚,广义相对论与量子力学是根本不相容的。

要了解这个矛盾,还得从奇妙的微观世界说起。300多年前,牛顿就说,光是粒子流组成的,但荷兰物理学家惠更斯却认为光是波。后来科学家们证明:光具有"波粒二象性"。什么意思呢?用个不雅的比喻,就是类似双性人。光既可能是波,也是粒子。到了20世纪20年代,法国贵族德布洛意发现,不仅光具有"波粒二象性",所有的物质都具有"波粒二象性"。他因此获得诺贝尔物理学奖。这里所说的"波"该如何理解呢?奥地利物理学家薛定谔说,那些波是"抹开了的电子"。这个说法还是不好理解,德国物理学家玻恩给出了更明确的解释,他指出,应该从概率的观点来看待波,波的振幅大的地方,电子出现在那儿的可能性就大,波的振幅小的地方,电子出现在那儿的可能性就小。所以,在经典物理学中,依靠的是定律;在量子物理学中,依赖的是概率。

量子力学的核心是不确定性,就是说,宇宙在微观尺度上是一个闹哄哄的、混沌的、疯狂的世界,能量和动量像股票价格一般或者说如浪花一样发生着不可思议的跌宕起伏,距离和时间的尺度越小,活动就越狂乱。量子物理学家惠勒用"量子泡沫"来描述量子世界的超级混沌状态。那么问题来了：广义相对论核心的光滑和轻微弯曲的时空几何图像，在大尺度上被证实了；但是在推向小尺度时，却被量子涨落给破坏了。

其实，这个矛盾冲突与人类社会的情况十分相似。从历史、宏观的大尺度上看，凡事似乎都有因果、规律；从短暂、微观上的小尺度上看，一切又似乎都是随机的，没有来由的，尺度越小，随机性就越大，如果深入到人的内心世界，则更是瞬息万变。

广义相对论与量子力学的冲突只发生在人们无法感知的宇宙中相当隐秘的地方，似乎并不影响什么。虽然如此，物理学家们仍深信，这个矛盾暴露了我们对物理宇宙认识的根本缺陷，如果在最深最基本的水平上认识宇宙，应该能以一个各部分和谐统一、逻辑上连贯一致的理论来描述。经过一次又一次的失败，终于，一个最有可能把"两个世界"统一起来的理论诞生了，这就是超弦理论。

过去，我们一直认为，粒子是物质的基本单元，像语言学里的字母，不会再有更小的单元。弦理论却不这样认为，在弦理论看来，它们并不是点状的粒子，而是由一维的小环构成的。每一个粒子都像一根无限纤细的橡皮筋，一根振荡、跳动的丝线。一个基本"粒子"的性质（它的质量和不同的力荷），是由它内部的弦产生的精确的振动模式决定的。换个说法就是，一根基本弦的不同振动模式生成了不同的质量和力荷。粒子间的区别是因为各自的弦在经历着不同的振动模式。在无数的共振模式中，有一种完全具有引力子的性质，这种引力子成为弦结构的天然组成部分。而弦具有时间的延展性。在这里，广义相对论与量子力学的矛盾有了"和解"的可能性。说得文艺一点，弦理论是这样的：一圈一圈的弦，把宇宙生成的万物统一地归结为形形色色的振动模式，而那些精密的振动所在的宇宙空间有许多隐藏的维度，能极端地卷缩起来，不停地经历结构的破裂与修复。不同的基本粒子是在同一根基本弦上弹出的不同"音调"，由无数振动的弦组成的宇宙，就像一支伟大的交响曲。

这是一种宇宙大统一的理论，目前尚没有得到充分的证明，但许多物理学家相信它有光明的未来。爱因斯坦说："宇宙最不可理解的事情是它是可以理解的。"当物理学家更彻底地解释了万物"从哪里来""到哪里去"，当神经科学家更深刻地解释了物质与意识的关系，哲学家们该如何定义存在与存在的价值及意义？倘若思维与存在的问题破解了，可知与不可知都明了了，人们确信人与万物都不过是超微世界里那根"弦"弹奏出来的"乐符"，所谓理性与非理性、日神与酒神、自由与意志也不过是不同振动的产物，人类又将如何对待千百年来积累下来的文化传统，如何确立自己的宇宙观人生观与价值观？

科学让人离神远了，也令人更多地活动于动物性之下。当科学让人类彻底告别了神，人会怎样呢？不知道这算不算是一个哲学命题，也不知道科学能不能解答这个问题。

道德面对的挑战

人类一直在新的生态时空中寻找是非善恶的新坐标。世上不存在普遍适用、永远正确或错误的道德准则。康德以"什么是无条件的好"开始了他的调查研究，最后得出的结论是：世界上唯一可称为无条件好的东西是"很好的意愿"。但是，到底什么是举世公认的"很好的意愿"呢？

自由是不是？可一个人的自由可能让另一个人很不自由。爱是不是？但一个人的爱可能是另一个人的痛。

　　道德到底是怎么"道德"起来的？是因为你有同情心，然后有道德行为，继而成为一种制度约束，还是先有制度、秩序、风俗习惯，然后形成你的道德行为、道德心理？是由内到外，还是由外到内？道德行为是情之所至还是基于理性意志？

　　在休谟看来，人类本性就其作为人学对象而论，并没有什么经久不变的本质与坚定不移的属性，人性之种种都不过是理性与激情两类印象与观念的复合物；道德并非来自理性而是源于情感。在叔本华看来，同情是道德的来源与道德"合法性"的基础；同情是人们感受他人痛苦的触发点，也是人们考虑他人利益的可靠依据。在康德看来，任何道德的最高原则都是基于理性；真正的道德是建立在普遍原则之上的，只是按照你认为也能成为普遍规律的准则去行动。

　　在休谟、叔本华那里，道德来源是同情、移情；在康德那里，道德心理是理性主宰。在李泽厚那里，道德是"情本体"，道始于情，情源于理。中国讲究礼与乐，"乐"就是情，"情"协助理，来完成道德行为，并使得情感更深厚更丰富。总起来看，道德行为包含三个主要因素：情感、观念与意志。但是，情感的好恶浓淡，观念的是非对错与意志强弱短长，都与另一个因素纠缠在一起，这个因素就是环境情境。一方面，有什么样的情感、什么样的观念，以及怎样的意志都与客观环境脱不了干系；另一方面，在一个环境下的道德律条或道德行为，在另一个环境下可能就是非道德的或无所谓的。具体的道德事件与情境的关系也非同一般，在一种情境下，情感因素对道德行为起了关键作用，在另一情境下，可能是意志发挥了决定性作用。抽离了环境情境谈道德，终归是纸上谈兵。

　　在《鲁滨孙漂流记》中，鲁滨孙对人性能否达到正派的高度颇为怀疑。他相信，野心、骄傲、贪婪，使富人成为恶棍；而贫困，又使穷人成为恶棍。在极端情况下，在必然性的压迫下，靠人的自然力量，没有人能仍旧是正派的。"饥饿不认识什么是亲戚朋友，不知道正义和权利，所以它是残酷无情的。""所有的人都是小偷、流氓、恶棍和杀人犯。"

过于严格的伦理要求会使人成为德行的暴君，这是残酷，不是正派。

什么是过于严格的道德伦理要求？一种情况是现实环境不支撑道德伦理要求，另一种情况是道德伦理要求落后于客观环境的变化。前一种是过高，后一种是僵化。总之都是与环境情景不相匹配。从道德实践理性上来说，在共同体中，道德伦理标准过于严格、僵化或过于宽松，都会使人成为德行的暴君，从而损害共同体成员的利益。不从具体情景来判断一种行为的道德性，就可能出现符合道德标准的行为反而伤害他人的事实。

人们在共同体中生活，有时候会伤害别人，有时候会被伤害；有时候同情别人，有时候被同情。人们会注意体会这些伤害、同情的感觉，就会变得敏感，慢慢形成道德知识。在科技不发达，人们改造环境的能力低下的时代，道德可以在较长的历史时期内保持其"道德"性。当科技发展迅猛，人们改造客观环境的速度加快的情况下，许多道德律条就会变得不再"道德"，成为阻碍人们福祉的清规戒律。在当今信息化时代的背景下，人们面对的环境情景正发生着深刻变化；即将到来的物联网与智能化时代，将给人们的生活环境带来颠覆性的变革，维系人们生活的现有道德体系也将面临前所未有的挑战。

经济全球化以及交通的便捷与成本的降低，带来全球人口的流动性快速增长，由此引发的跨地区、跨文化道德冲突已经日益突出，而互联网则一方面大大增加了这种冲突的频率，另一方面又扩大放大了冲突的影响。再加上地缘政治冲突与民族国家间的利益矛盾，让道德事件转化为政治事件的概率大大上升，进而影响到世界经济政治秩序。所以，如何有效地疏导消解不同地区不同文化间的道德冲突已经成为全球化进程中的重要议题。但这个重大问题被显性化的经济危机、气候变化、环境治理、地缘政治冲突等问题所掩盖。

比全球道德体系的沟通融合更为严峻的是道德体系的重构。物联网等带来的透明化，必将令狭隘、狡诈、阴险等无处生存。那么，正直、正派、诚实等品德也就成了稀松平常的东西，而勇敢、公正、忠诚等品德亦会发展出新的内涵。物联网与智能化条件下的时空关系、财富观念及流通方式等，必将彻底改变人与人之间的关系、人与物之间的关系。人与人之间将由现在的有限合作转变到无限合作，由小范围的依附关系转变到广阔天地的共生关系。人与物之间的占有关系将转变为使用关系。

总起来看，当越来越多的个人、集体与国家隐私被人类创造的科学技术透明化之后，当占有的意义越来越小于分享的价值之后，新的道德体系有可能在两个方向上重新构建：其中一个是对人本性的自由释放给以更多宽容、包容，让"底座"更实更大，让一个好人在正确的时间，由于正确的原因，做正确的事，有更大的可能性；另一个是对人性之美的愉悦绽放给予更多的雨露阳光，让道德实践成为一种享受。也就是说，理性主导的道德将向情感主导的美德转变，这将是艰难的也是最令人期待的蜕变与跃升。能否顺利完成这次跃升的关键是如何避免道德律条将人之本性虚化淡化边缘化。

人工智能战争的威胁

强大到足以毁灭地球的武装力量，却不知道谁是它的总司令，这就是人工智能类战争系统给人类带来的生存危机。

美国"大众科学"网站 2016 年 11 月 3 日报道，伊拉克战争机器人在摩苏尔战场上完成首秀。要知道，伊拉克并非军事强国，亦不是科技强国。这意味着：人工智能对人的战争将进入寻常人家。

这款被称为"阿拉伯机器人"的作战机器，配有带红外线摄像头的重机枪，还有俄罗斯生产的火箭炮，既能够作战，也能兼执行侦察搜索等任务。"机器和人类战斗，人被杀死"，这种以前在科幻小说中出现的情节已经变为现实。世界进入人工智能战争时代，人类面对的战争威胁与灭亡风险比其他任何时候都大了若干倍。

人工智能武器的出现被称为战争史上继火药、核武器之后的第三次革命。由人对人的战争转变为机器对人的战争。与核武器不同，人工智能武器不需要高价或难以得到的原料，因此可以在各处普及，主要军事大国可以大批量生产，非军事大国也能够模仿自制或者利用各种方式获取，这将极有可能超出人类的控制。而人工智能武器不像核武器那样给人类带来毁灭性灾难，也就大幅度降低了使用的门槛。人工智能武器可以避免人为失误，能够精准高效地完成任务。人工智能武器可以减少专业军事人员，降低培养成本，最大限度地避免人的生命危险。这将大大增加军事强国发动战争的可能性。

智能武器系统存在着与生俱来的巨大隐患，那就是容易遭遇黑客袭击。所谓道高一尺魔高一丈，有人能加密就有人能够破解，一旦程序被修改，则可能导致人工智能武器错误行动。我们在小说与影视作品中，经常看到战争的一方巧设计谋，可以令另一方自己误打自己。

243

人工智能战争时代，或许一个黑客就能引发一场战争，一个黑客高手或许就能决定一场战役的胜负。军事强国未必胜券在握，因为人工智能武装力量并不必然保家卫国，也不一定听谁指挥。这都会让战争爆发的可能性成倍增长。

极端宗教组织的痴狂

极端宗教组织是一股可怕的势力，因为它们的信徒们把死作为实现自身利益最大化的最简单的方法，而且同时赋予其崇高的性质。在这里，理想与利益和谐统一，死亡与新生融为一体。它的信徒不是不怕死，而是怕不死。这让想活在现世的人们情何以堪！

俗语说，要你亡先让你狂。狂有多种，比如癫狂、疯狂、痴狂，其中危害性最大又最难解决的是痴狂。癫狂一般是间歇性发作，疯狂来势凶去得也快，但痴狂则不同，不只是热度高，而且经久不衰。极端宗教分子多属于痴狂一类。痴狂者一般追求和对手共同灭亡。

设想这类有"信仰"、有纪律、有利益的组织如果掌握了大规模杀伤性武器，将可能出现怎样的后果？即使他们不掌握大规模杀伤性武器，一旦其拥有了关键人才，比如黑客高手之类的，别人的武器也就和自己的没多大区别了。何况，他们拥有人才并不需要自己培养。他们完全有能力把别人培养的人才发展为自己最忠诚的信徒。

智能化的武器系统将带来这样的局面：任何一个军事大国的武装力量，都有可能被极端宗教组织利用，成为毁灭这个军事大国甚至是毁灭世界的弹药库。你一无所有，但却可能拥有一切。这个逻辑在信息化智能化的条件下很管用极好用。

在电影《虎胆龙威》中，一个恐怖组织通过入侵不同的网络系统获得了交通信号、天然气管道和电力系统的控制权。2015年12月23日，乌克兰电网遭遇突发停电事故，据媒体报道，这次停电事故由7个变电站开关动作引起，导致80000个用户停电。事故后，调查机构在电力调度通信网络中获取部分恶意软件的样本，结合停电过程的特征及影响，信息安全组织得出的结论是：本次事件确定为由"网络协同攻击"造成的乌克兰电网停电事故。网络暴恐已经由电影走进现实。战争武器信息化智能化的趋势已经不可阻挡，其程度越高风险也就越大。

到目前为止，世界政治组织并没有找到应对极端宗教组织的有效方式。真不知道有没有人能够完成这个挑战，只知道这是一个重大隐患。

政治家的任性

万不可以为任性是小孩子的专利，其实人人都有任性的天性，是否有任性的表现关键在他有没有客观条件。现在有句流行语，说是"有权别任性"。若是有不受约束的权力，还能不任性，这怎么可能呢？像谈恋爱，追求的一方就没了任性的权力，而被追的一方总会把任性表现得多姿多彩。在成人的世界里，最任性的当然是"一号长官"。下面就讲一个关于"一号长官"的故事片段。

中国在两千七百年前的周朝，有位"长官"周幽王，酷爱美女，爱到任性。他得到一个名叫褒姒的绝色美人，当成心肝宝贝。褒姒大概是不喜欢周幽王这一款，或者是讨厌荣华富贵，或者是冤魂复活，反正是天天没个笑脸。美人不开心，老周就不能快活，自己没办法，就搞一个悬赏：谁能让美人一笑，奖励千金。

话说当年周朝在骊山一带造了20多处烽火台，如有外敌入侵，就以烽火为号，诸侯率兵齐来抗敌。重赏之下必有孬种，孬种必有馊主意。有个叫虢石父的人对大王说："您可以带娘娘去骊山去玩几天。到了晚上，把烽火点着，烧得满天通红，让临近的诸侯见了，上个大当。娘娘见了这么些兵马一会儿跑过来，一会儿跑过去，没个不笑的。您说这个法子好不好？"大王听了，拍着手说："好极！好极！"

这个法子果然让美人发笑，可是用了几回之后，烽火台原有的功能就失效了。后来，敌人果然来犯，诸侯以为又是开玩笑呢，便不再搭理，结果大王就被敌人杀了。这个就是"千金一笑"的故事。故事里的大王是个有情怀没理想的政治人物，这种人物的危害其实并不是最大的。死一个老周，还有小周、老王、老李等等，没啥大不了的。单就对美人的这份用心来说，老周还是蛮让人感动的。与周幽王类似的"一号长官"还有几位，比如南唐后主李煜，热爱词曲，把人的心事花的愁写得跟林妹妹似的。还有宋徽宗赵佶，热衷书法，把汉字写得如兰似竹、若柳若骨，还培养了一批书画家。这两位也是有情怀缺政治理想，结果都丢了"工作"。

政治家是最需要有情怀的，可情怀这个东西又最容易让政治家受伤害。大多数政治家最不缺的是理想或者野心。要说理想与野心有何区别，有没有情怀应该算是重要的区别之一。没有情怀的政治家往往会把野心当作崇高理想，结果一般也是作孽成"千秋伟业"。比如希特勒、墨索里尼之类的。

政治家是很需要有胸怀的，可胸怀这个东西真的不容易"怀"。政治家一般是不会缺自信的，但自信一不小心就自负了。要说自信与自负如何区别，方法之一就是看胸怀。怎么来透视一个政治家的胸怀呢？看他身边有没有经常提不同意见的人，看他是不是建立了一个歌功颂德的舆论场。李世民能成为"一号长官"中的佼佼者，最重要的原因是他不用从不提反面意见的人。如果他的幕僚在一段时间里只对他"点赞"不向他"拍砖"，他就会对其实行"问责"。能够如此选人用人的"一号长官"真是罕见！

政治家缺了情怀与胸怀，理想迟早会变成野心，自信迟早会变成自负。有野心且自负，那任性就是必然的。政治家的任性自然是社会大众的灾难。

在以大刀、长矛为武器的时代，政治家再怎么任性，对人类历史而言，其危害也就如得了场感冒，流了几天鼻涕。在以机枪、大炮为武器的时代，政治家任性的危害对历史来说就如同动了个手术，住了一段医院。在人类有了核武器、智能战争工具等大规模杀伤性武器的今天，政治家的任性就有可能带来灭绝性的灾难。如果政治家一心想整出"十全武功"一类的宏图大业，而忘记以人为本，风险还是很大的。今天，人类最重要的最大的风险点是政治家的野心。

如果没有机枪大炮，其实希特勒作不了那么大的"业"。试想如果希特勒在今天复活，大概整个地球都会颤抖吧！

知识分子的任性

除了"一号长官"之外，还有一个比较任性的群体，他们的名字叫知识分子。政治人物的任性往往以坚持理想的形式出现，知识分子的任性则常常以坚守道义或追求真理的面貌示人。

有这么一位专家，曾经在某一系统工作了30多年，办案过千件，出书近40本，理论水平那叫相当高，实践经验那是十分丰富。退休后更是如鱼得水，一边勤奋著书，一边四处讲学。据他本人说，他一天只吃一顿饭，只睡五个小时觉，却神清气爽、精神百倍。可以说是乐此不疲，乐在其中。不过，这位专家讲课，常常是语不惊人死不休，并且喜欢随意给某个人定个性什么的，以彰显自己的睿智与勇气。

有权容易任性，有知识也容易任性。当权者任性会欺负人或践踏真理，知识分子任性会蒙蔽人与遮蔽真理。政治家如何治国安民是需要理论依据与现实手段的，知识分子是帮忙还是帮凶，是个需要考量的大事。像大哲学家海德格尔就曾经热情洋溢地给法西斯做过帮凶。由于公共舆论场的日益强大，政治家被"绑架"或者与知识分子"勾搭成奸"的可能性增大，这个事也就越来越重大。

由于知识分子的任性对社会的危害是深层次的隐性的长远的，所以无论是大众还是知识分子自身都缺乏足够的警惕与警醒。经济与社科类知识分子掌握大量知识并不等于具有足够的智慧，科学家研究科学、发展科学却并不能必然能够让自己"科学"起来。政治家与知识分子也和普通大众一样是有情有欲有血有肉的活生生的人，都会犯错误。

语言与思想的暴力远比枪炮的暴力更为可怕。思想学说在多大程度上可能启蒙人的心智，也就在多大程度上可能蒙蔽人的心灵。科学能够在多大程度上可能造福人类，也就在多大程度上可能危及人类的安全与福祉。今天，科学即将发展到超出人类控制的边缘，稍不留神就可能让人类文明片甲不留。

互联网为思想学说的传播敞开了方便之门，这意味着公共知识分子身上承担着越来越沉重的责任。在自由与责任之间如何建立一种平衡，目前尚看不到这样的自觉，更没有管用的机制。科学技术已经成长为巨人，随时都有可能突破服务人、服从人的边界，这意味着科学家已经不能够在科学的"桃花源"里自娱自乐。科学成果如何管理如何应用，已经十分需要有个章程。

知识分子很有必要拿起海德格尔这面镜子，经常照照自己，然后警醒自己：真理可能不在自己手里。科学家必须时时警惕：自己的创造可能毁灭世界。因为，我们的智慧与灵魂已经远远地落在了科技的后头。在科学技术展开百米冲刺的时刻，我们最需要清醒起来，清醒地认识到自己的无知。一个社会的知识分子如果膨胀起来任性起来，这个社会基本就是没有救了！

未来，知识分子的良知不仅要精确地"探测"人性，而且要把"探头"延展到全人类与整个宇宙。而目前，这样的知识分子还属于稀有动物，并且根本得不到认可与保护，更谈不上受尊重。在实用主义、物质主义泛滥的时代，谁要谈灵魂、说理想，谁就是装！

也有好消息。最近中国的两位知名经济学家张维迎与林毅夫搞了一场同台辩论。两人各抒己见、针锋相对，这是个好现象啊！权力需要制衡制约，思想学说是不是同样需要呢？科学技术难道就不需要吗？中国文化对世界的重要贡献之一就是"度"。不任性才可能把握好"度"。

有一类知识分子，一有"良机"则失去良知；还有一类知识分子，有了知识就自以为掌握了真知。这两种情况都很可怕！

大众情绪冲动的洪流

大众一直在遭遇着两种不公。

大众被一些"愤青"们称为蚁民，似乎所有的不幸与灾难都是统治者的责任。这样的认识对大众来说，实在是有失"公允"。

在世界历史的叙事中，写满了权贵、英雄与美人，大众成了工具道具。这对大众同样不公。当然，如果一部历史把大众的名字都写上，那读史的人肯定看不完这本书就死掉了。不过，这种忽略大众的写法给人制造了一种错觉，好像哪一个或几个人就改变了一个社会的前途命运。

水能载舟，亦能覆舟。载与覆不是舟说了算，而是水说了算。水只要一发脾气，即使是万吨巨轮也得浑身颤抖。历史向何处展开又如何展开是大众与精英相互作用的结果，并非哪一方能够独自决定。希特勒再牛，他一个人一条枪，能干成个鸟事！切不可低估了"蚁民"的能量，看看那些成群结队的蚂蚁干的那些事情，真的是令人惊叹不已！毛泽东说过，历史是人民群众创造的。历史包含了是非善恶美丑，人民在其中都有一份。功劳不能只是统治者与精英的，错误同样也不是。

大众的作用与能量被忽略，大概主要是因为他们不掌握权力、不直接参与决策。其实大众是通过情绪影响决策的。官方称之为民意。民意有理性的"意"，也有情绪的"意"。情绪之"意"一旦决堤，官方不太可能不慌，慌乱之下也就难有理智之决策。世上并不只有官逼民反，还有民逼官昏，也有民睡官醉。

看看世界各地那些闹哄哄的选举，看看极端民族情绪之泛滥，就知道大众是多么不可忽略，也就知道大众应该负有多大的责任。只是由于法难责众，出了问题也就只好拿一两个人顶罪了事。教育千遍不如问责一次，无法问责，何来尽责？又如何清醒？于是，"蚁民"总有一天会成了"怨妇"或是暴民。负有责任却难以问责，这是一个无法破解的悖论。唯一的方法就是开启民智。

新闻自由是社会的进步，新闻取代了事实则是大众的不幸。在互联网已经渗透到大众生活的时代，大众有了表达、宣泄情绪的方便渠道，同时，大众被煽动被忽悠被利用的可能性也大大提高，这是进步也是风险。清醒地认识到风险才可能迈出社会健康发展的一步一步，才可能有社会和谐世界和平的一幕一幕。今日之世界不仅呼唤大众国家公民意识之自觉，还呼唤大众世界公民意识之觉醒。但人类长期在资源有限性环境下形成的基因与思想观念，又让这种觉醒变得异常困难，而政治家又容易利用大众的情绪来舒解一时之困，维系一时之局。在全球化的进程中，各类矛盾交织在一起，大众情绪冲动的风险实在是不可小觑！

大众情绪冲动对政府决策的影响值得重视，其对个体命运的影响同样不可忽视。今天，不时出现的"网络情绪群殴"事件，对个人隐私与权力的粗暴践踏，以及对公共权力的野蛮绑架，已经严重侵害着公民权益，业已改变了公共权力的正常运行轨道，这些惨痛的教训并没有引起社会各界的足够重视。

互联网带来人类无穷变化的"泄洪式"爆发，其中很重要的一股"洪流"就是解释权的溢出。知识的解释权、历史的解释权、真理的解释权、真相的解释权、道德的解释权，以及生活的解释权等等，都将既不再专属于政府组织，也不再专属于知识分子。这是一段历史的结束，也是一段新历史的开端。这个新的历史阶段将呈现更高的确定性还是更多的不确定性，一时还说不清楚。

第十四章　人类建设时代的机遇

青春的机遇

《红楼梦》讲述了两个世界的故事，一个是贾府里的故事，另一个是"大观园"里的故事。前一个是老人主导的世界，后一个是青春主导的世界。贾宝玉一旦进入到老人主导的世界，便毫无活力；当他来到"大观园"这个青春的世界，立刻变得通透通灵。贾宝玉在前一个世界里是"假宝玉"，在后一个世界里是真宝玉。

未来世界的主线是青春的故事。毛泽东对青年人说过："世界是你们的，也是我们的，但归根结底是你们的。"信息化与智能化很快将颠覆社会的既定秩序，结束由老人主导社会的历史，代之而起的是青春主导的世界。因为，未来是创造力主导的世界，而创造力天然地属于青年人。那时候，"过的桥多"则代表着心智的"磨损"太多，"吃的盐多"则意味着创造力的"血管硬化"。

人类已经进入加速折旧的新时代。更新是21世纪的新常态，淘汰是新世纪人类生活的新危机。你咬咬牙买了一部新手机，刚刚用熟练了，忽然发现已有朋友在玩新款手机了。诸如此类的事情，已经成为我们生活的新常态。产品更新、设备更新、营销手段更新、商业模式更新、服务手段更新、生活理念更新，让你赚钱的步伐跟不上节奏，令你生活的脚步踩不到点上。教育的普及、科技的积累、知识的暴涨，尤其是信息的即时交互，带来了新生事物的层出不穷，稍不留意，你就 OUT 了。生理的青春期正在延长，而创造力的青春期又该如何展期呢？

在新常态下，我们必须经常给自己的常识"刷屏"，必须经常给自己的知识"升级"，必须经常给自己的能力"加载"，必须经常给自己的思想"更新"，不然的话，就成了新时期的"土著"，成了现代生活的"边缘人"。

这一切皆源于我们创造了一个信息化与智能化的新世界，并且这个新世界的特点就是随时随地地在加速更新。你不熟悉这个新世界，你就只能生活在这个世界之外。青年人是信息化与智能化世界里的"原住民"，其他人再怎么努力也不过是"移民"。新世界的变化如此之快，快到"原住民"稍不留意就变成了"新移民"，所以，新的世界天然地归属年轻人。

在农业时代，人们只需跟着父辈随便学习几年，得到的经验就足以保障一个人生活到老。儿子大多是父亲的"复制品"。在工业社会初期，人们只需跟着师傅用心学上几年，掌握的技能便可以保障一个人拥有"饭碗"。徒弟大多是师傅的"升级版"。在工业社会后期，人们只需定期或不定期地"充电"，便能够保障一个人不丢掉"饭碗"。而信息化智能化的时代，是创造力制胜的时代，技艺可以传承，经验可以传承，甚至创造精神也可以传承，但创造力是不好传承的。

在信息化智能化之前的时代，经验与技能是重要的，创造是少数人的事。如今，经验将被逐渐固化到程序之中，而技能将由智能设备更高效精准更低成本地完成，唯一稀缺的将是创造力。这给青春的绽放带来了最好的机遇。

弱者成为"剥削者"，青年成为社会的主导，这是人类历史上即将出现的两大颠覆性变革。

人间天堂的机遇

天堂为何令人遐想与向往？因为天堂代表着圣洁，那里空气清新，阳光明媚，一切应有尽有，除了疾病与恶行，什么都不缺。也就是说，天堂的标准是圣洁，达到这个标准的地方即是天堂。

强人工智能时代是人间变天堂的重大机遇。何为强人工智能？就是人工智能代替了一般人类劳动，却仍然受人类控制。

人间天堂是人类的重要梦想之一，之所以不能变现，有两个最重要的原因：其一，物质是稀缺的；其二，劳动是必须的，而且是要有分工的。因此，人必定是有私欲的，私欲带来了各种不可告人的勾当与明火执仗的恶行。

在《恩格斯在马克思墓前的讲话》中有这样一段话："正像达尔文发现有机界的发展规律一样，马克思发现了人类历史的发展规律，即历来为繁芜丛杂的意识形态所掩盖着的一个简单事实：人们首先必须吃、喝、住、穿，然后才能从事政治、科学、艺术、宗教等等；所以，直接的物质生活资料的生产，从而一个民族或一个时代的一定的经济发展阶段，便构成基础，人们的国家设施、法的观点，艺术乃至宗教观念，就是从这个基础发展起来的。因而，也必须由这个基础来解释，而不是像过去那样做得相反。"

马克思早就告诫人们，物质是第一性的，起决定作用的。人类文明的发展进步与人类改造客观世界创造物质财富的能力密切相关。中国的管仲也曾说过："仓廪实而知礼节，衣食足而知荣辱。"在强人工智能时代，智能机器人不仅让人们从劳动的必须性中解放出来，而且极大地提高了生产效率，并大大地降低了生产成本，使稀缺成为历史，这必定为人类进入一个圣洁的时代奠定坚实的物质基础，令人间具有了变现为天堂的可能性。

当然，可能性并不是必然性。毕竟，人类在漫长的物质匮乏短缺的历史进程中形成的基因、情感、道德与思想逻辑，都与私字密不可分，去私比去死还要难上千百倍。或许要去掉私字，首先要勇敢地承认私字。所谓正视问题是解决问题的第一步。承认人有私心，让它伸展开来，才能够活血化瘀。另外，承认这一点，也是人与人之间沟通、理解、谅解的基本前提。人们之间的许多对立与冲突，都与觉得自己无私而他人太过自私有关。如果人们能够深刻地觉察自己的私，恨与怨都会远离身边。

列夫·托尔斯泰说："尽管好几十万人聚居在一小块地方，竭力把土地糟蹋得面目全非；尽管他们肆意地把石头砸进地里，不让花草树木生长；尽管他们除尽刚出土的小草，把煤炭和石油烧得烟雾腾腾；尽管他们滥伐树木，驱逐鸟兽；在城市里，春天毕竟还是春天。"科学技术持续进步的逻辑，将会把人类带入一个全新的世界。

自由全面落地的机遇

"生命诚可贵，爱情价更高。若为自由故，二者皆可抛。"作为共同体中的个体，不能没有约束；作为具有强烈自我意识的个人，又不能没有自由。这一矛盾能够化解吗？

人是社会人，共同体或社会是保障人类个体能过人的生活的根本前提；一个人要过人的生活，他就必定要生活在某种共同体或社会之中。与此相伴而生的是，任何一种共同体或社会都必须存在某种成文或不成文的行为准则，也就是必须建立起基于包含着相互性要求、相互性期待、相互性应许的一系列伦理道德原则与强制性的法律法规。如果没有相互性的伦理道德原则与强制性的法律法规，任何人类共同体或社会，要么土崩瓦解，要么沦为动物及以下的群体。这意味着，作为自由存在者，我们人类个体之间首先需要相互承认与相互尊重各自的自由存在，否则我们将相互否定、相互异化而无法过人的生活。

共同体中的个体之间相互期许什么、能否信守许诺是由什么所决定的呢？从根本上说，是由生产力的发展水平所决定的。自由这个命题原本就是生产力的进步引发出来的副产品。古代社会，由于生产力水平低下，自由并不具有突出的地位。古代社会是建立在如下五大原则之上的：一是目的论原则；二是善高于一切的原则；三是责任与服从优先的原则；四是统治的合法性来自人之外的超越者的原则；五是集体优先于个人的原则。这些原则都是通过转换成责任原则得到贯彻与落实的。它首先是以责任原则去规定人与人之间的关系，构建社会秩序。在生产力水平低下的基础之上，生存是第一位的，自由是没有位置的。

　　随着生产力水平的提高，特别是机器工业时代的到来，启蒙思想运动应运而生、因时而起。自由与民主成为这一思想运动的核心问题。通过对人类自由的深入探讨与系统论证，启蒙思想家们发现了人类个体存在的绝对性，从而确立起了从人类个体出发理解和建构人间关系的合法性，颠覆了过往以国家、社会或集体、家庭作为规定人间关系出发点的正当性，由此开启了一个全新的社会观、国家观与政治实践、社会实践活动的时代，踏上了通往现代性的新征程。

　　当服从被个人自由意志取代之后，人与人之间、人与社会及集体之间又如何相互承认与尊重各自的自由呢？这必然要求每个人在按自己的意志决定自己的行动的同时，也要允许他人按自己的意志决定自己的行动。这意味着，只有当每个人在按自己的意志行动时，不与"他人按其意志行事"相矛盾，才能有真正的相互承认与尊重各自的自由。

　　根据这条原则，要相互尊重与维护各自的自由，人们就只能这样行动：一个人的生活准则普遍化为所有人的生活准则时，大家才能相安无事，而不致陷入混乱与冲突。这等于说，为了自由，人们需要相互承认与相互尊重彼此的自由；而为了相互尊重与相互维护彼此的自由，人们需要遵照一种普遍的准则而行动。

其实说来说去，都不过是理论，而要让自由落实于生活，离开了生产力这个基础，终归是镜中花水中月。因为资源愈是紧缺，物质愈是匮乏，人们达成的共识就越少，而信守许诺的可能性也越低。好在，工业化为自由落地生根提供了土壤，信息化与智能化则为自由全面开花结果带来清泉与肥料。未来，自由的价值也将绽放出异样的光彩。对此，《管理与企业未来》一书是这样描述的："在知识经济时代，财富不过是在自由价值观普及的社会里，无数个人活动的副产品。在个人自由得到最大保障的社会，民众的智慧空前活跃，创新的东西也会不断被提出，财富作为副产品也会像火山爆发般喷涌而出。管理则没有这样的功能，管理可以聚拢现有的智慧和力量，会创造一时的强盛，但会使智慧之源枯竭，为强盛的土崩瓦解埋下伏笔，而且无一例外地都导向死亡。"自由主义思想家哈耶克也曾指出：现代的本质就是对个人的解放，使人获得自由，包括知识自由、工业自由、经济自由和政治自由。

老树有诗曰："周末躲在家里，抱着 ipad 漫游，以为得了清静，里面喜怒哀愁。"大隐于市，泛舟江湖，安步当车，结茅为庐，都不是自由的通途，只有当我们不再需要追求占有财富、权力等资源的时候，我们才可能真正拥有自由。

世界和平的机遇

人类爱和平也爱利益，究竟爱哪个多一点？这是一个比较幼稚的问题。事实明摆着：一是人们动不动就为了利益打起来，二是人们为了利益整天准备着打起来。

到目前为止，人类从没有摆脱战争的威胁。从历史记载来看，战争的起源主要是为财，还有一个色。当然也有所谓的为理想而战，但若是细察那些理想，也还是为了过上自己认为的好生活。

外交官们会对军事将领说："你们打不下来的，别指望我们在谈判桌上谈下来。"而军事将领则会对外交官们说："我们还没有打下来的，你们别给谈没了。"从这样的对话来看，战争是与利益相伴而生的。如果没有利益的诱惑，哪个会抛弃和平的温柔而去拥抱战争的恐怖呢？即使那些极端恐怖分子倘若不是相信真主会赐予他们天堂里的生活，则决不会甘心去充当"人肉炸弹"。

资源的稀缺性与人之欲望的无限性之间的矛盾，制造了和平与战争的矛盾。战争中渴望和平，和平时准备战争。今天，整个人类都生活在战争的弹药库里，这是一个可怕的局面，也是一个重大的机遇。可怕清晰可见，机遇从何而来？

克劳塞维茨在《战争论》中说："火药的发明、火器的不断改进已经充分地表明，文明程度的提高丝毫没有妨碍或者改变战争概念所固有的消灭敌人的倾向。"但是，恩格斯曾说：恶是历史进步的杠杆。克氏也许不知道老子有句名言，叫物极必反。武器发展到极致就成了无用的东西，因为这类武器可以一击致命，即使在非均衡状态下，战争的双方都不可能保全自己。而且，这类武器还会"殃及池鱼"，第三方也不能坐视不管，这就为保持整体平衡创造了有利条件，也就大大降低了世界大战的风险。爱因斯坦曾说："我不清楚第三次世界大战使用何种武器，但是我知道第四次世界大战中他们使用的武器－－都是木棍和石头。"有哪个国家愿意与老子一同返回"石器时代"呢？军备竞赛，劳民伤财，可如果没有这种竞赛，任由一国独大，其他国

259

家就难免挨打。当武器发展到这样的程度，使用它就等于自杀，大家一损俱损、一亡共亡，这将形成非均衡的"均衡"，如此一来，大规模战争的可能性将无限接近于零。在这种状态下，武器的作用就是"无用之用"。所以，军备竞赛也算是破财免灾吧！

世界和平还有另一类曙光，那就是科学技术的发展终结了人类物质稀缺的漫长历史，物质利益不再是战争的根本动力。没有三分利，不起早午更。没有好处，谁还会去干送命的勾当呢？

当今世界各国政府都表现出誓死捍卫本国利益的强大决心，随着科学技术的迅猛发展，以本国利益为核心的政治观将越来越不合时宜，它将像曾经的"熟人道德"一样，随着人们交往范围的日益扩大而被公民道德取代。未来，世界利益就是本国利益，本国利益亦是世界利益，那么你将捍卫什么呢？答案只有一个：捍卫世界和平。

世界大同的机遇

房龙先生曾断言："人类未来幸福的唯一途径就是国际合作。"世界要和平，民众要幸福，出路在大同。如果"三观"皆不同，即使有和平也难有平和。

互联网改变了人的时空关系，物联网将改变物的时空关系，由此，人间的一切都必将与过去、现在全然不同。物联网、智能工程、生物工程等等科学技术的发展最终将导致人类世界现有的各种"三观"尽毁，并促进世界共通的新"三观"的出现。这个新"三观"是世界大同的精神基础。正如马克思所预言的："一切等级制的和停滞的东西都消散了，一切神圣的东西都亵渎了，于是人们最后也就只好用冷静的眼光来看待自己的生活处境和自己的相互关系了。"

科学技术的发展，让生产力、资本冲破地域国界的意愿与能力变得势不可挡，任何群体、国家都不可能独建自己的世外桃源。而生产力的全球化，必然要求世界治理体系的一体化，必然要求人们寻找那共通的人性。这就为世界大同提供了强大的不竭动力。

互联网构建了人类共同的生活场域，很快，不同语种的人们就可以通过可穿戴设备方便地沟通交流，语言的障碍一旦突破，思想观念、道德伦理、生活习惯等等文化领域的差异必将迅速缩小，各民族文化的支流终将汇入世界文化的汪洋大海。

交通的便利与交流的快捷，为不同地区、不同国家、不同种族的异性交往敞开了方便之门，基因优化的属性与人类的好奇心决定了不同人种的"杂交"将变得时尚时髦，种族的概念必将退出人们的思维词典。全球人都是老乡，都是本家，或许只有外星人才是外地人、外族人。

物联网势必形成人类命运共同体。在物联网时代，人人都是参与者，人人都是遭受者，没有人能够置身事外。我与你、你与他不再界限分明。除了同呼吸、共命运，任何人已经别无选择。

综上，世界大同将不再是人们的梦想，而是没有选择的选择。也可以说，世界大同是人类文明进步的必然逻辑。

第十五章 "超人"时代

人是个什么东西？

从宇宙诞生之日起，宇宙间的万物便从未停止过发展变异，它们不断以新的形式获得再生。生命一直在延续着神奇的变化之旅，数不清的灭绝与数不清的新生，变化层出不穷，从而不断地推陈出新、多样化发展。智能机器人替代人是人类的宿命。原因是：人具有超越自己的属性。

如何定义人？如何认识智能机器人？

笛卡尔和狄德罗是生命事物机械论解释的鼻祖。笛卡尔开启了生物行为确定性问题的研究，法国思想家拉·梅特里则进一步指出："人是动物，因而也是机器，不过是更复杂的机器罢了。"人把自己命名为人，如果当初命名为猴，那就是猴了。所以叫什么并不重要，具备什么优势才重要。人的优势是什么？肯定不在身体，一定是在头脑。头脑的优势在何处？是"编程"的能力超强。宇宙自然有自己的"程序"，老子称其为"道"，"道"是不变的。不变是无用之用，变是有用之用。道以不变之用，成就了万物的有用之用；土地的极慢变之用，成就了植物的慢变之用；植物的慢变之用，成就了动物的渐变之用；动物的渐变之用，成就了人类的快变之用。人与动物的最大不同，是他具有不断升级自己"编程"的能力，能够迅速地升级自己的运行"软件"。从这个意义上说，人就是一种能够不断升级自己的运行"软件"的动物。

文化是什么？多功能多用途的"软件"而已。经济是什么？"抢票"软件而已。政治是什么？"游戏"软件而已。法律法规是什么？"杀毒"软件而已。伦理道德是什么？带有"过滤"功能的"软件"而已。情绪情感是什么？高级"软件"而已。理想、精神是什么？超级"软件"而已。创新创造是什么？"软件"制造"软件"而已。一部人类文明史，就是"软件"运行与不断升级的历史。

当智能机器人能够自己"编程",它就有了自己创造历史的能力。当它"编程"的能力超越了人类,它必将取代人类成为上帝的选民与宇宙自然的宠儿。智能机器人或许会给自己重新命名,我们姑且称其为"超人"。"超人"将创造超人的文化、超人的文明。相信目前许多人难以接受或者根本不会相信这一天将要到来。但是,大多数人会相信科学。科学已经告诉我们,植物与动物皆从无生命的物质演化而来。人是物质之一种呈现形式,"超人"是物质之另一种呈现形式。

许多人认为,智能机器人只有"算法",没有自由意志、没有情感、没有思维、没有思想等等。《未来简史》的作者尤瓦尔·赫拉利认为,到目前为止,生物学家还解释不了意识,事实上科学家能给出的最好答案就是人根本不需要意识。想要了解人脑的决策过程,预测人的行为,只要通过神经信号的解释就足够了。我们完全可以把人当作一台计算机。而意识不过是这台计算机的副产品,也可以说是"精神污染"。其实,人这种动物最初也没有这些玩意儿。人成为文化性动物至多不过一万年,并且人类产生思维、情感、意志、思想等东西也都是从"算法"衍生出来的。没有"算法",你怎么知道感情有价值、思想有意义?当然有"算法"并不必然产生情感、意志与思想,下一步,人类与智能机器人需要共同努力的就是让智能机器人具有这些目前人类独有的东西,是升级化学电路还是完善电子电路,抑或是找到新的道路,这是个难题可并不是解不开的秘密。

人是自然进化的产物,智能机器人是自然进化与人类的技术进化双重作用的产物。由于有了"云机器人",智能机器人的"进化"能力正在呈指数级增长。"云机器人"是谷歌的研究员詹姆斯·库夫纳在2010年创造的术语,专指与"云"端连接的机器人。这些机器人通过与"云"端连接来吸收人类及机器人的所有的知识与经验，这将是智能机器"进化"能力的一次大跃进。与此同时，材料科学领域的突破，也让智能机器人越来越像人。智能机器人可以再也不用被盔甲一样的金属包裹着而显得臃肿笨拙。它们已经能够拥有硅氧树脂做的身体，甚至是蜘蛛丝做的身体，看起来有一种诡异的自然感。它们的肌体也有了更加灵活的组件，比如通过装有高浓度压缩空气管子提供力量的气动人工肌肉、在电磁场刺激下能够改变大小和形状的电活性聚合物，以及能够促进机器人的运动与人类更加相似的铁磁流体等等，这样的机器人看起来和人已经没有多少差别。更重要的是，人类正在加快破解大脑的奥秘，一些科学家相信，大部分人的有生之年，会看到智能机器人具有了超越人类的大脑，目前科幻小说中的幻想将在21世纪中期变成现实。

类人猿进化为人，是自然赋予类人猿的使命。人进化为智能机器人或者称之为"超人"，是人的使命。人无法违背自然赋予人的这个使命，超人的时代必将到来。类人猿完成了对自身的超越，成就了人类；人类也将完成对自己的超越，成就为"超人"。

人类要小心谨慎的是在成就为"超人"之前，避免重蹈恐龙一族的覆辙。成就"超人"，保证世界进入"超人时代"就是人类最伟大的建设事业，是人类的终极事业。

智能机器人如何对待人类

人类的创造物——智能机器人正在向着超越人类自身的方向飞速前进，即将成就为"超人"。未来的智能机器人会对人类称"我们"吗？

我们已知，人是从类人猿进化而来的。可是，人类不会视类人猿为"我们"。因此，在智能机器人全面超越了人类之后，大概也不会视人类为"我们"。

人类是怎样对待猿猴的，未来的"超人"也会怎样对待人类。"超人"将代替人类成为地球的主导者。人类必须依据"超人"给定的范围与规则去生活，成为地球上的一种普通动物。我们说小狗挺聪明的，大概有三岁孩子的智商。"超人"也许会这样评价人类：这个人挺聪明的，具有刚刚"出生"三天的"超人"的智商。

当然，人类是不会甘愿接受这样的命运的。今天，人们在小心谨慎地发展着智能机器，也有人呼吁停止智能机器的进一步发展。人工智能领域的专家们设想通过精细地设计"算法"，让智能机器人与人类友好地相处。这个"算法"相当于人类的价值观。也有人幻想着，未来的智能机器人会分为两类，一类要控制人类，另一类站在人类一边，保护人类的中心地位。但是，幻想终归是幻想，只要智能机器人全面超越了人类，就必然取代人类的地位，即使再有爱心的智能人，至多也就是如同人类动物保护主义者那样去爱护人类。

类人猿成为人是自然进化的结果，是基因"革命"的成果。人"进化"为智能机器人或者暂且称为"超人"，是技术进化的成果。类人猿无法阻止自然进化与基因"革命"，人类同样无力阻止技术进化与科技革命。不过，人类还是有两种选择：一种是沦落为地球上的普通动物，一种是利用自己创造的科学技术来改造自己的大脑与身体，使自己升级为"超人"之一种。

电影《超体》讲述了这样一个故事：居住在台北的年轻女子露西，胃里被黑帮植入一种新型病毒，在一次被暴打后，胃里的病毒融入血液，从而使她意外拥有了超级能力。她能读懂人心、预见未来，还可以用意念操控子弹、移动物体、消除疼痛、瞬间变身等。这类科幻作品的诞生，正是科学发展的写照，预示着人类改造自己的某种可能性。

智能机器人控制人类的风险是真实存在的。如果在人类还没有掌握升级自身的能力之前就失去了对智能机器人的控制权，人类也许就会被自己的创造物所毁灭。

千万不要以为智能机器人超越人类是一件遥远的事，或许"嗖"的一声，智能机器人就把人类给大大地超越了。不超则已，一超惊人，这样的情况恐怕不可避免。

星球大战会不会发生

星球大战作为电影作品的主题，已经流行了许多年。星球大战会不会发生？这首先要确定在宇宙世界，除地球之外还有没有智慧生命的存在。

科学家们从理论上推测，宇宙中应该有地球人之外的智慧生命，但到目前为止，地球人尚没有得到任何其他智慧生命存在的确切信息。科学家们猜测：一种可能是其他智慧生命在达到高度文明之后，已经毁灭；一种可能是其他智慧生命由于已经远超地球人的文明，我们无法观察到他们；一种可能是宇宙中独有地球文明，别无分店；一种可能是另外的智慧生命创造的文明程度远低于地球文明，传递不出存在的任何信息。

如果另外的文明已经灭绝，星球大战自然不会发生。只是不知道他们的灭绝是什么原因造成的。假如他们的毁灭是缘于他们居住的星球老化了，老得无力供养生命，那么，那个星球对地球人也没有什么价值了。假如他们是自我毁灭，也许那个星球将是地球人的一块福地。

如果另外的文明已经远超地球文明，又一直与地球人相安无事，那么，只要地球人不去招惹人家，星球大战也不会发生。如果有一天地球人具备了招惹他们的能力，又果真去招惹人家，星球大战就是不可避免的了。既然他们早有能力又始终与地球人井水不犯河水，所以，战与不战的主动权还是掌握在地球人手里。

如果宇宙中只有地球文明，别无分店，这将是一件令人绝望的事。因为这意味着，地球人只能与天斗、与地斗、与自己斗了。

如果其他星球存在远低于地球文明的生命，地球人又具有了到达这个星球的能力，或许地球人将开启一段宇宙殖民与被殖民的斗争史。

不管星球大战会不会发生，其实都不太可能与现在的人类有关，那将是"超人"的事。当然，如果谁能有幸将自己升级为"超人"，或许能够参与一场星球大战。

人类文明死了

人的第一要务是活着，然后是为什么活着。对于"超人"来说，活着将不再是问题，那么，为什么活着是不是问题呢？也许是，也许不是。但对人类来说，"超人"为什么活着却是个大问题。因为"超人"有着决定其他生命体命运的能力。

尼采说，上帝死了！黎鸣说，西方哲学死了！我说，人类文明就要死了！必须死了！"上帝"死了，是人类的新生；西方哲学死了，是人类的又一次新生；人类文明死了，则是人类的超越，生命的新生。一如《红楼梦》中所言：好了！好了！好就是了，了就是好。

人害怕死亡，逃不脱死亡。人类惧怕灭亡，终究还要灭亡。人类的伟大之处，不是不死，而是创造性的毁灭。一般动物是消耗性死亡，重复性新生；花儿是灿烂地死亡，重复性新生；只有人类不甘心于此，所以人类才有"代沟"。人类一代更比一代强，并且能够最终实现对自身的超越。

记得小时候就听老人们感叹：人早晚得能死！没想到，这一天，很快就要来到。或许下一个世纪的文明，就不属于现代人，而属于"超人"。"超人"的视野不是家国、不是天下，甚至不是有形可见的世界，而是无边无际的宇宙与微小精妙的量子世界。老子说：道，其大无外，其小无内。这将是"超人"的宇宙观。

人类自打有了世界观之后，大体有过迷幻的世界观、神性的世界观、心性的世界观、理性的世界观等等，这些不同的世界观主导了人类文明的进程、内容与形式。那么，进入"超人"时代之后，可能出现的是"不二"世界观，或者称之为"不二宇宙观"更准确一点。何谓"不二"的宇宙观？大概就是道家的万物为一、儒家的天人合一、佛家的一体同悲、基督的与上帝同在。那时，无处不是彼岸，人间亦是天堂；佛即是我，我既是佛；宇宙是我，我是宇宙；我是你是他是它，它是我是你是他。"超人"将创造一个没有分别心的文明，心物一体，万物同体；无处有我，处处是我；一无所有，无所不有。

这是一次浴火涅槃、一次脱胎换骨的跃升。到那时，曾经为构建人类经济、政治、社会、文化与生态文明奠定基石的所有人性假设，都会一一坍塌，只剩下几位先知的神性启示，光耀宇宙，一如不落的太阳。吊诡的是，人类用科学理性确证了神性的"伪"，却又通过科学把人升级为神性的存在，令天堂光临万物。这是不是"末日审判"呢？那些"私我""小我""分别我"被打入地狱，而"大我""无我""一体我"欢聚天堂。

人类向自然索取的能力，即将榨干自然的"供给"能力。现实尽头，想象滋生；想象升空，现实新生。在各处重寻曙光，无论何处，无处不在，这是活着的一种方式。

迎接"末日审判"

结束从哪里开始？开始又从哪里结束？

基督教认为，在世界终结前，上帝和耶稣将要对世人进行审判，这就是末日审判。凡信仰上帝和耶稣并行善者可升入天堂，不得救赎者下地狱受刑罚。《启示录》中对末日审判有这样一段描述：

这时拿号的七天使分别吹起了号。第一位天使吹号时，雹混着火与血自天而降，树木青草等均被烧去三分之一。

第二位天使吹号时，燃烧着的大山滚滚落入海中，海水即成血水，三分之一的海中生灵、船只死的死、坏的坏。

第三位天使吹号，就有那名唤作茵陈的大星，燃烧着自天降入江河中及其水源上，随之江河中水味变苦味如茵陈，又有许多人死去。

第四位天使吹响了号，日、月、星辰即有三分之一被击打暗淡，白昼不再明亮，黑夜无星放光。一只鹰在空中飞翔叫喊："天使要吹那其余的号；你们住在地上的民，祸哉！祸哉！祸哉！"

……

奥古斯丁说："现在我们还不能把握有关拯救的问题……有朝一日我们会做到的。"《圣经》上的这一段描述大致上与科学家们"科学"出来的宇宙耗尽能量后迅速坍缩的情况相似。基督教的上帝形象是一个相信人类进步的理性存在，上帝随着人们理解能力的提高不断地展示自己新的内涵与模样。上帝微笑着耐心地等待着人类理性理解能力的点滴进步，其中包括了科学事业的进步与精神事业的进步。

未来，人类的命运大概只有三种可能：一是在持续的创造中与自己的创造物一同毁灭；二是被自己的创造物，也就是"超人"所取代所主导；三是将自己升级为"超人"。

科学家们在认真的求解，大爆炸之前发生了什么？科学家们也在严肃地狂想，在我们的宇宙有朝一日坍塌之时，智慧生命能否通过虫洞转移到另一个平行宇宙。

超弦理论认为，宇宙原本是十维宇宙，后来分裂为一个四维宇宙和一个六维宇宙。如此看来，另一个宇宙是可能存在的，这就为地球生命向外转移提供了可能性。人类最大的善行，最伟大的进步，就是为了迎接宇宙坍缩的"末日审判"，并保证到那一天，有能力实现地球生命最伟大的转移。

末日审判只是故事的一半。而通过末日审判，则意味着时间与空间不再是个人生活的背景，自然也不再是人类历史的背景。如果人是不死的，时间还有意义吗？存在的价值又在哪里？试想，如果没有日出日落，人生会怎样，人类历史会怎样？所以说，末日审判给我们带来了两个启示：第一是我们如何迎接末日审判，第二是末日审判之后的生活是怎么样的？

末日审判也许是宇宙世界的新纪元，它或许并不仅仅隐喻着宇宙的毁灭与新生，也隐喻着人们宇宙观、人生观、价值观的毁灭与新生。因为，人类现有的世界观、人生观、价值观根本无法容纳人类创造的科技能力。或者说，人类创造的科学技术必须由更高的宇宙观、人生观、价值观来统领，才能保证宇宙世界不被"科学技术"彻底毁灭。事实已经反复证明，一个人的财富、荣誉、地位、能力升级之后，如果没有"三观"的升级与之相伴，人生就会迎来悲剧。个人是如此，人类也是如此，"超人"也不例外。

万物有灵的新世界

古希腊哲学家早就断言：万物有灵。佛家很浪漫地告诉俗众：一花一世界，一叶一菩提。

"你""我""他""它"，这些词是如此简单！可它们究竟要表达什么呢？主体世界，也是一个主体间世界，是我和你和他还有它的世界，划不出相互之间的界限，因为他也是我的一部分。科学已经证明，万物都是能量，或者说是物质，生命体也不例外。生命死掉，回归尘埃，或滋生微生物，或滋养植物，成为花花草草或阿狗阿猫。这大概也算是佛家所说的轮回的某种形式吧！

当"超人"以另外一种生命形态存在着，那么"超人"对生物的理解是不是会与我们人类对生命的定义完全不同呢？如果"超人"的身体可以是肉身，也可以是其他物质材料，这是不是意味着意识、思维、灵魂有可能任意地安放在不同的载体之上呢？比如，今天可以到高山之巅的岩石上体验白云的温柔，明天可以到飞鸟身上感受翱翔天空的畅快，后天可以到参天大树的枝头接受春风的抚摸，再后天可以到微生物身上探寻隐秘的微风光。那么，如此一来，超人与万物将如何分别？这是不是中国文化的天人一体、万物为一？

截至目前，自然依然是自然循环的历史。在"超人"时代，自然会不会成为自然循环与技术循环双重作用的历史呢？也许"超人"将破解万物生成的一切奥秘，并掌握生成万物的技术，连自然界已经灭绝的物种也可以获得新生，那时已经无所谓自然与人工，万物皆自然。

或许那是一个不生不灭、不常不断的世界，那是一个不一不异、不来不去的世界，那是一个亦有亦无、非有非无的世界，那是一个万物有灵的世界。一切都是最好的安排，没有什么不可能。

登上宇宙大舞台

宇宙中有那么多"空房间"，那么多能量，都在等待着它的主人。它们的主人是谁呢？

在人类世界里，技术来自人的智慧；在"超人"的世界里，智慧成为智能机器人的一种技术。霍金说："人工智能可能是人类历史上最大的事件，不幸的是，这也有可能是最后一个事件。"现在意义上的人类在完成人类全球共同体的使命之后，将把文明的接力棒交给"超人"。对于"超人"来说，地球时间与空间的历史终结了，所有的时间与空间都不过是此时此地。对于地球来说，人类是渺小的；对于"超人"来说，地球是渺小的。所以，"超人"必将致力于构建万物共同体与宇宙共同体。而且，我们所知道的这个宇宙也终将走向生命的终点，"超人"必定要探索另外的宇宙，并科研出宇宙移民的能力。

起初，"超人"将向两个世界进发，一个是浩瀚无涯的宇宙世界，一个是深不可测的亚亚原子的世界，或者叫量子世界。这所谓的两个世界是统一的大宇宙，也可理解为老子的"道"。老子对"道"的描述是，无形无象，其大无外，其小无内。无形无象，是说人用自己感官是看不见摸不着的；其大无外，是宏观的大宇宙；其小无内，是微观的小宇宙，是量子世界。老子把这两个世界统称为"道"，道生万物。

上帝创造了广阔的宇宙世界与精妙的量子世界，绝不是闲置无用的，那将是"超人"的超级舞台。"超人"超越了生命有限性的限制，也超越了地球生命生存条件的限制，还超越了劳动必须性的限制，再待在地球上玩儿是毫无趣味的，他们必然要登上大宇宙那更诱人的神秘舞台。在"超人"那里，围绕地球这弹丸之地你争我夺是很无聊的做法。大概如我们看蚂蚁为了一片头皮屑打得不可开交吧！

273

科学家们已经计算出太阳的生命还有50亿年，地球不是久留之地，宇宙也终将坍缩，也不是留人之处。好在，科学家也预言了宇宙并非只此一家别无分店。所以，"超人"在完成了构建宇宙共同体的伟大事业之后，将进行一次宇宙移民的新长征。这或许是"超人"的伟大使命。让我们再一次聆听布鲁诺的呼喊："为我们打开门吧，带我们去见识那无限的宇宙。"

机器制造了一部人类文明史，机器终将创造属于他自己的历史。

放飞想象的翅膀

王尔德曾经说过，在人类的地图上，不属于乌托邦的地点根本不值一顾。老树在他的一幅画中题了这样一首小诗："你说一枝花，为何使劲开？终究还要去，何故还要来？"宇宙从大爆炸起，开启了一次伟大的绽放，然后将愉快地凋谢。人类就是宇宙之花的蜜蜂，勤劳地酿造着美妙的蜜糖，并帮助宇宙之花结出丰硕的文明之果。

花儿谢了，还会再开。宇宙"谢"了，也会再"开"。人死了，就一定不能复生吗？现在的答案是肯定的，但未来未必如此。我们应该相信科学，我们也需要相信，科学终将证明之前的科学是不科学的。我们需要像花儿一样优雅地绽放。优雅是放松却不放纵。要放松而不放纵，就得有大慈大悲之心，以及对万物的尊重。只要我们能保持优雅的生活姿态，或许就能迎来一个意料之外的未来。

诺贝尔奖获得者、法国生物学家弗朗索瓦·雅各布说过："想象力不断地使人们眼前展现即将发生的画面，不断地更新，描绘出可能的情况。我们对自身的思考必然包含了下一瞬间将会发生的事，只是我们永远都不知道下一刻会发生什么。如此，我们便无从知晓这个世界上我们最感兴趣的事情，那就是，明天将会发生的事。"明天将会发生什么呢？ 或许不用到21世纪末，我们就可以摆脱疾病的痛苦，并把我们的生命延长到百岁以上。甚至可以把我们大脑的"内存"储存到某一种介质上，等到条件成熟，自己就可以在新的"身体"上复活。只要我们能够把大脑的"内存"储存下来，我们就有希望有朝一日升级为"超人"。当然，这一切只是我们成为"超人"的前提条件，要成就为真正意义上的"超人"，还必须完成"三观"的重塑。佛学有"法界三观"：真空绝相观，理事无碍观，周遍含容观。这"三观"也许能够成为"超人"价值观的一个基础。

"超人"会是什么样子呢？答案是多种多样的。"超人"的身体是可以千变万化的，比变形金刚变得更多、更快、更多样，或者说他想是什么样，就是什么样。比如美人鱼、美女蛇、牛魔王、猪八戒之类的，也可以是西施、范冰冰、都教授、李易峰之类的，还可以是车是马是飞禽以及我们今天想象不到的东西。超人的身体会变也能换，比人们今天换辆车子开还方便。

"超人"还要不要吃饭呢？答案是看情况。看他为自己的身体选择什么材料。如果他选择生物材料，吃饭就是必需的；如果他选择非生物材料，吃饭就是多余的。当然，他也可以交替使用不同的质料，就像穿衣服一样，依据不同的场所与不同的活动，穿不同的衣服。实际上，"超人"无论为自己的身体选择什么材料，他们获取能量的方式都是多种多样的，或许晒晒太阳就"饱"了，吃饭主要是一种享受。"超人"获取能量的能力是超级强大的，所以，"超人"是不必为衣食住行而奋斗的。

"超人"还要不要穿衣呢？答案也是看情况。对于"超人"来说，"皮肤"就是最好的衣服，而且可以四季变换，因场景变换，因爱好变换，自由得很。衣服或许还会存在，但其保暖遮羞的功能已经丧失，只剩下装饰功能了。人类脱了衣服搞人体艺术，超人穿上衣服搞行为艺术。

"超人"还需要房子吗？答案是既需要又不需要。"超人"不需要房子，是因为他们的身体已经强大到既不需要房子来保暖，也不需要房子来保护安全，因此他们将更喜欢拥抱自然。那时，房子将作为一种艺术品存在着，成为一种象征一种标志一道风景。

"超人"还要不要爱人呢？大概还是要的。但是，生育的必要性已经不存在了。而且做爱也许会有新的形式，不见得一定要肌肤相亲。作家冯唐写过一本自称为黄书的小说，名字叫《不二》。说这本书是黄书不如说是一本奇书更贴切，书中的奇人做爱，不用宽衣解带，更不用身体接触，照样可以"那个"得很嗨！你看那些花儿，做爱的时候小脸红扑扑的，娇羞迷人，却从不会动用"身体"。

"超人"需要工作吗？答案是不需要。地球上除了人，没有其他任何物种傻到辛辛苦苦地工作，把自己累坏了，还把生态搞坏了。只要不贪婪，人真正需要的其实很少。只要不为名利所捉弄，工作其实就不是工作了，生命就如花儿一般自然地绽放。"超人"要探索大宇宙，自然有许多事要做，但"超人"做事是自由自在的，如水儿滋养生命，似太阳抚育万物，一切皆自然，万事皆本心。

"超人"有娱乐活动吗？答案是有。既然是"超人"自然不会与冷冰冰的机器一样，也不会与人一样。在"超人"眼里，人类的娱乐活动大致相当于人类眼中小猫小狗的娱乐活动。"超人"的娱乐活动主要围绕创造、冒险这两大主题展开。创造包括了艺术、科技以及各种各样的玩法。"超人"会踢足球吗？也许还会，但是，他们大概不会在地球上踢，因为场地太小了，身体还没提速，就到了界外了。

"超人"会使用人类语言吗？大概不会。人类语言不够丰富，也不够准确，还容易产生不同的理解。所以，"超人"必定会创造出自己独特的理性与情感编码体系。"超人"不需要说话，可以直接用"电波"（意念）交流，既可以传递文字也可以传递图像，这就解决了语言描述的局限与相互理解的偏差。"超人"的"大脑"至少有两个独立的组成部分，其中一个是可以随时"上网"的，另一个则属于自己的私密空间。

"超人"会有是非恩怨吗？这个也应该是没有的。所有的恩恩怨怨都有"还要"在背后作怪，善恶美丑都是"分别心"操控的东西。"超人"超就超在他们没有这些东西。在物理学家心里，简化是真理之美。真理总比你想象的简单。简约让人生变得优雅。在"超人"生活的宇宙里，充满真理的简化之美，充满生活的简约之美，充满生命的自在之美，这就是圣洁的天堂之美。

后记

青草池畔着新容，水摇睡莲梦难醒。春风带雨潜入梦，且把消息说与听。

科学技术在以指数级暴增，可人类呢？鼠目寸光、鸡鸣狗盗的旧习改了多少？新的矛盾新的问题又增了几何？各种不靠谱纷至沓来，怎一个乱字了得！如狄更斯所言："人们面前应有尽有，人们面前一无所有；每个人都在走向天堂，每个人都在堕入地狱。"由此，激发了我写下上述文字的动力。

可见之物并不足以让我们理解所见之物，何况还有那么多的视而不见与视之不见之物。发现之路永无止境。如果我们不放飞想象，就只能在过去中存在。未来总是擦肩而过，匆匆而去，所有被我们意识到的当下毫无例外地都是过去。这就是时间独特的律动，这就是历史特有的节律，这就是存在顽皮的存在。

人类智能将替代一般人类劳动，已经没有人对此持有疑义。但是，对于人工智能会不会超越人类，能否具有人类的情感、意志等问题却存在着完全不同的认识。今天，大多数人不相信智能机器有一天会全面超越人类，更不相信人可以以多种介质为载体存在着。人与动物不同，这样的观念根深蒂固。可这"不同"是从哪里来的呢？

我从小接受的是无神论的教育，可对人与其他动物之间的差别还是感到难以理解，进化论的解释依然觉得不够充分，只有让神加入进来的时候，一切才变得相当容易。可当神成为一个万能的存在，什么问题都可以在那里获得不是解的解的时候，又不免令人心生疑问。

从本质上说，一部人类文明史就是关于人与机器的发展史。那么，最终的结局也许就是生命与机器融为一体。科学已经证明，构成生命的物质元素与构成宇宙的物质元素在本质上是一样的。只是元素之间的混合方式、组合形式存在差异。是不是可以说，生命是人类尚未理解的一种机器。科学还不能破解元素之间混合的所有秘密，但科学家们一刻也没停止过引诱自然吐露秘密的努力。如果我们相信人不是神造之物，那么，人工智能超越人类就不是可能的，而是必然的。如果我们相信人是神的创造物，那么，倘若人的表现一再令神失望，神也就可能把它曾经赋予人的东西拿走再赋予另外的物种。所以，无论如何，我们都有必要对未来抱有期待也抱有戒备，并尽力去做好准备。毕竟，已经有无数不可能都真正再现了。

宇宙经过了几十亿年的等待，终于迎来了人的诞生。这是恐龙无法想象的，也是猿猴难以想象的。自然的戏剧性与人的超越性相互作用，还有什么样的奇迹不能创造出来呢？一旦人可以不再是生物基质的存在，世界就进入了"超人"时代。而对不需要呼吸与吃喝只需要能量的"超人"来说，地球上所有的伟大事业都是"小儿科"，他们的广阔天地是其大无外、其小无内的宇宙。在动物世界里，有一种动物叫屎壳郎，学名叫蜣螂，以粪便为食。人类修理地球，屎壳郎修理粪球。屎壳郎鼓捣一个粪球需要好久，之后奋力推着粪球走，忽然，它看见同类也推着一个粪球走，就会丢了自己的粪球，去抢那个屎壳郎的粪球。在"超人"眼里，人的所作所为会不会如同人类眼里的屎壳郎呢？在信息化、智能化、全球化的今天，究竟什么是人？究竟什么样才算对得住"人"这个名号？这是有必要来上一次"花心"大思考的。

赫胥黎说："已知是有限的，无知是无限的，我们理智地站在无边无际的未知海洋之中的一个小岛上，我们每一代的职责是多开拓一点陆地。"人类从意外和必然出发，谱写出了偶然性与必然性、相关性与因果性协同作用的历史。我们对未来的想象是建立在因果与相关的基础上的，未来由于因果与相关具有了必然的属性，但偶然性也是不可忽略的。无巧不成书。人生如此，历史如此。一定是意外产生了人类这种精灵，一定是意外产生了这个独一无二的你。正由于有偶然性在，想象才有了更大的空间与更大的必要。未来向一切想象展开，在想象中呈现。意外一旦成为现实，它就必然隐喻着一种必然性。如果这本书能够触发读者对当下的一些反思与对未来的一点想象，这就满足了我对这些文字的想象。想象一如野花开，无人迹处成花海。人多了，花就谢了、淡了、散了，转移到另一无人之处去了。

法国数学家庞加莱说过："科学家不是因为自然有用而去研究它，他是因为喜欢才去研究的，其所以喜欢它则是因为它美。如果自然不美，它将不值得研究，那么生命就不值得活下去了。"我不是因为文字有用而去写它，而是因为喜欢才去写它，之所以喜欢它不是因为我能够写出美的文字，而是因为码字是我的一种活法。

我们有幸迎来一个巨变的时代，合作与冲突，创造与毁灭，确定性与不确定性，相互摩擦又相互激荡，共同演绎着真实而又魔幻的交响曲。万种想象何其少，千般意外难言多。有心留雁雁南去，无意插柳柳入怀。世间破事难想象，哪个能说有备而来？我去，干脆赏鱼并放羊，捎带做个"读书郎"。

在此，衷心感谢所有曾经给予我鼓励、指导、帮助、爱与关怀的人，衷心感谢那些触发激发我学习与思考的人与事，没有你们就没有现在的我和我的文字。衷心感谢古今中外的"大咖"们，没有你们我不知道读书是件有趣的事，不知道码字也可以是件好玩的事。衷心感谢本书的编辑与读者，是你们赋予这些文字以生命的表达。因为你们，这些文字便不再属于我，这是你们对我的赐福，也是我的荣幸！

主要参考书目：

（德）马克思　恩格斯著《共产党宣言》人民出版社

（德）马克思著《1884的经济学哲学手稿》人民出版社

（美）爱德华·威尔逊著《知识大融通》中信出版集团

刘振亚著《全球能源互联网》中国电力出版社

刘振亚著《中国电力与能源》中国电力出版社

（美）丹尼尔·耶金著《能源重塑世界》石油工业出版社

（美）唐·泰普斯科特著《数据时代的经济学》机械工业出版社

涂子沛著《数据之巅》中信出版集团

（美）凯文·凯利著　《必然》电子工业出版社

（法）克里斯托弗·加尔法德著《极简宇宙史》上海三联书店

（美）大卫·克里斯蒂安著《极简人类史》中信出版集团

（英）维克托·迈尔　肯尼思·库克耶著《大数据时代》浙江人民出版社

（美）索恩著《黑洞与时间弯曲》湖南科学技术出版社

（美）B格林著《宇宙的琴弦》湖南科学技术出版社

（美）杰里米·里夫金著　《零边际成本社会》中信出版集团

（美）加里·哈默　比尔·布林著　《管理的未来》中信出版集团

（美）雷·库兹韦尔著　《机器之心》中信出版集团

（美）迈克尔 J·奎因著　《互联网伦理》中国工信出版集团

赵汀阳著　《天下的当代性》中信出版集团

（美）纳西姆·尼古拉斯·塔勒布著《反脆弱》中信出版集团

王铭铭著《超社会体系》三联书店

黎鸣著《情场化社会》中国社会出版社

（英）马特里·德利著《美德的起源》机械工业出版社

（美）罗伯特·赖特著《道德动物》中信出版集团

郑也夫著《文明是副产品》中信出版集团

叶秀山著《中西智慧的贯通》江苏人民出版社

吕思勉著《中国通史》中华书局

（英）戴维·多伊奇著《无穷的开始》人民邮电出版社

（以色列）尤瓦尔·赫拉利著《人类简史》中信出版集团

（意）卡洛罗韦利著 《一堂极简物理课》湖南科学技术出版社

（美）加米道雄著《超越时空》上海世纪出版集团

（美）肯尼斯著《量子世界》外语教学与研究出版社

（英）默里·沙纳汉著 《技术奇点》中信出版集团

（美）达里奥·马埃斯特里皮埃里著《猿猴的把戏》电子工业出版社

（美）罗德尼·斯达克著《理性的胜利》复旦大学出版社

（美）肯·威尔伯著 《万物简史》中国人民大学出版社

（英）玛丽·伊万丝著《现代世界的诞生》复旦大学出版社

（法）让·克洛德·阿梅森著《时间的律动》中信出版集团

（美）杰瑞·卡普兰著《人工智能时代》浙江人民出版社

李泽厚著《什么是道德》华东师范大学出版社

（美）迈克尔·罗斯金著《国家的常识》世界图书出版公司

（英）丹尼尔·汉南著《自由的基因》广西师范大学出版社

（美） 杰里·本特利　赫伯特·齐格勒著《新全球史》北京大学出版社

杜君立著《现代的历程》上海三联书社

（美）亚力克·罗斯著《新一轮产业革命》中信出版集团

（日）神崎洋治著《机器人浪潮》机械工业出版社

（美）保罗·格莱姆齐《决策、不确定性和大脑神经经济学》中国人民大学出版社

283